Pの密室

島田荘司

KODANSHA NOVELS

講談社ノベルス

ブックデザイン＝熊谷博人
カバーデザイン＝北見 隆
撮　影＝大滝吉春

目次

鈴蘭事件――7
Pの密室――125

鈴蘭事件

1

御手洗潔《みたらいきよし》に関する事件なら、大小や難易度を問わず、幼稚園時代のものでも、託児所に預《あず》けられていた頃のものでも、なんでもいいから話せという読者の声が近頃とみに大きくなった。こういう読者の意見では、御手洗という頭脳人間は、子供の時、積木を積んでいても、金魚鉢の金魚を眺めていても、きっと何ごとか推理をしていたはずで、だからそれを話せというのだ。そんなことを言われても、そんな大昔のことなど私は知らない。

幼稚園児御手洗の冒険談という計画は、これは言った読者も冗談であろうと思ったから、私も真剣に取り組むことはしなかったが、事実は小説よりも奇なりとはよく言ったもので、最近ふとしたことで、彼の幼稚園時代の出来事が本当に解《わか》ったのである。これは私にも、まったく予想外のことだった。

むろんこのエピソードを教えてくれた人は、ある程度世間に名を知られるようになった今の御手洗を意識して、話に多少の粉飾《ふんしょく》を加えているかもしれない。だが友人のことをよく知る私などには、この程度のことは充分あり得そうに、聞いていて思えた。これを見れば、御手洗という男は、よくよく生まれついて刑事捜査に手を染める運命にあったことが知れる。

幼稚園時代の難事件といっても、別に砂場での園児同士のトラブルとか、五歳児の友達が飴玉《あめだま》を盗まれたとか、そういった類《たぐ》いの難事件ではない。おとなの世界に起こった、それも警察がらみの本格的なトラブルであり、かなり喜劇的な要素はあるものの、新聞沙汰《ざた》にもなった大事件であった。しかもこの事件にはなかなか不可解な要素があり、奇妙さの点ではこれまでに紹介してきた数々のエピソードに、さして遜色《そんしょく》がない。

しかもこの謎は、今もって未解決のままになっており、引退していた当時の警察官も、私が会った時点ではまださかんに首をひねっていた。真相は幼稚園児のキヨシ君だけが知っているわけだが、というよりもこの謎を謎のままに捨てておいたのは、おとなびたこの園児自身であったらしい。現在この園児はもういい歳になり、幼少期の悪戯《いたずら》の真相を抱いたまま北欧に行ってしまったから、事実を知る者はもう日本中にいない。

したがって今稿は、幾多の読者のご要望にいよいよお応《こた》えし、というのは軽口だが、本当に彼の幼稚園時代の事件である。御手洗の仕事の紹介に手を染めてほぼ二十年、私自身まさかこんな原稿を書くことになろうとは夢にも思わなかった。事件に妙な謎があったという興味もあるが、このところ読者にさかんに尋《たず》ねられるところの友人の血筋とか、育った環境、また両親についても若干の情報が本件から得られたので、この点も私に、この稿の公表を決意させた理由である。この種の読者の要望に対しても、今回はある程度お応えができるであろう。


事件のもともとの発端は、例によって犬坊里美《いぬぼうさとみ》に始まる。このところの私の事件は、常に里美によってもたらされる。御手洗が馬車道《ばしゃみち》からいなくなったことはもう日本中に知れ渡ったので、質素《しっそ》な私の部屋のドアを叩く者もいなくなった。里美がいなければ今頃私はただの世捨《よす》て人で、暗い資料整理と散歩に明け暮れていたろう。隠居《いんきょ》老人寸前の者には、世の中の新情報は、龍臥亭《りゅうがてい》事件で知り合ったこの女子大生によってばかりもたらされるのである。

あれは平成九年の十一月末のことだった。横浜は早くも本格的な冬に突入したような寒い日で、私は一日中でもベッドに潜《もぐ》っていたい気分だったのだが、彼女から電話があり、出ると、例によって弾《はず》んだ声が聞こえた。彼女は何にでも興奮するたちがあって、どんな発見でも十年に一度の祝賀《しゅくが》行事のように語る。こういう彼女の明るさを私は楽しんではいたが、昨年英語学校に連れ込まれて以来、多少警戒する癖《くせ》もついていた。

「先生ー、元気ですかー?」

例によって彼女は、遠くから叫ぶように言う。電話という機械が発明されたばかりの頃、みんなこんなやり方で話したそうだが、もう囁《ささや》く声でも充分相手に届くのだ。私としてはいつも元気でいるつもりなのだが、若い彼女からは死にかかっているように見えるらしく、たいていこう訊《き》かれる。

「うん元気」

私は力なく言った。

「大ニュースがあるんですよー、先生に教えちゃおうかなー、どうしようかなー」

彼女の声は、いつもに増して弾んでいる。嬉《うれ》しくてたまらないというふうだ。

「え、大ニュース……」

途端《とたん》に私は、悪い予感を抱いた。小心な私は、あらゆる予想が悪い方、マイナスの方向にしか向かない。特にこのところ、すっかり事なかれ発想に陥《おちい》ってしまって、何も聞きたくない、何も変わった出来事は欲しくないという気分だった。里美とのつき合いが厚くなり、生活のかなりの部分を占めるようになってきたので、今里美に去られることを考えると、鬱病《うつびょう》になりそうだった。今のままの状態が、一ヵ月でも一週間でも長く続いて欲しいと、私の望みはただそれだけなのだ。

最も私の恐れるものは、里美に恋人ができたというニュースである。「大ニュース」という言葉と、嬉しくてたまらないような彼女の弾んだ声を聞き、真っ先に連想したものはそれだった。私にとってそれは世界が終わるニュースであり、暗い資料整理と、陰気な老人生活の開始ベルである。だから私は言った。

「いいよ、聞きたくないよ、君一人の胸にしまっておいてよ」

すると里美はびっくり仰天《ぎょうてん》したようで、

「えーっ！」

とかん高い声を出した。

「先生いつも消極的ですねー、どうしてですかー、このニュース知らないからですよ。今からそっち行きます、十番館《じゅうばんかん》でいいですか？」

「え、今すぐ？　でも、そんなこと言っても……」

私はうろたえた。まだ心の準備ができていない。

「えー駄目ですかー、もうすっごいニュースなんですよー！　先生も絶対びっくりする！」

だから私はびっくりしたくないのである。

「それって、つまりその……、さ」

私はおずおずと言った。

「はい？」

「だから……、ね、それは……、つまり」

「なんなんですか先生、はっきりしてください！」

「それって、だから、君に関するニュース？」

「私？　いいえー、違いますよー」

「あ、あそう！　何時？　三十分後くらい？　ぼくはいいよ、今一段落してるし。すぐ会おう」

ほっとした私は急に元気になり、それならとばかりにせき込んで言った。

「はい……？　私、今まだ学校の方で、石川町の駅まで距離ありますから、じゃあ三十分後に十番館でいいですか？　先生」

「うんいいよ、もちろんいい。じゃ、待ってる！」


三十分後、十番館の窓際の席で待っていると、里美はキャメル・カラーのショート丈《たけ》のコートを着て現れた。これはピー・コートというのだと、いつか彼女が教えてくれた。下はチェック柄の超ミニで、黒いタイツを穿《は》いていた。靴はローファーで、一瞬店内中が彼女を見た。

表《おもて》は、雪でも舞いそうなくらいにどんよりとした天気で、横浜が北国に引っ越したような日だった。

「お待たせしましたー！」

　里美はかん高い大声で言い、私の沈んだ気分を圧倒した。持ってきた大型の手提《てさ》げバッグを隣りの席にどさと置き、ゆっくりと私の前にすわる。この元気のよさを、私は異星人でも見るように見た。カフェ・オーレを注文すると、一刻も待てないというように身を乗りだしてきて、彼女はこう言った。

「先生、御手洗さんの子供時代って知ってます？」

　はしゃぐように言い、それから後方に上体をそって、もがくようにしてピー・コートを脱いだ。席が狭いからだ。真っ白のプルオーヴァーが現れ、お化粧もしっかりとしていてとても愛らしく、私にはセーターと彼女の顔、両方がまぶしかった。

「御手洗の子供時代？　それって前にも訊かれた気がするけど……」

　私はだらだらと言う。友達の影響なのか、この頃里美までもが御手洗、御手洗と騒ぐのが、私にはあまり愉快《ゆかい》でなかった。

「知らないんでしょう？　先生」

　笑いながら、里美の声はまだ弾んでいる。腰を浮かせてピー・コートを抜き、軽く畳《たた》んで椅子に置いた。

「だってあいつが教えてくれないんだもの、ぼくはなんにも知らない。ファンの女の子たちの方がよく知ってる」

「じゃあもう私の方が知ってるねっ！」

　里美は得意そうに言う。

「君もファンなの？」

「だって先生の本読んだら、誰だってファンになりますよー」

　それが解らない。私はいつもありのままを書いている。あんなひねくれた人間は、世の中に二人といない。そういうありのままを知っている私が、これほど彼にうんざりしているのに、女の子たちは同じ情報でもって彼を大好きになるのだ。私にはこれがいつも理解できない。

「あいつについて何か？」

「もう、大ニュースなんですー！」

　そして里美はバッグの中から、もとは化粧品か何かが入っていたらしい、白いヴィニール製の袋を出した。中には大型の本が入っており、慎重な仕草で彼女はこれを袋から抜いた。それは黒い革製の表紙を持つアルバムで、もう時代物だから角《かど》はささくれだち、薄茶色の地肌が覗《のぞ》いている。

　テーブルに置き、里美がめくると、少し黄ばんだ白黒写真が並んでいる。女学生たちの集合写真が大半で、授業風景とか、記念写真ふうのものが多い。里美は、ポスト・イットを貼っていたページを開き、私に見せてきた。テーブルの上で、くるっと反対向きにする。

「ほら先生、ほらこの男の子、幼稚園児！」

　里美は興奮冷めやらぬ声で言う。それは、外国人の女性に手をつながれ、幼稚園のうわっぱりを着た男の子だった。あどけない笑い顔を見せている。

「ほらこれ、ほらぁ！」

　里美が指さしたのは、その写真の脇に書かれている手書きの英文字だった。流麗《りゅうれい》な筆記体なので少し読みづらかったが、なんとそれは、確かにこう読めたのだった。

〈KIYOSHI MITARAI〉

「え？　これ、何これ、御手洗？」

　私は仰天した。

「ね、驚いたでしょ先生！」

　目をいっぱいに見開き、里美の頬《ほお》は上気している。私もまた呆気《あっけ》にとられていた。素直そうな表情で、現在の憎たらしさとは似ても似つかない子供がそこにいる。が、言われてみると確かにあの男の顔だ。どこか面影《おもかげ》が感じられる。

「これ、どこで？」

　同じ屋根の下に暮らしていた頃も、彼がこんなものを見せてくれたことはない。第一彼は、アルバムなど持ってはいなかった。

「ほかにもあるんですよー、こっち。きゃー、可愛いー！」

ページを繰る。開かれたそこに、やはり同じ子供が同じ外国人の女性と写っている。

「一九五四年って書いてあります。小学校にあがってからのもありますよ」

「これ、このアルバム、どこで？」

「どこだと思います？」

里美は言って、声をたてて笑いながら私の目を見る。

「解るわけないじゃない、君が、この女の人に会ったとか。この人の家？」

「じゃなくて、私の学校なんですー。大学」

「大学？　セリトス女子大？」

「そおー、そこの資料館で見つけたんです、もう大騒ぎですよーミス研。インターネットで紹介して、そしたら見にきたいって人の問い合わせ、全国から殺到なんですー。すごいでしょー？」

「しかしどうして、この人誰？この外国人の女の人」

「マーガレット・ウィルキンスさんって名の、イギリスの人らしいです。英語の先生として、大学に来てらしたみたいですー、昭和二十九年に、うちの大学に」

「へえー、はじめて知った。こんなこと、あいつ全然教えてくれなかったからなぁ、どこなんだろう、これ、撮ったとこ」

「うちの大学ですね、みんな構内。この写真、全部そうですよ。大講堂とか礼拝堂《れいはいどう》とか、噴水とか、当時のままなんですねー」

「セリトス女子大って、いつからあるの？」

「大正十年かららしいです、私立だから。うち、もと『Sクラン』の敷地だったんですって」

「Sクランって？」

「そう書いてあるんです、このアルバムに。ウィルキンスさんが書いたんですけど、これウィルキンスさんのアルバムだったらしいから。クランって、藩《はん》のことじゃないですか？　それは調べれば解ります。私、一年生の時はセリトスにいなかったから知らないんですけど、S藩ってことでしょう、島津《しまづ》藩かなー、薩摩《さつま》藩？」

「じゃあセリトス女子大って、もと藩邸だったんだ」

　私は言った。それは知らなかった。

「そうです、それが大学になったんですー。大名が、華族っていうんですか、そういうのに変わった明治の時に、コンドルってイギリスから呼んだ建築家が建てたお屋敷、それを今の大講堂にしたんですね。それから、洋館の離れが、今の礼拝堂になってるんですー、って、みんなが言ってることの受け売りなんだけど」

「それにしても、どうして御手洗が？　昭和二十九年だってこれ、女子大の敷地でしょう？　だってこれ、女子大だよね」

「そうですー。それがー、大変なんですよ、大発見！　御手洗さんて、今のセリトス女子大の中で育ったんですって」

「えーっ、本当!?」

　それが本当なら確かに大発見である。

「どうしてまた」

「今の資料館、昔、理事長の家だったんです。大学の敷地の隅《すみ》にあるんですけど。御手洗さん、その家で育ったみたい。ウィルキンスさんの書いた記述にそうあるんです、訳してみると」

「え、そんなことまで書いてあるの」

「はい、たくさん書いてあるんですー。もういっぱい。キヨシちゃんのことばっかり。ウィルキンスさん、キヨシちゃんのこと大好きだったみたい。いつも一緒にいて、ずっとおしゃべりしていたみたい。キヨシは完璧な英語を話したからって」

「英語を、どうして？」

「御手洗さんて、アメリカで生まれたみたいですね、そう書いてありました。それから横浜に来たんだって」

「じゃあ御手洗は、セリトス女子大の理事長か学長の息子？」

「それが、そうでもないんです。五四年は、理事長は女の人なんですけど、この人の妹さんの子供なんですって。預けられていたのねー、可哀相《かわいそう》ー」

「じゃお母さんは？」

「お母さんは大学の教授で数学者で、でもキヨシちゃんを産んだこと忘れているらしくて、全然息子の暮らす家には帰ってこなかったって」

「はあ、あいつのお母さんなら、あり得るなぁ……、お父さんは？」

「お父さんは、もともとは官庁勤めの人で、一九四一年の戦争直前に、総力戦研究所っていって、日米戦の勝敗をシミュレートする研究所が東京にあって、そこに参加していたくらいのエリートで、冷静な数字で、日本の負けを予想していたんですって」

「はあ、それで？」

「でも戦後は虚無的《きょむてき》になって、勤めを辞《や》めてぶらぶらして、アルコール飲んで、それからサンフランシスコに渡って、音楽大学の教授になったんですって」

「え、音楽畑の人なの、でも官庁に勤めていたの？」

「そお、大学二つ出たみたい」

「ふーん、やっぱし御手洗と似てるなー。大学のハシゴするとこなんか……。そう言えば、なんだか早死にしたって、あいつの口から聞いた記憶あるなぁ昔。お父さんは」

「昭和二十九年当時は、だからお父さんも日本にいなかったみたい。だからキヨシちゃんは独りぼっちですねー。ミス・ウィルキンスも独りだったたから、二人ともよく気が合ってたみたい」

「で、そのお父さんが御手洗姓」

「そお」

「じゃ、養子じゃないんだ、お父さんは大名の家系じゃないんだね」

「違うみたい、大名はお母さんの方」

「じゃあ母方は名門でお金持ちだけど、父方の方は貧乏だったんだ」

「貧乏かどうかは知らないけど、お母さんのお爺《じい》さんはすごい人で、明治政府の要人だったみたい。若くしてロンドンに留学して、うちの大学の建物造ったコンドルって人、鹿鳴館《ろくめいかん》とかも設計した人なんだそうだけど、この人も、お爺ちゃんがロンドン大学で作った学友を、日本政府に紹介したんだって」

「へえー、なんか、すごい名門の血筋なんだなぁ」

「でも、お父さんは落ちこぼれだったみたい。だからキヨシちゃんの育った家にも、あんまり寄りつけなかったみたい。伯母さんを煙たがって」

「ふうん、じゃ御手洗はそっちの血を引いたんだな」

「そうですねー、なんて、私が言っちゃいけないけど」

「でもこれ、すごい発見だねー」

「でしょー？　私もびっくり」

「よく残ってたねぇ。このウィルキンスさんて、イギリス帰ったんでしょう？」

「たぶん」

「どうしてこのアルバム、持って帰らなかったのかなぁ。すごい思い出じゃない？」

「それ、私も考えたんですー。私だったらどうするかなって。それで思ったんですけど、もしかしたら、何冊もあったんじゃないかなって」

「ああ」

「そのうちの一冊を置いていったんじゃないんですか、学校に。だってこれ、ウィルキンスさんの写真自体は少ないんです。大学のアルバムって感じ」

「なるほどねー。でも御手洗が育った家か、だからあいつ言いたがらなかったんだな、こんなブルジョアだったんだ」

「でも小学校の二年の夏までらしいし、お父さんの家でも、お母さんの家でもないんですよこれ。伯母さんの家だもん。お母さんの育った家は別みたい」

「伯母さんは、ご主人は？」

「それが三ヵ月で離婚して、実家に戻ったんですって」

「じゃ独り」

「そお」

「じゃ家は二人暮らし？」

「じゃなくて、伯母さんのお父さん、つまり御手洗さんのお爺ちゃんとの三人暮らし、そのお爺さんは、前の代の理事長で、奥さんに先立たれていて、前の家は売って、伯母さんの建てた家に同居したみたいねー、それから犬のファミリーと猫のファミリーの大所帯、そう書いてあります」

　この時カフェ・オーレが来た。里美はひと口飲んでから、砂糖を少し入れて、スプーンでかきまぜた。

「で、小学校の二年生からはどこに行ったの？」

「アメリカみたいですね、ひと言だけ、そう書いてあります」

「アメリカのどこ？」

「それは書いてないです」

「ふうん、で、この家は？」

「今もあります、大学内に。資料館になってます」

「資料館かあ……、そんなに大きいの？」

「大きいです。あれが本当に誰かの家だったのかなーって感じ。正面の扉開けて入ると、大広間があって、大階段があって、二階はこうぐるりと回廊《かいろう》になっているんです。昔はコンサートなんかもやったんですって。弦楽四重奏団とかの」

「へえー、すごいなー」

　まるでヨーロッパの貴族だ。

「その家、今も当時のまま？」

「ほとんど当時のままなんですって。もちろんあちこち少し補強したり、ペンキ塗り替えたり、室内にガラス・ケース入れたりとか、棚とか造ったりとか、そういうのはしてるけど。すごく綺麗《きれい》な建物、可愛くて、私は大好き。二階にはね、和室もあるんですよー」

「もう誰も住んでないの？」

「今はもういないです、ただの資料館」

「理事長は、今でも御手洗の血筋の人？」

「それが、もう違うみたいです。人手に渡っちゃって」

「へえ、どうして？」

「みんな亡くなったからみたいですね。少し調べてみたら、昭和二十九年当時の、御手洗さんの伯母さんにあたる理事長はその後亡くなって、学校で盛大なお葬式したみたいだし、その前の理事長はもちろんもう前に亡くなっているし、御手洗さんのご両親も亡くなってるみたいです。そしてみなさん、子供いなかったから」

「御手洗だけか。じゃあいつ、ひとりっ子？」

「みたいですねー」

彼のわがままで勝手な性格は、そこから来ているのかと私は思った。

「ふうん、じゃ、あいつが継げばよかったんだな」

「女子大の理事長をですかー？　絶対やらないでしょうねー、私だって嫌だもん」

聞いて、私も頷《うなず》いた。それはそうだろう。女子大の理事長など、世界一似合わない男だ。

「御手洗さん女嫌いになったの、きっとこのせいですよー、女子大のどまん中で育ったから。キヨシちゃんは女学生たちの人気者だったけど、彼はいつもどこかにエスケイプしたがっていたって、アルバムに書いてあります」

「ああ、なるほどなー、そういうこと、きっとあるんだろうなぁ、幼時体験。でも学校が人手に渡った時、彼に遺産は入らなかったんだろうか」

「入ったんじゃないですか？　聞いてません？　石《いし》岡《おか》先生」

「聞いてないけど、そういや彼、どこかに資産があるようなこと言っていたな。金に無頓着《むとんちゃく》なのは、きっとどこかにお金持っているからなんだろうね。あいつ、今までお金に困ったことはないって言ってたもん」

「スイス銀行に大金を隠しているとかー」

「うーん、あいつならあり得るかも。なんかいつも態度に余裕あるんだよなー、あいつ。でも大発見だなーこれ。ぼく、書こうかな」

「先生、発見ってこれだけじゃないんですよー」

「え、というと？」

「ウィルキンスさんが面白いこと書いていて、この頃のキヨシは何人か崇拝者《すうはいしゃ》を持っていて……」

「え、もうっ⁉」

「そおー。すごいですねー、ウィルキンスさんが書いてるけど、キヨシはとても頭のよい子で、よく数字遊びで私を驚かせたって。この子は天才で、意志も強く、人を魅《ひ》きつける力があるから、将来きっと大きな仕事をするだろう。早く世界に出るべきだって、そう書いてます」

「出てるよね」

「出てますねー、予言当たりましたねー」

「数字遊びって？」

「ここにひとつエピソードが出てますねー。ある日キヨシは、私に任意の数を頭の中で決めさせ、それを二倍して二を足させ、さらに五倍して五を足させた。私が答えを言うと、最初に決めた私の頭の中の数を、即座に言い当てた」

「へえー、そうなの。幼稚園児が」

「こんなこと、本当にできるのかなー」

「で、何？　崇拝者って」

「近所のエリコってガールフレンドに、いつも付きまとわれていたって」

「えっ、早くもレオナさんのライヴァルがいたんだ！」

「それからヨコヤマっていうピクチャー・ストーリ

ー・ショウの男性と……」

「ピクチャー・ストーリーって何？」

「たぶん紙芝居《かみしばい》だと思います。それからウマヤカワって巡査がよくキャンデー持ってやってきて、一生懸命キヨシから何かを聞き出そうとしていたって」

「ウマヤカワ？　何それ、日本人？」

「そうみたいですよ」

「どんな字書くの？」

「解りません、ローマ字ですから。キヨシが、このポリスマンの担当事件を助けたって」

「幼稚園児が？」

「はい」

「本当かなー」

「ねえ先生、この御手洗さんの幼稚園時代の事件って、知りたいと思いませんか？」

「そりゃ知りたいよねー」

御手洗の研究者、また紹介者としてのそれは務めというものだろう。しかしどの程度の事件なのか。幼稚園児が解決できる事件なのだ。わざわざ調べるほどの価値がはたしてあるだろうか。

「でも自分の塗《ぬ》り絵《え》にいたずら描きされたとか、そんな程度のことじゃないのかなぁ、だったら別に……」

「そんなんじゃないみたいですよー、新聞にも出た大事件ですって」

「本当に？」

「うん、はい。で私、知り合いの刑事さんに訊いてみたんです。昭和二十九年に山手《やまて》柏葉《かしわば》町の警察署か交番にいたウマヤカワって巡査の生死とか、現住所調べられないかって」

「え、君、刑事に知り合いいたの？」

私は聞き咎《とが》めて言った。そう言うと、里美は明らかに狼狽《ろうばい》した。

「え、はい」

それまで元気のよかった声が、急に小さくなった。

「誰？」

「え、ちょっと……」

「ちょっと誰、ぼくの知ってる人？」

「え、知ってるかなぁ……」

「君、ぼくと一緒の時以外に、警察官と知り合う機会あるの？」

するど里美は黙《だ》んまりになった。

「それ、蓮実《はすみ》刑事じゃないの」

ずばり言うと、彼女はさっと顔を伏せた。当たったのだ。

「え、そう……」

里美は言い、途端に私は、心臓が冷えるような心地がした。恐れていた事態が、やはり着々と進行していたのだ。

蓮実というのは、昨年春の事件で親しくなった磯《いそ》子《ご》署の刑事である。若く、元気のよい男で、顔だちも悪くなかった。里美と一緒に彼に会った時、私は嫌な予感がしたのだ。


「君、蓮実さんと親しくなったの？」

「え、特に親しくはないけど……」

「特に親しくないけど、電話がかかってくるんじゃないの」

「え、時々」

「時々？」

「たまに」

「たまにじゃなくて、しょっちゅうじゃないの」

「え、そんなことない」

「本当かな」

「先生ー」

「え、何」

「気になるんですかー」

私は沈黙した。蓮実刑事が里美に興味を持ったのかと思い、私は強いショックを受けていた。あり得ることだったからだ。

「君、蓮実さんのこと、好きなの」

「え、先生、そんなんじゃないですよー」

「向こうは」

「え？」

「向こうはどうなの？」

「知りません、私」

「知らないはずないでしょ、もう好きだって言われた？」

「言われませんよー」

「もう何度もデートしたの？」

「先生、もうやめましょうよー、こんな話」

「デートしたんでしょう」

「してないです」

「一度も？」

「もうやめましょうよー」

「一度もしてない？　一度くらいはしたでしょ」

「ちょっと食事しただけ」

「やっぱり！」

「そんなんじゃないです、訊きたいことあったかから、電話かかってきた時訊いたら、じゃあちょっと食事でもってなって、だから一回だけ」

「何度も電話かかるんだ」

「それは、そういう時もあったけど」

「どうして言ってくれないの、ぼくに」

「そんなの、わざわざ言うほどのことじゃないし、先生、そんなに気になるんですか？」

「それは、やっぱり、なる……」

私は、まるで急降下爆撃のように気分が沈んだ。あれほど興味が燃えた御手洗の幼稚園時代の事件も、もうどうでもよくなった。

「もうどのくらい進んだの……、かなぁ君たち、キスとか……」

私は地面の下を這《は》いずり廻《まわ》るもぐらのように、気分は方々をおろおろとしながら、くぐもった惨《みじ》めな気分でつぶやく。

「先生、じゃはっきり言いますけど、私なんにもしてません。それから、蓮実さんには興味ないです！」

里美はきっぱりとした大声を出した。

「本当に？」

「本当です。これでいいですか？」

「まあ、とりあえずは……」

「それで蓮実さんに訊いたら、当時の名簿とかはもう残ってないけど、横浜地区の全警察官の名簿ってものがあるはずだから、調べてあげるって、そう言ってくれたんです」

「ああ、そうなの、それ、結果はいつ……」

「たぶんあした解るって」

「ふうん、あした……」

不安な面持ちで私は頷いた。それを聞くためには、里美は蓮実ともう一度食事をしなくてはいけないのだろうか、などと思ったのだ。

2

翌日の午前十時、里美から電話が入った。非常に早かったから、私は蓮実とのことでやきもきする時間もなかった。

「先生ー、解りましたよー、馬夜川《うまやかわ》さんち。港北《こうほく》区の新吉田《しんよしだ》町ですって。新横浜の方。だいぶ前に引っ越してるんですって」

「あ本当。ね、里美ちゃん、そんなに大声出さなくたって、こっち聞こえてるんだよ」

「えーっ？」

「あのね……、もしもし」

「先生ー、こっち電話遠くて。今から行きますー？」

「え、行くって、どこ？　ここ？」

私は驚いて言った。

「え、もちろん馬夜川さんちですー」

「え、今から？　そんな、いきなり行って大丈夫かなー」

「今隠居中だから暇なんですって、馬夜川さん」

「あ、そう、そうだね、でも、とにかくどういうことなったのか、まずちょっと話を聞かせて……」

「じゃ関内《かんない》の駅の改札、三十分後に！」

プツンと電話は切れた。里美の方は電話が遠いらしいのだ。

この日も曇天《どんてん》で、肌寒かった。ブルゾンを着て私が改札口の手前で待っていると、里美が早足で階段を降りてくる。手に、昨日と同じ大型のバッグを提げていた。キャメル・カラーのピー・コートも昨日と同じだが、超ミニのスカートはモス・グリーンで、タイツも同系色だった。コートのボタンをとめていないから、ゆらゆらするコートの間にそれらが見えるのだ。私の姿を見つけると、

「先生ー、早くこっち入ってくださーい！」

と大声になった。それで私は大急ぎで自動券売機の前に行き、切符を買って自動改札を抜けた。どこまで買えばいいか解らなかったから、とりあえず最短区間を買った。後で精算すればよい。

「先生、新横浜行きますから」

そばに寄っていくと、里美は宣言した。

「え、新横浜、どうして」

「そこで何かお昼食べて、それからタクシーです。馬夜川さん待っていてくれるって」

まるで有能秘書のように、スケジュールの段取りができている。

「え、でも、どうして解るの？　待っていてくれるって」

「電話したんです、いま。でも奥さんの話だと、馬夜川さんちょっとアルツハイマー出ちゃって、夜は早く寝かせたいし、夕方早めに食事摂《と》らせたいから、二時か、遅くても三時くらいまでには来て欲しいんですって」

「ふうん」

「馬夜川って、動物の馬に、昼夜の夜って字に、三本川なんですって。珍しい名前ですねー」

「ふうん、それで馬夜川かぁ」

ホームに出、横浜線直通の電車に乗り込むと、私

は蓮実のことも訊いた。

「電話で訊いたの？　馬夜川さんの住所、蓮実さんから」

「そお、すぐ教えてくれましたよ」

「ふうん、食事とか誘われなかった？」

「全然誘われませんでしたー、あっちも忙しいみたい」

「ふうん」

ちょっと意外だったが、安心した。

「簡単に解ったのかなぁ、馬夜川さんの住所」

「さあ、簡単なんじゃないですかー、警察官なら」

「馬夜川さんてどんな人？」

「よさそうな人でしたよ、すごくゆっくり話して、もうだいぶお年寄りみたいです。御手洗さんのこととか、先生のこと、知ってましたよ」

「え、ぼくのことを？」

驚いた。

「うん、読んでるみたいですよー、先生の本」

「へえ、本当に！　それはびっくり」

今までいろんな人に会ったが、一般の人で、御手洗はともかく、私の名を知っている人には会ったことがない。馬夜川氏は警察関係者だからなのだろうか。現役の警察関係者なら、私の本を読む人はいるという話だ。

「馬夜川さんて、いくつくらいの人？」

「大正の生まれみたいですから、もう八十歳近いと思います」

「じゃ、昭和二十九年は、三十代かな」

「そう思います、ねえ先生、新横浜の駅前にラーメン博物館ってあるの、知ってます？」

「知らない。何それ、ラーメンが展示してあるの？」

「ちょうどそのくらいの時代の街角が再現されてるんです、建物の中に。それで、街にラーメン屋がいっぱいあって、そこで本当にラーメン食べられるんです。行ってみましょうか、そこでお昼食べますー？」

「うん、いいね、ちょうどラーメン食べたい気分だね」

その博物館は、新横浜の駅から歩いて数分といったところだった。こぢんまりとしたビルに、入場券を買って入る。一階は一時代を作ったインスタント・ラーメンとか、各地の名産ラーメンの展示、そして土産物屋《みやげもの》などがあり、地下に降りていくと、里美が言っていた実物大《じつぶつだい》の街角のジオラマがある。

まず地下一階は、路地のジオラマだった。回廊のように路地が、ぐるりと館の外周を巡っている。その道沿いに、アイヴォリィに塗られた懐《なつ》かしい金属製の電話ボックスが立ち、派出所があり、円筒形の郵便ポストがある。その脇で、切紙細工《きりがみざいく》のお爺さんが店を出している。

黄昏時《たそがれどき》という設定らしい。黄ばんだ照明が照らす路地裏は薄暗く、道に面したごく狭い間口《まぐち》のバーからは、録音されているらしい酔客《すいきゃく》の歓声が洩《も》れてくる。バーはセピアに塗った木の扉を持ち、曇りガラスの塡《は》まった、トランプ・カードのダイヤ形の小窓が付いている。水鉄砲やめんこが軒《のき》に下がる、木の桟《さん》のガラス戸の駄菓子《だがし》屋。洗いざらした暖簾《のれん》の下がる銭湯、貧しげな場末の映画館、軒の低い二階家、その二階に干されている洗濯物、そんなものを眺めながら、回廊をひと巡りする。

「へえ」

と私は声に出した。私などにはみんな見憶えのある、懐かしい光景だ。子供の頃、山口の街の路地裏もこんなようだった。路地とか場末に限らない。駅前の繁華街《はんかがい》もまた似たようなものだった。あの時代の日本は貧しく、東京でさえこんなものだったのだろう。しかし里美などはどう思うのか。彼女はこんな時代は知らない。生まれるより遥《はる》かに以前だ。

「里美ちゃん、こういうの、どう思うの？」

「えー、懐かしいです」

「懐かしい？　どうして」

「だって貝繁《かいしげ》銀座とかー、新見《にいみ》の街とかも、私の子供の頃こんなだったしー」

「え、あそうか」

「って言うよりぃ、貝繁って、なんか、今もこんな感じですよねー、三十年くらい遅れてるんですねー、あそこ。都会と」

「ああ、なるほどね」

「だからわざわざこういうとこ来なくてもー、私……」

言われてみればそうだ。里美の故郷は、たった今もこのジオラマのような時代を過ごしている。里美が、私のような年配者とつき合ってくれる理由の一端《いったん》が、解った気がした。そういうところ、私たちは共通しているのだ。里美は、三十年の彼方《かなた》から、タイム・マシンに乗って私の前にやってきたのだ。

切紙細工の老人のいる場所に戻ったので、私は老人に声をかけ、先に代金を払い、里美の顔を造ってもらうことにした。里美が老人に横顔を見せてじっと立ちつくす。すると私の見ている前で、これを見ながら老人が、黒い紙にするするとハサミを入れていく。下書きなどはない。みるみるセミロングの里美の横顔のシルエットができあがった。実に見事なものだった。よく似ている。できあがると、老人はこれを透明セルロイドと、台紙の間にはさんでこっちにくれた。

「うわー、すごーい!」

里美が歓声をあげる。

「先生ー、ありがとうございますー」

切絵を胸に抱えて里美が言うので、私はあわててその場を離れた。いかにも援助交際のカップルが演じそうな寸劇に思えたからだ。

目の前のセメント階段を下って地下二階に行く。するとと広場に出た。そこも黄昏時だ。頭上には雲の浮かぶ青い空が見えるが、あたりはすでに薄暗くなりかかっている。広場にはベンチがあり、ぐるりにはラーメン屋がひしめいて並ぶ。実際には昼食時だから、それぞれに短い行列ができている。

店の上には日活《にっかつ》とか東宝《とうほう》映画の看板が掲げられ、そこに「地球防衛軍《ちきゅうぼうえいぐん》」という文字が見えたから、私は赤面《せきめん》に似た感情を覚えて目をそらした。題名に記憶がある。子供向きSFで、田舎少年の私は熱狂して観にいった。

空腹だった私たちは、すぐに「ネギらーめん」という文字の見える一軒の列に並んだ。

「先生、食券制ですー」

里美が言うのでいそいそと自動券売機の前に行き、「ネギらーめん」の券を二枚買って行列の最後《さいこう》尾《び》に戻った。手もち無沙汰《ぶさた》に頭をあげ、そのままぐるりを見廻せば、黄昏の光線の中に貧しげな街並みが並んでいる。新しいものはひとつもなく、みんな薄汚れていて小さい。どこかから豆腐《とうふ》屋のラッパとか、ラジオの連続番組のテーマ音楽でも聞こえてきそうな心地がする。遊び疲れた私は、こんな光線の中を、そんな音を聴きながら家路《いえじ》をたどった。

確かにそうだ、私は思い出す。こういういち時を、われわれと日本は過ごした。もう戦後は終わった、そういう声も聞こえてはいたが、われわれの生活はまったくささやかで、一日の生活費はコインで数えられた。

感銘《かんめい》を受けたので、なんかいいねここ、などと言おうと思って里美を見たのだが、彼女は行列に立ちつくしたまま、じっと自分の切絵に見入っている。

馬夜川の家は、新興住宅街の一軒だった。アルミサッシの窓と白塗り壁の、まだ新しい印象だ。白髪で上品な小柄の夫人がまず出てきて、われわれを洋間の応接間に通してくれた。そこにはガス・ストーヴの入った暖炉《だんろ》があり、上にはトロフィーが載《の》り、そのさらに上の壁には、額に入った表彰状《ひょうしょうじょう》がかかっている。彼の警察官時代の栄光を語る何かであろう。

夫人がまずお茶を運んできて、礼を言ってしばらく待っていると、肘《ひじ》のあたりを夫人に持たれながら、銀髪の老人が応接間に入ってきた。といっても、格別よぼよぼというわけではない。割合しっかりと歩き、われわれを見ると、

「やあやあ、ようこそお越しくださいました」

と大声で言った。

銀縁《ぎんぶち》眼鏡をかけた顔は柔和《にゅうわ》に笑い、その様子は、全然ボケが出ている人には見えない。事実われわれとの会見の間、それらしい様子はまったくなく、すこぶる正常だった。これなら、時として御手洗の方がずっと様子がおかしい。われわれの前のソファにゆっくりとすわると、夫人もまたその横に静かにかけた。

「すいません、私も失礼して。この人、昼間は割合平気なんですけど、時々変なこと言うから、私が一緒にいないと、ご迷惑かけるかもしれないんで」

夫人は言った。夫人の方はとてもしっかりしていた。

「あ、どうも先生、どうもこれは」

馬夜川が丁重《ていちょう》な口調で言ったので、思わず私は後ろを見そうになった。里美以外の人に先生と呼ばれたことがないので、誰か偉《えら》い人が後ろにいるのかと思ったのだ。しかしこれは、私に向かって発せられた挨拶《あいさつ》であった。

「は、あはい。どうも突然お邪魔《じゃま》いたしまして、申し訳ありません」

私は恐縮して言った。

「先生のご本は、いつも読ましていただいてます。私が子供時分を知っている御手洗さんが出てくるもんで、私は面白くて。いや、あの人、本当に懐かしい。いやぁ偉くなりましたなぁあの人は。私はきっと偉くなる人と思ってはおりましたが。今、あの方はどちらに？」

「はい、スウェーデンの方にいます。電話では話すんですが」

私が言うと、

「あ、そうですか」

馬夜川は言って、眼鏡の向こうでしばらく目をしばたかせた。唇《くちびる》が少しだけ震えているようで、目尻《めじり》もうるんで見える。しかしこれは老人性の病《やまい》のゆえで、感傷のせいではあるまいと思った。

「こっちは犬坊里美さんといいまして、セリトス女子大の学生さんで」

「あ、こんにちはー、お邪魔してますー」

里美が言った。

「あ、セリトス女子大。私はよく行ったですよ昔、あの人に会いに。あの人、こんなちっちゃな子供の時だったけど。あの学校は、今も変わっていないようですな」

「変わってないです。この頃ですか？」

里美がバッグからアルバムを出し、幼稚園児の御手洗が写っている例のページを開いて示した。老人は、眼鏡を顔の前からあげたり、また下げたりしながら、これを眼下にして見入った。

「あ、そうそう！　これがあの人だね、そうこれこれ、こんな子供だった。私が行くとね、いつも裏の池のほとりの石の上にね、猫の子膝《ひざ》に抱《かか》えてね、しょんぼりすわっていた。いつも独りだった」

「御手洗がですか？」

私は訊き返した。少し意外な気がしたからだ。

「そうです。いつもあの子は独りだった。寂しげにしていた。周りは大きい女の人ばっかりで、友達いなかったからね。いつも独りで、動物と過ごしていたな。なんか、可哀相だったですよ」

「へえー」

里美も言った。それは今の御手洗のイメージと違う。

「そんなにあの人、寂しげだったんですか？」

「それは、そう見えたな、私らには。両親がいないからね、あの人、あの家に預けられていたんだから。私は当時はもう、こう、強《こわ》もてにやっておりましたから、警察官ですからな。だからよけいにそう見えたのかしらんが」

「活発な子供じゃなかったんですか？」

私が訊いた。

「そりゃ、そういう面もあったです。やる時はとことんやる子でね。私の詰めておる交番にやってきて、こう、がんがん意見したりね、子供だからと思って私が相手にしなくても、全然引き下がりません。そりゃあ大したもんだった。普通子供は交番なんぞには来ませんよ。特にあの時代の交番といったら、そりゃあ恐《こわ》いところで、おとなでも寄りつきはしません。でも普段は、そんな印象じゃなかったな、おとなしくて、いつもしょんぼりして見えたな。特にこの写真の頃はね」

「そうなんですか」

里美が言い、私にはその情景が思い浮かばなかった。にぎやかで、自信満々の彼しか浮かばない。

「うん、私に急に英語で話しかけてきたりしてね、どうしたのかと思ったら、はっと気づいて、日本語話すとなんだか辛《つら》くなるんだって、そう言ったの、私は今に憶えております。アメリカに行きたがっているようだったな、あの子は。お父さんがいるからだろうね」

「ふうん」

私はなにか、胸が締めつけられるような心地がした。御手洗にもそんな時期があったのか。それは知らなかった。まるで今の私のようだ。まったく思いがけなかった。

「御手洗のところに、飴玉《あめだま》持って通われたというのは本当ですか」

私が訊いた。

「飴玉？　そりゃいつかな、飴玉……、はてな。まあ仲はよかったよ私。あの子も、よく私のいる山手柏葉町の交番に訪ねてきたよ」

「御手洗が幼稚園の頃に、何か新聞沙汰になるような、大きな刑事事件があったということじゃなかったでしょうか」

「新聞沙汰……、ああ、ああ、あったあった！　トリスバーの事件のことだ、あのバー、あれは……、なんと言うたかな、おまえ憶えてないかな」

　馬夜川は夫人に訊いた。

「トリスバーですか、知りません」

「あれは私が柏葉町の派出所に派遣《はけん》されてきてすぐの事件だった。あのバーのご主人が死んで……」

　老人は片手を銀髪の頭頂部に載せ、半身を前に折ってじっと考え込んだ。ずいぶんそうしていた。

「うん、うん、思い出してきたな、あれは変な事件で、未だに解らんことがあるんだ。そうそうあれだ、思い出した。わけが解らんのです。だからあの事件の後、私は女子大に行ったんだ、たびたび行って、あの子に訊いた。いったいどうなっているのか教えてくれと言って。でも教えてくれんから、関係者にも当たった。実際変な事件だったなぁ、あれは」

「変な事件……」

「うん、変だった。私は四十年近くも警察におったけど、あんな経験はほかにはないなぁ、わけが解らんなんだ。関係者にもずいぶん訊いた。バーのマダムとか、あの紙芝居屋とか、マダムには子供があって、小さい女の子で、あれが御手洗さんを連れてきたんです。あの子はなんというたかな、名前」

「エリコちゃんじゃないですか？」

　里美が言った。

「あそう、そうだ！　えり子といった、そうそう。それで母親の名前は……、いや忘れたな。先生、この事件のことも書きなさるの？」

「はい、いえ、もし興味深い事件なら、それは是非《ぜひ》。でも幼稚園児の事件じゃちょっと……」

「いやあ、そんなことないです。私の四十年近い巡査生活で、あれは一、二に変わった経験だったです、私には。本にしてもいいと思うわな、わしは」

「どんな事件だったんでしょうか。もし馬夜川さんの方で思い出していただけるなら是非、お教えいただけないでしょうか」

「承知しました。御手洗さんのためなんだったら、それは思い出さないとな。いや、これは私にとっては忘れられない事件なんで、これまでも時々思い出すようにしていたんです。だから、ちゃんと思い出せます。ちょっと待ってください」

　そして馬夜川は、また半身を前方に折る。

　こんな調子で、取材はスムーズとは言いがたかったが、制限時間の五時ぎりぎりまでねばり、私たちは馬夜川が思い出せる限りの情報を得た。彼は、一件が落着したのちもこの事件が気にかかり、しばらく独自に調査を進めたらしい。しかし彼の能力では、完全な把握はかなわなかったようだ。

　しかし聞いてみればもっともである。四十三年前のこの事件は、どう見てもまったく解決していない。以下では、私なりの方法で内容を整理し、事件の経過を読者に供したいと思っているが、これまでの私の記述に馴染《なじ》んできた読者には、御手洗の視線に沿った方が入りやすいであろうと判断してそのようにした。が、馬夜川自身が不明の部分は、私としても書きようがないのでやはり不明のままとなっている。

　こうして記述してみると、確かに奇妙である。数個所ピースが欠けたままのジグソーパズルだ。しかし私には、この執筆は妙にノスタルジックな味のする仕事だった。馬夜川を訪ねる前にたまたま見た博物館のジオラマと、この奇妙な物語とが、黄昏の光線の中でぴったりと重なって感じられたからである。

3

　文明開化以降、近代化の波に洗われ、横浜山手柏葉町、旧S藩邸跡地はセリトス女子大となったが、その敷地隅に建てられた理事長宅で、御手洗潔は育っていた。それは、初代理事長となったキヨシの母方の祖父がS藩主の末裔《まつえい》であったためで、彼が伝来の土地を用いて大正時代に女子大を創《つく》り、自ら初代理事長に収まったのである。しかしキヨシが幼稚園当時、理事長は彼の娘、キヨシにとっては母の姉の代に移っていた。

キヨシは、戦後音楽家になった父と、数学者の母との間にアメリカで生まれた。その後両親が帰国したので日本に戻り、父は息子を置いてまた渡米したので、キヨシは横浜の伯母の家に預けられた。母はというと日本の大学で教鞭《きょうべん》をとり、二人は実質上別居となって、しかもどちらも仕事を持っていたので、キヨシは双方に必要とされず、離婚して独身者だった伯母に押しつけられた格好だった。しかし姓は父親のものを通している。これが誰の意志によるものかは不明であるが。

セリトス女子大は、門を入るとすぐに立派な噴水があり、人魚の銅像がすわっている。噴水からは背後になる正面の大講堂は、もともとは華族の豪壮《ごうそう》な邸宅として設計建築されたものだが、大正年間に大学の顔として、講堂用に増築改装した。噴水左手奥に礼拝堂があり、この建物も比較的よく世間に知られているが、これも明治の当時、現在の大講堂と対《つい》の洋風の離れとして建てられ、大正年間に増築改装されたものである。

右のすべては、鹿鳴館も設計した高名なイギリス人建築家、ジョサイア・コンドルの作である。ジョサイア・コンドルは工部大学校で教鞭をとり、日本の近代建築学の祖《そ》となった人物だが、もともとは文明開化当時にロンドン大学に留学していたキヨシの母方の曾祖父が、ロンドンで作った若い学友を日本政府に紹介したものである。

礼拝堂横から始まる、芝生の中の小径《こみち》をたどって行くと、構内に理事長の家があった。これはコンドルとは無関係の昭和初期の建築で、アメリカ南部の屋敷を意識したものである。正面玄関を入ると大広間があり、グランド・ピアノが置いてあって、正面には宝塚《たからづか》の舞台装置のようなゆるくうねる大階段がある。階段は、大広間を見下ろしながら一巡する二階回廊につながっている。

キヨシの父親は、もとは官庁のエリートで、日米開戦数ヵ月前の昭和十六年には「総力戦研究所」にも参加し、日本の敗戦を船舶《せんぱく》数、飛行機の数、それらの喪失予想量、エネルギーの量、軍費や国民総生産の数値などから予想していた。これは時の総理大臣東条英機《とうじょうひでき》にも提出されたが無視され、開戦の抑止力とはならなかった。

戦後の彼は虚無的になり、役所の仕事も辞めてぶらぶらするようになったが、単身アメリカに渡り、趣味のピアノや音楽理論を生かして、サンフランシスコの音大で教鞭をとるようになった。サンフランシスコに行ったのは、妹がいたからと思われる。この時点で日本から御手洗家は消滅し、以降の彼は息子のいる横浜の家には寄りつかなかった。厳格な義姉を敬遠したものと思われる。

母親は東大教授の数学者で、ずっと学内の宿舎で寝泊まりし、自分が子供を産んだことを忘れているらしく、こちらも息子のいる家には帰らなかった。両親ともにすこぶる変わり者で、キヨシは伯母の家で動物たちと一緒に育った。

伯母も以前植物学を専攻しており、女子大で生物学の教師をしていたが、当時はもう教鞭はとっていず、理事長職に専心していた。かつて結婚したこともあるが三月で別れ、以降独身を通して、一人でこの邸宅と大学を切り盛りする性格の強い人だった。家には通いのお手伝いさんが二人、運転手も一人いて、ほかに犬と猫がそれぞれ家族を持って一緒に住んでいた。女子大との境《さかい》には池もあり、アヒルの一家や鯉《こい》の一家、そしてニワトリたちが住んでいた。ここは滅多に人が来なかったので、キヨシにとってはお気に入りの場所だったらしい。

大学敷地内には各種の花壇や林があり、旧S藩邸当時の自然がよく保たれていた。校舎の裏の陽《ひ》の当たらない場所にはすずらんや釣鐘草《つりがねそう》の花壇があり、これが横浜では珍しかったので、よく人が見物に訪れた。これらはキヨシの伯母が、その独自の栽培理論によって丹精していたもので、自慢の種だった。

理事長宅の住人は、キヨシのほかは伯母、妻に先立たれた前理事長の祖父の三人だったが、女子大の学生たちが常時大勢出入りして、家はすこぶるにぎやかだった。二階に造られた和室で伯母が女子学生にお茶、お花を教え、自分はすぐに離婚したのだが、女の子たちに淑女の行儀を教えていた。

彼女は頭脳明晰《めいせき》で、さっぱりした性格の人ではあったが、潔癖性《けっぺきしょう》であり、道徳家で、なかなか口喧《くちやかま》しかった。そういう理事長を真似、女子大生たちもさかんにキヨシに干渉《かんしょう》したので、キヨシは終始これらに閉口していた。しかし女たちから逃れて家を出れば、ここもまた女だらけの女子大なのであった。

ブルーのうわっぱりに名札を下げ、黒の半ズボンといういでたちで、キヨシは丘の下にある幼稚園に通っていた。歩けばかなりの距離があったので、キヨシは連日理事長愛用のロールスロイスで送り迎えをされた。キヨシは自分のおかれたブルジョア的生活環境におぞけをふるっていたが、このロールスロイスこそはとどめの一撃だった。自分の足で歩いていくことを、幼稚園時代のキヨシは一貫して主張したが、五歳の子供には距離がありすぎ、許されなかった。そこで彼は、幼稚園が近づけば、いつも手前の赤信号で車を脱出し、脱兎《だっと》のごとく走って幼稚園に行った。

帰りもまた苦行《くぎょう》で、車が女子大の敷地に入れば、歓声をあげる女子大生に常に囲まれた。アメリカ帰りのキヨシは女子大生に人気があり、英会話の格好の練習台だった。黒塗りのロールスロイスは、どれほどの車音痴《おんち》にも識別ができる。したがってこちらも校門の手前で脱出し、正門から遥か彼方で塀《へい》を乗り越える必要があった。その意味では、まさに冒険の日々だった。

いつもキヨシが脱出して危ないので、ついにロールスロイスは後部座席からはドア・ロックが解除できないように改造が施《ほどこ》され、キヨシの護送車《ごそうしや》と化した。そこで帰宅時の彼は、目ざとく集まってくる女学生たちの足もとから必死で逃亡する毎日となった。

キヨシを追い廻す女の子は、女子大生ばかりではなかった。セリトス女子大正門前の道、通称女子大通りの正門から約百メートルほどの位置に、トリスバー・ベルというものがあり、この経営者の娘の鈴《すず》木《き》えり子も、キヨシのことが好きで付きまとった。またキヨシと一緒に幼稚園まで車に乗りたくて、よく通ってきた。

しかしバーの娘ということで、伯母はこの子が学内に入ることを歓迎しなかった。伯母は、この子は自分の花が欲しくて学内に入ってくるのだと考え、それは母親のさしがねだとみなしていた。道徳観の強い伯母は、自分の学生の通学路にバーがあることも苦々しく思っていた。

えり子にせがまれ、キヨシはよく一緒に女子大の構内を歩いた。学内には池や林や花壇があり、女の子はこういう場所が好きだった。また彼は、伯母の発想もよく洞察していたから、えり子のために伯母の目を盗んでやるようにもした。

花壇周辺を歩くと、えり子は必ず花を摘《つ》んで持って帰ってもいいかとキヨシに訊いた。彼女の家が経営するバーに花を飾る必要があるからだが、家が豊かではないから花のお金を節約したいのだ。キヨシはいつも了承《りようしよう》したが、見つかれば、花壇の育成には高いお金がかかるのだという伯母の小言を聞く羽《は》目《め》になった。

えり子が欲しがる花は決まっていた。すずらんか釣鐘草、キャラリリー、山百合《やまゆり》などで、それは彼女の両親がやっているバーの名前が「ベル」なので、これにちなんでベルに似た外観の花が欲しいのだった。やがて伯母がこれを悟り、花の数を数えてキヨシに告げ、この数が減ったらあの子が盗んだものと考えて交番に通報すると宣告した。ただし伯母は、いつもすずらんだけは花の数を言わなかった。これは花が小振りで数が多く、実質上数えるのが不能だったためで、そのためにキヨシがえり子に持って帰らせる花は、すずらんばかりとなった。

幼稚園時代の御手洗は、えり子と遊ぶことを自ら望んでいたわけではない。えり子が伯母の目に触れないように気を配ってやったし、家の周辺ではけっこう相手もしたが、自分からえり子の家に行くことはなかった。二人でロールスロイスの後部座席におさまって幼稚園に行くことも嫌であった。豪華自動車での通園も嫌なのに、これがアヴェックとなると世にも最低であった。

加えて、横浜の幼稚園はキヨシにとってまるで退屈だった。あんパンひとつとジャムパンひとつを足したら、パンは全部でいくつでしょう、みたいなことを毎日先生に訊かれるのはうんざりだった。この頃のキヨシはすでに家でモーツァルトを弾《ひ》き、因数分解をやっていた。どこかよそに行きたいなあと、毎日園庭の隅で考えているような子供だったらしい。

キヨシは頭がよく、楽器の才能もあったからみんなの人気者だったが、それらの本当の力が解っている者は周囲に一人もいなかった。伯母の道徳観と連日鼻を突き合わせ、来る日も来る日も大勢の女たちに監視されているようなこんな生活が、彼は嫌でたまらず、金持ち生活も大嫌いで、早くどこかに脱出し、自由になりたいと願う毎日だった。

以上のようなことは、ほとんどすべて、ウィルキンス女史の制作したアルバムに書かれてある。これを馬夜川元巡査の話と、この事件後半において、ある女性から得た情報によって補足した。さて以下ではいよいよ事件説明であるが、まずは馬夜川氏の話によってのみ構成する。

昭和二十九年六月の、ある雨の日のことだった。鈴木えり子が雨に濡《ぬ》れ、泣きながらキヨシの家の軒先に駈け込んできた。彼女は、自分がキヨシのお母さん（と彼女は思っていた）に疎《うと》まれていることを知っていたから、決して玄関の扉は開けなかった。キヨシが出てくるまで、いつまでも表で待っているのだ。だからキヨシは、いつも表に気を配っていてやらねばならず、キヨシのその様子も、伯母の神経を逆撫《さかな》でした。自分の立腹を示すため、伯母はせいぜいキヨシのこの態度を嘲笑《ちようしよう》するという方法をとった。

しかしその日、伯母の姿は家になかった。えり子を見つけ、傘を持ってキヨシが表に出ると、傘をさしたえり子が泣いていて、お父さんが死んじゃったと言った。お魚を買いに、今日のお昼に一人で磯子に行き、運転を誤《あやま》って埠頭《ふとう》から海に落ちたのだという。けれど自分は絶対に信じられない、母もそう言っているけど、父は以前自動車会社のテスト・ドライヴを仕事にしていたこともあって、運転には絶対の自信を持っていた。何かがおかしい、キヨシちゃん理由を教えてよ、と彼女は泣きながら訴えた。

父の死をどうして知ったのかとキヨシが訊くと、お巡りさんが教えてくれたと言う。今もお店に来ていて、ずっとお母さんの話を聞いているけど、お母さんが言うには、一応聞いているだけでお巡りさんはただの事故だと思っている。お母さんは絶対に信じていないし、第一お店の様子がすごく変なのだ、だからちょっと一緒に来てそれを見て欲しい。そう言ってえり子は、一生懸命にキヨシの手を引っぱるのだった。それで仕方なくキヨシは、霧雨の中を、えり子についてトリスバー・ベルまで歩いていった。

女子大通りに面した木の扉は少し開いていたけれど、入口には綱が張りわたされていて、中に人を入れないようになっている。しかし幼稚園児の二人なら、こんな綱をくぐることは造作《ぞうさ》もない。

「トリスバー・ベル」と書いた看板が軒から下がり、その下、綱の内側でえり子の美人の母親が、ハンカチで目頭を押さえながら制服巡査と話していた。巡査は声が大きく、恐そうな顔をしていたが、相手が美人のせいか、頻繁《ひんぱん》に歯を見せながら話している。自分たちのそばに寄ってきて、足もとにしゃがみ込んだ子供二人を見て、急に恐い顔に戻り、何か威圧的《いあつてき》な声を出して追い払おうとしたが、

「あ、えりちゃん」

と母親が名を呼んだので、この家の子供と知って、放っておくことにした。巡査のその判断は、彼がこれを事件と考えていないせいもあったろう。

えり子の母親は、くるぶし近くまである長い灰色のスカートを穿《は》き、素足にサンダル履《ば》きだった。その足もとから店内を覗くと、えり子の言う通り、中の様子が異様だった。薄い石を張った床に、ものすごくたくさんのガラスの破片《はへん》が散乱しているのだ。

雨の日で、店内は暗かったから、巡査が店内に半身を入れて電気をつけたら、破片は電灯光にキラキラと光った。破片の数は異様で、店内にはまったく足の踏み場がない。キヨシは、その様子をじっと観察した。

店でおとなたちが大喧嘩《おおげんか》でもしたか、それとも地震でも来たみたいだった。けれど、それにしてはおかしいのだ。妙な法則性がある。まず、壊れているのはガラスのコップばかりで、奥と右手にある棚の上、またカウンター・テーブルの上にも、瀬戸物《せともの》の湯呑みとか灰皿がたくさん載っているのに、これらはまったく無事なのだ。次に棚にたくさん並ぶウィスキーの瓶も、すべて無傷のようだ。

さらに椅子も、倒れていないどころか整然として、正しい位置から動いてもいない。グラスを収めている棚のガラス扉も、一枚も割れていないようだ。壁にかかったいくつもの額縁も、角度が変わった様子さえない。こんな状態なら、喧嘩のゆえとは考えられない。

もう一点奇妙なことは、破片がすべて透明だということだ。瀬戸物の破片も、色ガラスのかけらもない。曇りガラスのものもないようだ。

この異常について、キヨシはえり子に感想を訊いたが、解らないと即座に言われた。今までこんなことは一度だってなかったという。お父さんとお母さんが物を壊すような喧嘩をしたことも、これまで一度もないという。

巡査の尋問に期待しようと、キヨシは頭上の会話に注目した。しかし彼らは延々、店の客筋についての会話に終始している。自分は先日あの派出所に廻されてきたばかりだから、この近所の人間関係がまだよく摑めていないのだと巡査は言っていた。

辛抱強《しんぼうづよ》く待っていたら、ようやく店内の異常についての話になった。巡査は、夫婦喧嘩の跡という線をまずは疑った。するとえり子の母親は、娘と同様、即座に否定した。主人はおとなしい人であり、こんな乱暴をする人ではない、また今まで自分らは、夫婦喧嘩をしたことはあっても口喧嘩どまりで、物を壊したことなど一度もない。それにこんなふうに商売道具のグラスの大半を壊しては、明日からもう商売ができないわけで、それを誰より知る主人が、こんなことをするはずは絶対にないと、そう母親は断言した。

夫なしになった今、一人でバーが続けられるかと巡査は夫人に質《ただ》した。人を雇《やと》わなくては無理だと彼女は応えた。何から何まで、店のすべてを夫がやっていた。自分はただ店に出て、客の話し相手をしていただけなのだと彼女は言った。

この証言は、なかなか重要に思えた。ということは、こんなことをした者は、明日からはもうこのバーの営業はない、少なくとも当分ないと知っていたことにならないか。夫婦ともに生存していて、営業の妨害《ぼうがい》工作としてこれをやったという線は考えにくいということだ。

夫婦の二人ともが生きていれば、急遽《きゅうきょ》コップを調達して営業を行うであろうし、コップのせいで休業するにしても、一日かせいぜい二日だ。夫の方は死ぬ、あるいは死んだと知る者の、これは仕業《しわざ》ではないか。それならこれは妨害の仕上げになる。むろん、仕事から逃亡しようとして夫がやったのでないならだが。

グラスの破壊が夫の自動車事故死と関係があるのではと、巡査も一応疑っているようだった。しかしどのように関係づけをすればいいかが思いつけないらしく、そのままを言葉にして母親に訊いた。この質問は、関係づけまでをも彼女に考えさせるものだったから、母親は面喰《めんく》らい、まったく心当たりというものが思いつけず、ひと言も言葉を発することができない。

では誰かが、お宅のバーの営業を妨害しようとしてやったのではないかと、巡査は次にその可能性を言った。それは考えられないと母親は即座に応えた。自分たちは近所の人とかお客さん筋に恨《うら》まれる覚えは全然ないし、脅《おど》かされたこともない。何かを要求されたこともないし、借金は順調に返済しているし、客にうるさくつけを集金したこともない、だから営業を妨害される心当たりなどはない。このお店は開いてもう十年近くになるけれど、今までに一度だってこんな目に遭った経験はない、そう彼女は言う。

今日の午前中、自分は買物で家を出ていた。昔の友人に会って昼食を食べるから、午後の二時に帰ると主人には言ってあった。二時というのは、二時に酒屋さんの配達が来るからだ。主人はここで一人で昼食を作って食べ、それから魚を買いに車で磯子まで出ていったのだと思う。あまり遅くなるとよい魚がなくなる。こういうことは、今までにも何度かしたことがある。

二時に自分が店に戻ってきたら、床がこんなになっていて、びっくり仰天した。全然わけが解らず、見せたら酒屋さんが心配すると思って、裏口の外で応対して、配達を受け取って、仕方ないから掃除《そうじ》しようと思っていた矢先、警察から電話があって、主人が死んだという。何が何やらもうわけが解らない、そう言ってまた泣いた。

割れたグラスは、みんなあのガラス棚に入っていたのかと警官が訊いた。いえ洗ったので、大半はカウンターに並べて乾かしてあったと母親は言う。それが片端から割られたのだ、もうほとんど残ってはいない、これはいったいどうした理由からなのかわけが知りたい、と彼女は言った。しかし問われても巡査も解らないので、ひとしきり無言で首をひねった。

ただお宅のご主人、車をとばす癖《くせ》はあるね、と巡査は、活路を見いだしたように言った。ここ二、三年のうちに何度もスピード違反で捕まっているし、接触事故も二度起こしている。するとえり子の母親は、これは認めた。普段何の問題もなかった人だけれど、スピード狂だけが唯一の欠点だったと言った。

店内の壁にキヨシは、えり子の描いたらしい絵を見つけた。赤い花瓶《かびん》に挿《さ》された二本のすずらんの絵が、壁に貼ってあったのだ。それでキヨシは、えり子に向かって囁《ささや》いた。

「あれ、君が描いた絵？」

「うん」

とえり子は応えた。

「いつ描いたの？」

「おとといの父の日。そしたらお父ちゃんが気に入ってくれて、お客さんにも見せようって言って、あそこに貼ったんだよ」

店内を見廻したら、絵に描かれた花瓶らしいものはカウンター・テーブルにあったが、花は入っていない。空《から》だ。

「えり子ちゃん、あの絵、このお店で描いたの？」

「うん。お店始まる前に、お母ちゃんと一緒に」

「すずらんは？」

「知らない。もう枯《か》れたのかな、だから捨てたんでしょ」

「あのすずらんだけど……」

「うん、そうだよ。キヨシちゃんのとこからもらってきたんだよ」

「ねえ、えり子ちゃんのお母さん、すずらんの花は？」

キヨシは、えり子の母親を見あげ、大声で訊いた。警官の姿が消えたからだ。

母親とも、キヨシは顔なじみだった。花瓶の方を見ると母親は、

「あら、花なくなったわね」

と言った。今気づいたようだ。

「午前中ここ出る時は？」

キヨシは続けて訊く。

「うーん、あったと思ったけどなぁ。お父さん捨てたのね、もうしおれかかっていたものね」

巡査が、どこからか箒《ほうき》を二本持って戻ってきた。

「あ、私やります」

とえり子の母親が言って、大きい方の箒を巡査から奪った。

「あっ、駄目だよ、それ片づけちゃ！」

思わずキヨシは叫んだ。

「それ大事な証拠品だよ！」

「こらこら、子供は邪魔するんじゃない、あっちに行ってなさい！」

警官がうるさそうに叱《しか》ってきた。母親は、動作を停《と》めて待っている。キヨシの言うことにも一理はあると思ったようだ。

「どうするの？　そのガラス」

キヨシは警官に訊いた。

「そりゃ捨てるんだ」

警官は応えた。

「駄目だよ、よく調べなきゃ」

キヨシは言った。

「調べるって、何を調べるんだよ」

巡査は言う。

「だっておかしいよ。何故こんなにコップが割れたのか、お巡りさん、まだ解らないんでしょ。解らないうちに捨てちゃ駄目だよ、よく考えないと」

「だから、何考えるっていうんだよ。何がおかしいんだよ。こら坊主！　お巡りさんにいい加減《かげん》なこと言うんじゃないぞ」

「だってこれ、みんな透明なコップだよ。ほら、カウンターに赤いガラスのコップもあるし、青いのもある。茶色のもある。みんな無事だよ。透明なのだけ割られているんだ。ウィスキーの瓶も、灰皿も、全部無事だよ」

巡査は店内に目を走らせる。言われて見ると、確かにその通りだった。

「それがどうしたんだ坊主！」

貫禄をつけたが、内心はぎくりとしているふうだ。

「何かあるんだよ、理由が」

「どんな！」

「まだすぐには解らないよ、でも何かあるよ、理由が」

「何言ってんだ、早くあっちに行って遊んでなさい。これはおとなの仕事なんだぞ。床がこんなじゃ調べられないんだよ、店の中に入れないんだ。指紋《しもん》とか、いろいろやることあるんだからこっちは」

「指紋採《と》るの？」

キヨシは言った。警官は驚いたようだった。おとなでさえ、指紋という言葉はまだ一般には知られていない時代である。

「こら！　生意気《なまいき》言うんじゃない子供のくせに！　ちょっとおとなの専門語聞きかじったと思って調子に乗って！」

巡査は威圧用の大声を出した。

「事故だと思ってるのに、指紋なんか採らないでしょ。じゃあああわてない方がいいのにな。これどこに捨てるの、集めて。このガラス」

「ゴミ箱に決まってるだろうが。いいから奥さん、こんな子供の言うこと気にしないで、掃いてください」

「あ、はい」

母親は言って店に入り、手前のあたりから掃きはじめた。

「ゴミ箱って、裏の？」

キヨシは訊く。

「そうだ！」

怒って言いながら、警官は張っていた綱をはずした。

「あ、そう。それならいい」

キヨシは言った。

「お許し出たのか。こいつ、なっまいきなチビだなぁ！」

巡査は言い、母親に続いて中に入っていく。

「ねぇお巡りさん、その赤い花瓶にお水入ってる？」

母親と並んで床を掃きはじめた警官に、キヨシは訊いた。しかし頭にきた警官は返事をしない。

「ねぇおばさん、あの花瓶の中を見て。お水は入ってる？」

「どうして？」

「知りたいんだ、大事なことかもしれない」

「どうしても？」

「おい、なんだなんだおまえ、このガキ、この家の子じゃないのか、じゃあっち行け！」

「おばさん、お願い、中見てよ」

母親はそれでじゃらじゃらと床を掃き、道を作りながら奥に向かっていって、花瓶の横に立った。

「あ、奥さん、いろいろ、まだ手触れないで下さいよ」

警官は言う。

「はい解ってます」

母親は応える。

「あっち行けってんだよ、小僧！　うるさい！　邪魔だ！」

　警官は叫ぶが、母親はそれでも花瓶のそばまで行き、手は触れずに上方から中を覗き込んだ。そしてこう言う。

「入ってないわねぇ、お水。空っぽよ」

「それならおばさん、どこかそのへんに、すずらん捨ててある？」

　キヨシの家にいつも花をもらっているという思いがあるからだろう、母親は割合素直に協力する。床を捜し、ゴミ箱も覗く。

「ないわねぇ、おかしいな、どこに捨てたのかしらね」

　警官がつかつかとキヨシの方に歩いてきた。

「子供はあっち行った行った！」

　そしてバーのドアがぴしゃんと閉められ、二人の園児は奇妙な現場から、あっさりと追い払われた。

4

　それからキヨシはえり子を連れ、店の周囲のどぶの中とか、裏へ廻ってゴミ箱の中などを捜し廻った。当時のゴミ箱は黒塗りの板製のものが多く、正面の板がスライド式に上方に引き抜けるようになっていて、たまったゴミは前方に出した。上には板製の蓋《ふた》が付いている。新興住宅街には、セメント製で木製の蓋付きのゴミ箱も置かれるようになっていたが、鈴木家のものは板製だった。この蓋を撥《は》ねあげ、キヨシは熱心に中を覗き込む。その頃になると雨もあがったから、二人は傘をたたんだ。

「ねぇキヨシちゃん、何しているの？」

　えり子は訊いた。

「すずらん捜してるんだ」

　キヨシは応えた。

「どうして？」

「まだ説明はできないけど、おかしいじゃない。君のマミー、出かける時はすずらんがあったっていうのに、今なくなってるんでしょ。代わりに、コップがいっぱい割れてたんだ」

「マミーって何？」

「お母さんのこと」

「ねぇキヨシちゃん、えり子のお父ちゃん帰ってくる？」

えり子は、自分の最大の関心事を口にした。

「それはぼくには解らない。お母さんに訊いてよ。もしお母さんが、死んだお父さんを警察で見たのなら、残念だけど、もう帰ってこない」

するとえり子は、目にみるみるいっぱいに涙を溜《た》めた。

「そんなの嫌よ、なんとかしてよ」

「ぼくには無理だよ」

「キヨシちゃんでもできないの？」

「ぼくはまだ子供で、できないことばっかりだよ」

キヨシは応えた。すずらんは見つからなかった。

「でもね、お父さんやお母さんがいなくても、子供はおとなになれるんだ。その方が、強いおとなになれるんだよ」

「本当に？」

「うん、ぼくはもういらないよ、お父さんもお母さんも。一人でやっていく」

「キヨシちゃん、お母さんいるじゃない」

「あれ、お母さんじゃないんだ、伯母さん」

「そうなの？」

その時、カランカランと鐘の音が聞こえた。

「あっゴミ屋さんだ！　あっ、まずいぞ！」

何かを思いついてキヨシは叫び、表に向かって駈けだした。

バーの前に廃棄物回収のトラックが停まっていて、お巡りさんが、「トリス・ウヰスキー」と書かれた段ボールの箱を、清掃員《せいそういん》に手渡しているところだった。手渡す時、チャラチャラとガラスの音がした。

「駄目だー、それ渡しちゃ！　待って！」

キヨシは叫び、留めようとしたが、ウィスキーの箱は、蓋をめくってトラックの荷台に放り込まれた。蓋は閉められ、清掃員は運転席に戻ってトラックは走りだした。当時のゴミ回収のトラックは、荷台に大きな蓋が何枚も付いただけの代物《しろもの》で、来訪は清掃員が手持ちの鐘を鳴らして町内に報《し》らせた。

「駄目だー、待ってよ！」

トラックを追い、キヨシも全力で走りだす。でもトラックはどんどん小さくなる。キヨシは諦《あきら》めず、追って走る。えり子も走ってきたが、すぐについてこられなくなり、立ち停まってしまった。

「キヨシちゃーん、私駄目ー！」

「これ持ってて！」

自分の傘を彼女に向かって放りだし、キヨシは一人になって走る。

「おーい、キヨシー、そんなに急いでどこ行くんだーっ？」

ちょうどその時、声がして、見ると紙芝居屋の横《よこ》山《やま》が、左前方から自転車でやってくる。

「あっおじさん、いいとこに来た！　おじさんこっちきて、自転車の後ろに乗っけて！」

横山はキヨシの後方で道路をUターンし、キヨシのそばまで来た。キヨシは後部に跨《また》がりながら叫ぶ。

「おじさん、あのゴミのトラック追って！」

「え、な、なんで？　よ、よっしゃ！」

言って、横山は全力でペダルを漕《こ》ぎだした。トラックはもう遥かな彼方だ。視界から消えかかった。

「駄目だよありゃ、もうあんなに遠いよ」

「大丈夫、ゴミ屋だからね、もうすぐ停まるよ！」

キヨシは叫ぶ。その声に励まされ、横山は自転車をとばす。

すると、トラックの姿が少し大きくなった。案《あん》の定《じょう》停まったのだ。

「停まったーっ！　おじさん、急いで！」

「よ、よっしゃーっ!」

横山は懸命にペダルを漕ぎ、トラックに迫る。清掃員がゆっくりと降りてきて、鐘を鳴らしながら付近の家々のゴミを集めている。鐘の音に、主婦たちも道に出てきて、ゴミを直接トラックの荷台にぶちまけている。そんな姿がみるみる大きくなった。

「でもキヨシ、追いついてどうするんだーっ?」

横山は叫ぶ。キヨシはそれには応えず、トラックに近づくと、荷台からぱっと後方に飛び降りた。いつもやっていることだからすっかり手馴れている。

鐘を鳴らしながら、清掃員は家の陰に姿を消した。キヨシは停まっているトラックの荷台に取りつき、よじ登ると、蓋を撥ねあげた。中に入ろうとした時、清掃員の一人がこれを見つけてあわてて駈け戻ってきた。

「こらーっ、何してる、坊主!」

そう言ってキヨシの体を後方から羽交《はが》い締《じ》めにし、続いて片手で抱《かか》き抱えると、トラックのかなり後ろまで運んできて、どさっと地面に放り出した。キヨシは転んだが、さっと起きあがり、行こうとする清掃員の背中に飛びつく。

「駄目だっ、さっきのウィスキーの箱返して。あれは大事な証拠品なんだ!」

「こら、何言ってんだ。離せ、おとなの仕事の邪魔するな!」

そうしているうちに、もう一人の清掃員がゴミを荷台に放り込み、また蓋を閉め、運転席に戻る。それを見て相棒もキヨシを突き飛ばし、地面に転がしておいて、急いで運転席に入った。車は走りだす。キヨシは起きあがって、走りだしたトラックの荷台の蓋にしがみつく。なんとかよじ登る。蓋を撥ねあげようとする。しかしうまくいかない。

「危ないぞキヨシ、気つけろよ!」

横山が叫ぶ。

なんとかあがった時、トラックが急ブレーキ。それでキヨシは、蓋の上を前方に向かって転がる。清掃員が一人、助手席から降りてくる。

「なんちゅうしつこいガキだ！　おまえなんか、こうしてやる！」

キヨシを抱えあげると、近くの家の、生け垣の中に放りだした。チビのキヨシは生け垣の中にすっかり埋もれてしまい、いっ時もがいていた。そのすきにトラックは走りだす。

「おい、大丈夫か？」

横山は自転車を停め、スタンドをかけておいて生け垣に寄った。手を貸そうとすると、傷だらけのキヨシが、生け垣の下からなんとか自力で這い出してきた。そして紙芝居屋に向かって叫ぶ。

「追って！」

先に荷台に跨る。

「おじさん、追って！」

「おいキヨシ、もういい加減諦《あきら》めろ」

横山は言った。

「駄目だよ、絶対に諦めない！」

仕方なく、横山はキヨシを乗せて走りだす。

「もっとスピードあげて、横に並ぶんだ！」

キヨシは命ずる。横山が背後を見ると、キヨシはなんと荷台に立ちあがっていた。

「な、何するんだ、危ない！」

「平気だよ、あんなのろのろ走っているんだもの！」

「キヨシ、おまえ、本当に不屈のガキだなぁ」

心底感心したように、横山が言った。

並んだ瞬間、キヨシはジャンプ！　荷台の蓋と、運転席後方の手すりに、かろうじてしがみついた。それから蓋の上を後方に向かって移動し、蓋を撥ねあげる。しばらく中を覗き込んでいたが、車が振動したせいで、生ゴミの中に真《ま》っ逆《さか》さまに転落した。

「あーっ、大丈夫かっ！」

横山が叫ぶ。しかし魚の骨を肩に載せ、体中真っ黒のゴミだらけになって、キヨシはゴミの中で立ちあがった。両手には、しっかりとウィスキーの箱を抱えている。

「おじさーん、これ受け取って！」

「そりゃ無理だー、走ってる途中だっ！」

横山は必死で叫ぶ。その時トラックが再び急停車。

「このガキ！」

ひと声叫ぶ声がした。カンカンになった清掃員がドアを開け、また道に飛び降りてくる。

急停車の慣性に必死で踏み留まり、キヨシはウィスキーの箱を横山に向かって差し出す。

「よ、よしっ！」

横山は自転車をキキッとトラックの後尾に横づけし、箱を受け取った。

「それ荷台に載せて、逃げるんだー！」

叫ぶとキヨシは、ひらりとトラックから飛び降りる。そして脱兎のごとく駈けだした。横山もまた、荷台に載せた箱の上を右手で押さえ、左手だけでハンドルを操《あやつ》りながら、懸命《けんめい》にキヨシを追って逃げだす。

横山家の裏庭で、キヨシは大冒険のすえに奪ってきた段ボール箱をひっくり返した。じゃらじゃらと、たくさんのガラス片が土の上に出てきた。

「これ、なんだ？」

横山が訊くので、キヨシはこれまでの事情をかいつまんで説明した。横山はびっくり仰天した。

「チエちゃんのご主人、死んだのか！」

「うん、今お巡りさんが調べてる」

「調べてるって、じゃあ交通事故じゃないのか？」

「事故でしょ、お巡りさんはそう思ってるよ」

「じゃあこの辺、色めきたつ男多いぞぉ。旦那《だんな》の椅子空いたんだもんなぁ。ベルのママ、人気あるからなーっ」

「そうなの？」

「ああ、でもキヨシにゃ解らない話だな」

「解らない」

「ベルには、おじさんもよく飲みにいくんだ。ママのチエちゃん、美人だからなー。でもキヨシ、おまえの体、生ゴミ臭いぞ」

「うん」

「家帰ったら、あの恐い伯母さんに怒られるぞー。知らないぞー」

　キヨシは相手にせず、ガラス片をひとつひとつ観察していた。

「気をつけろよ、手怪我《けが》するぞ。何してる？」

「ガラスのコップかどうか、調べてるんだ」

「だってそれ、ベルの床にあったんだろ？　グラスに決まってるじゃないか。でもこれ、ひどい嫌がらせだよなぁ、グラス全部割るなんてなぁ。いったい誰がこんなことするんだろうなぁ」

「全部そうかどうか、一応調べるんだ」

　キヨシは、いったん地面にぶちまけた破片の中から、肉の薄い、コップの破片と思えるものはどんどん箱に戻していった。


「あった！」

　キヨシは叫ぶ。

「こんなに厚さのあるガラスが混じってた。ほら、これはコップじゃないよ」

　横山も、それを自分の指でつまんで見た。

「あっ、本当だ、厚い。何だろこれ」

「まだ解らない。おじさんも手伝ってよ」

「うん、どうやればいい」

「この厚いガラス、もっとないか捜して。普通のコップの割れたのだったら、この箱の中に戻して」

　それから二人は、厚いガラスの破片だけを選《よ》り出《だ》し、残りはみんなもとの箱に戻した。厚ガラスを除けば、後はみんなただのコップの破片だった。

　次にキヨシは、選り出した厚いガラス片を、地面の上で組み合わせていった。失われたところも多かったが、次第に大きなガラスの筒《つつ》のような物体ができあがった。直径が十五センチくらい、高さが三十センチくらいの筒だった。肉厚の透明ガラスでできていて、外側の表面に、波打つような起伏《きふく》模様があった。模様は円周方向に沿ったリング状ではなく、それと直角方向の、縦のラインになっている。

しかし底がない。筒に見えるのは、底の部分が失われているからだ。反対側の開口部は、ガラスの縁がなめらかに仕上げてあるから、最初からこんな形状に造られていたのだ。一方の開口部は、すべて割れたエッジになっていて、径は、反対側の開口部の径に較《くら》べてややすぼまっている。

「何だいこれ」

横山が言った。

「テープで貼り合わせてみるかい?」

「いやいいよ、だいたいの形が解ればいいんだよ」

「何だろう、これ」

「何だろうね、何だと思う? おじさん」

「こういうふうに立てて使うのなら、花瓶じゃないかな、ガラス厚いし」

「でも底ないね」

「底の部分はなくなっているんだろう。ここに、こういうふうにガラスの底、あったんだよ。だけどもうなくなったんだ」

「おじさん、ベル、よく行ったんでしょ」

「うん」

「こんな花瓶あった?」

「いいやぁ、見たことないなぁ」

「底がないってのは、変だよ。底だけがないなんて。ほかはほとんど破片があるんだよ。まったくひとかけらもないなんて、絶対おかしい」

「というと?」

「だから、底は最初からないんだと思う。だからこれは花瓶じゃないよ」

「じゃ何だ?」

「何かなー、何に見える?」

「さぁー、ランプかなぁ。でもこんなランプも、あの店では見たことない」

「ランプだったら、こんなにガラス厚くない。それにほら、この辺白いものが付いてる、しかも線になってる。ということは、中に何かの液体が溜まっていたんだ、この線のところまで」

「液体、何の？」

「解らないな、でもこれで解ることがいっぱいある。白いものが付いてるの、こっち側だけだから、こっちが下だよ。そして液体が入っていたということは、底があったんだ。でもそれはガラスじゃない。もしガラスだったら、絶対にひとかけらくらいは破片が残ってるよ」

「底がガラスじゃない？　そんなものあるかぁ？」

「おじさん、この箱しばらく預かっててよ。ガラスに指紋付いてるかもしれないから。でも警察、言ってもやらないだろうけどね」

そしてキヨシは、厚ガラスの破片も、みんな箱の中に戻した。

「指紋って何だ？」

横山は訊いた。

「指先の皮膚の、ここのところの模様。人によってみんな違うんだ」

「ふうん、キヨシ、これからどうするの」

「おうち帰る、もう夕方だから。帰らないと叱られるもの。服も汚しちゃったし、後は明日にする」


翌日の午後、鈴木えり子の家、トリスバー・ベルの二階は葬式だった。えり子の母親のチエは、黒い和服を着て、お化粧をして、とても綺麗にしていた。たくさんの人がお焼香《しょうこう》に来た。大半はお店の客だったのだろう。

キヨシが家の前に立っていると、二階の窓にえり子の顔が覗き、降りてきて昨日預けていた傘を返してくれた。そして言う。

「キヨシちゃん、えり子もね、お棺《かん》の中で寝ているお父ちゃん見たよ。顔触ったら、冷たくなって、もう死んでた。これでもう生き返って、うちに帰ってはこないね、お父ちゃん」

「うん、それならもう死んじゃったんだ」

キヨシが言ったが、えり子はもう泣かなかった。

「でも、お父ちゃんいない子の方が、強いおとなになれるんだね」

「うん、そうだよ」

「本当に？　絶対？」

「絶対だよ」

キヨシはひとつ、深く頷いた。

「キヨシちゃんが言うのなら、私、信じる。ねぇキヨシちゃん、解った？　あんないっぱいのガラス、どうして割れたかとか、お父ちゃんがどうして死んじゃったか」

「うん、解ったよ」

キヨシは言った。

「キヨシちゃんならきっと解るって思ってたんだ。だって先生も解らないこと、いつもキヨシちゃん解るから。教えて、どうして？」

「今は言えないんだ」

「どうして」

「悪い人を捕まえてもらってから。そしたら、その後で言う、じゃ家で待ってて」

キヨシはえり子と別れると、傘を持って、そのまま坂の中途にある交番まで駈けていった。中には昨日の巡査がいて、一人お茶を飲んでいた。キヨシを見ると言った。

「あれ坊主、なんだおまえ、また会ったな。なんか用か？」

交番の中に入り、キヨシは言う。

「お巡りさん、鈴木えり子ちゃんのパパ、殺されたって知ってる？」

「何？」

お巡りさんはぽかんとした。

「何だ？　藪《やぶ》から棒《ぼう》に」

それから徐々《じょじょ》にお巡りさんの顔色が変わり、かんかんに怒りだした。

「こ、こら！　めったなこと言うもんじゃない、子供の分際《ぶんざい》で！」

「今えり子ちゃんのお家、お葬式やってるよ。一緒に来て、犯人捕まえない？　犯人もきっと来るよ。ぼくが犯人を教えてあげる」

あまりのことに巡査は怒ることを忘れ、あんぐりと口を開けた。幼稚園児にそんなことを言われたのははじめてだったからだ。かなりそうしていたが、やがて自分を取り戻し、言った。

「ば、馬鹿なこと言うもんじゃない。あれは事故だ！」

「解剖《かいぼう》した？」

「解剖？　解剖って何だ」

「お腹開くこと」

「そ、そんなことは知ってる！　おとなをからかうもんじゃない！　早くおうち帰って勉強しなさい」

「そんなこと言ってると、手遅れになるよ。逃げられてもいいの？」

「誰に」

「犯人だよ！」

「あれは事故だ、何度言ったら解る。鈴木音造《おとぞう》はスピード狂だったんだ、いつかは交通事故やって死ぬようなクルクルパーだったんだよ。もういい、あっち行け！　仕事の邪魔するな！」

「仕事って、お茶飲んでるだけじゃないか！」

キヨシは言った。

「たった今のこれは、ちょっと休んでおるだけだ、本官は忙しい！」

するとキヨシは、交番の床を踏みならした。巡査はびっくりし、少し後ずさった。キヨシは往来に飛びだし、大声を出した。

「くそぉ、どうしてぼくは幼稚園児なんだ！　ぼくがもしおとなだったら、いくらでも犯人を捕まえられるのに。いっぱい人を助けられるのに！」

そして無能な巡査をはったと睨みつけた。巡査はずずっとお茶をすすり、こう言ってせせら笑った。

「早くおとなになるこったな小僧、じゃあな、バイバイ！」

　立ちあがり、お巡りさんは奥へ小便しにいった。

　それでキヨシはやむなくベルに戻り、往来からえり子を呼ぶと、折りたたんだ紙片を手渡した。

「これママに渡して」

「これ何？」

「犯人の名前が書いてあるんだ。ママに、この人には気をつけるように言って」

「私も見ていい？」

「ママの後ならいい、ママに訊いて。それから、見ても人には言わないで」

「うん。お巡りさんには言わないの？」

「言った。でも信じてくれない、ぼくが幼稚園児だから」

　キヨシの目に、少しだけ涙が溜まっていた。

「ねえキヨシちゃん、私たちどうなるの？　私とお母さん」

「まだ解らないけど、ママが、きっと新しいパパを君に紹介すると思う」

「そんなの嫌だよ、私」

「先のことだよ」

「ねえ、キヨシちゃんにはずっと会えるの？　私」

「君がその人のことパパって呼んだらね」

「じゃあ呼ぶ」

「ずっと先のことだよ、心配しないで。でもその紙に書いてある名前の人は、パパと呼んじゃ駄目だ。悪い人だからね」

「うん解った」

「今のぼくには、それしかできない」

「ねえキヨシちゃん、私のこと、守ってね。ママも」

「どうしてぼくに言うの？」

「キヨシちゃんの家、お金持ちだし、キヨシちゃん頭いいから」

「ふうん、そっか。じゃあね」

　そしてキヨシはくると背中を向け、家に向かって帰っていった。

5

夕食の後、キヨシがホールでピアノの練習をしていたら、玄関のドアが開いて「今晩は」という声がした。伯母が出ていった先を見ると、なんと今日派出所で会った制服の巡査だった。喜色満面《きしよくまんめん》でえらく愛想《あいそ》がよく、帽子もとって小脇にしていたから、キヨシはあの巡査とすぐには解らなかった。

「あ、これはどうもどうも。夜分に恐れ入りますです。私、馬夜川と申します。動物の馬に、昼夜の夜という字に、三本川です。ちょっと珍しい苗字《みようじ》でございまして、恐縮です。先日この先の派出所に赴任してまいりましたんで、ちょっとご挨拶にと思いまして」

と彼は、すこぶる低姿勢で言っていた。

「あらまあ、それはそれは、どうもご丁寧に」

伯母も愛想よく応じている。女子大の理事長である伯母は、下校時の学生たちの身の安全を頼んで、通学路にある交番によく届け物をしていた。先輩からこれを聞いた彼は、一応挨拶に行っておいた方が得策《とくさく》と考えたのであろう。キヨシは、この時はじめて巡査の名前を知った。ずいぶん変てこりんな名前だと思った。

これはまた立派なお屋敷で、と言いながら馬夜川巡査はぐるりと室内を見渡し、当然ながらピアノを弾いているキヨシの姿を認めた。一瞬信じられないという目をし、次にばつの悪そうな顔になった。やがて届くであろうお茶菓子のランクを引きあげるためには、このチビをもうちょっと優遇《ゆうぐう》しておけばよかったかという後悔としばし闘っていたが、このまま無視して帰ってしまうのはさらにまずい、と判断したようだった。

「おや、なんだ！　君はこの家の子だったのか」

と彼は今はじめて気づき、驚きの大声を出すのだった。坊主とか小僧とかチビとかガキと言っていたものが、はじめて君となった。

「上手だなぁ、ええ。すごいなぁ君は、そんなに小さいのに。将来はピアニストか！」

と見えすいたお世辞《せじ》を言い、うるさいのでキヨシは、ピアノを中断して、馬夜川の方に寄っていった。伯母の前なら、彼も自分の話を聞くかもしれないと思ったからだ。

「お巡りさん、ぼくの話聞きにきたの？」

キヨシは言った。

「君の話？　何の」

「鈴木音造さんを殺した犯人だよ」

「な、何を言うんだ、わはは。いやまいったな、お巡りさんを脅かすなよ！」

馬夜川はしきりに大声を出す。

「キヨシちゃん、何てこと言うの、恐ろしい！」

伯母も顔色を変えた。

「鈴木さんのあれ、あれ事故なのよ。みんな言ってるでしょう！」

伯母は声を震わせて抗議した。「殺した」などという下品な言葉が、自分の身内の口から出たことがショックだったのだ。

「名前キヨシっていうのか、君。いや、お宅のお子さんすごい想像力で。いやびっくりしますなー最近の子は、これもラジオなんかの悪影響なんでしょうなぁ」

馬夜川巡査はわめくように言った。

「想像じゃないよ、これはリーズニングだよ」

キヨシは言った。

「リーズニ……、何だ、それ？」

馬夜川は言う。

「リーズニング、日本語にまだないんだよ。証拠もあるよ」

「いや、ま、頭のよいお子さんで。ピアノもうまい、将来が楽しみですなぁなんとも。それじゃ私はこれで。夜分どうもお邪魔しましたです」

ぺこぺことお辞儀《じぎ》をしながら、馬夜川は制帽を頭に載せた。

「じゃまた……」

「駄目だよお巡りさん、捕まえないと危険だよ。もしかすると、えり子ちゃんのママが危ないよ！」

「え、どういうこと、キヨシちゃん」

伯母が訊いた。

「だってこのお巡りさん、いくら言っても信じてくれないんだ。えり子ちゃんのパパ殺した人がいるって言っても。それがこの先の坂下の角《かど》の、中井《なかい》電気のおじさんだって言っても」

「中井電気？」

ドアを開いた馬夜川の動作が、ノブを握ったまま静止した。

「どうかしましたか？」

伯母が尋ねた。

「いや、中井電気の奥さんから今朝捜索願が出されまして昨夜《ゆうべ》ご主人が家に帰らなくて、店の車ごと行方不明で、調べたら店の貯金がみんな下ろされていて、それにご主人が、あちこちに総額ですごい借金をしていることが解って、これはもう夜逃げだというんで、奥さんすっかりとり乱して……」

「大変だ！」

馬夜川の脇をすり抜け、キヨシは表に飛び出した。

「あ、こら、ちょっ待てチビ、あ、失礼。どこ行く！」

「キヨシちゃん！」

二人が叫び、お巡りさんは駆けだして追ってくる。キヨシは全速力で女子大通りへと向かい、馬夜川は、家の前に停めていた自転車のスタンドをはずし、もたもたと跨った。

「幼稚園児のくせに、逃げ足速いなぁ」

などと言いながら、馬夜川は自転車を漕いで追ってくる。しかし学内の小径の途中には階段があるので、なかなか速力が乗らない。

キヨシがベルの前まで駈けてくると、もう葬式は終わっていて、一階のバーの灯は消えているから、建物全体はひっそりとして感じられた。二階の窓にだけはぽつんと明かりがともるが、物音も声も聞こえない。バーの前を素通りし、キヨシは裏手に向かって走った。すると裏の狭い空き地に、「中井電気」と車体に書いた自動車が停まっていた。

車の中に人はいない。自動車のところからは、鈴木家の二階の物干しが望める。その奥にはガラス戸と窓があるが、その双方ともに明かりがともっているのが解った。

この時、ようやく馬夜川がキヨシに追いついてきた。

「おいおい、いったいどうしたっていうんだキヨシ君」

彼の内で理事長のご威光《いこう》がまだ続いており、そう丁重に言った瞬間。「きゃー」という女の悲鳴が聞こえた。続いて「助けてー」という声もした。途端に巡査は色めきたった。あたふたと自転車のスタンドをかけ、

「お、おい、キヨシ!」

彼は言った。

「一緒に逃げるって言ったろうおまえ! それ信じて俺は、いったいどれだけつぎ込んだと思ってんだ、おまえに!」

男の声がする。ところがキヨシの姿は消えていた。

「お、おい、おい君。どこだ、どこ行った!」

馬夜川が言い、

「こっちだよ」

とキヨシの声が、中井電気の車の向こう側からした。

「そんなとこで何してる」

シューという音が聞こえた。

「空気抜いているんだよ、タイヤの」

キヨシは応えた。

「ど、どうしてだ!?」

「この自動車で逃げられないようにだよ」

そして、向こう側のタイヤ二つともの空気を抜いてしまった。

「お、おまえ……、そういうことしていいのかなぁ」

馬夜川の頭は混乱している。

「その先、右に行ったところに公衆電話があるよ。それでお巡りさんの友達、呼ぶといいよ。えり子ちゃんのママが危ない、怪我させられるかも、殺されるかもしれない。一人じゃ危ないよ、ぼくはここにいるから」

「こ、ここで何してるんだ？　あれはただの喧嘩と違うのか？」

「違うよ。中井のおじさんは、えり子ちゃんのママ無理に連れて、きっとここまで降りてくる。この自動車に入るよ。でもこれで自動車は動かないから、その時みんなで捕まえればいい、急いで」

「あ、なるほど」

「空気抜いたタイヤは向こう側だから、家から出た時、あのドアからは見えない。だからきっと車の中に入るよ。でも一人じゃ無理。急いで！」

「そ、そうだな、よし！」

巡査は頷き、駈けだしていった。公衆電話は近い。キヨシが一人になると、また叫ぶ声がする。

「私は亭主がいるのよ、あんたと行けるわけないじゃない！　そう言ったでしょ！」

「だからいなくなったじゃないか、もう」

「そういう問題じゃないわよ！」

「それじゃ、どういう問題だ。とにかく一緒に来い！」

「行けるわけないでしょ」

「今まで言っていた、おまえのあれは、じゃ嘘《うそ》だったのか」

「私だって生きていかなくちゃならないのよ」

「それがどうした、俺だってそうだ」

「仕事の上でのことじゃない」

「じゃなんで俺に許した！」

「だから、もうそれで我慢してよ。私は支払ったわよ！」

「うるせー、なんて女だ！」

五分もすると、馬夜川は駈け戻ってきた。その間は、口論だけで何も変わったことは起きなかった。どこからか花のよい香りがした。

「変わりないか」

馬夜川は言った。

「何もないよ、友達呼んだ？」

「ああ呼んだ」

その時、また女のわめく声が聞こえた。

「それであんたが主人殺したの？　人殺し！」

女の声がそう言うと、わーっと子供の泣く声がした。えり子だ。

「馬鹿野郎！　おまえにいくらつぎ込んだと思っているんだ。おまえの言うこと信じてて。俺はもう破滅だ！　この盗《ぬす》っ人《と》、嘘つき女！」

叫び返す男の声がした。馬夜川は驚いたようだった。

「おい、あれが中井の声か？」

「そうだよ」

「おまえ、親しいのか？」

「ぼくの家の電化製品、みんな中井電気から買ってるんだよ、修理もそう。だからよく家に来ていた」

「おまえ、友達か」

「まあね。でもどうしてみんな、バーの女の人の言うことなんて信じるのかなー、お金のために嘘ついてるのに決まってるじゃない」

聞いてぎくっとしたように馬夜川は、キヨシの顔を見た。

「おまえ、なんか、女に詳しいんだな」

「だって、女子大の中に住んでるんだよ」

「そうか、なるほどなー」

巡査が言った時、またひときわ大声になって泣きだす子供の声が聞こえた。

「えり子ちゃんの声だ、早く降りてきてくれないかな。もしおじさんの友達来るまでに中井のおじさんが降りてきたら、おじさん、一人でも捕まえてよ」

「お、おまえも手伝えよ」

「いいよ」

その時、かすかにサイレンの音が聞こえた。

「来た！」

ほっとしたように、馬夜川は言った。

「よかった！」

サイレンの音は大きくなっていく。どうやらひとつではない。これらは徐々に大きくなる。果てしなく大きくなっていく。どんどん大きくなって、「来た、来た！」と喜ぶ馬夜川の声も聞こえないほどになった。

女子大通りの角を曲がってパトカーが路地に入ってくると、サイレンは耳をつんざくほどになって、爆音のように周囲を圧倒した。付近の家々の窓ガラスがびりびり振動し、キヨシは両手で耳を押さえた。何ごとかと、近所中の家の窓が次々に開く。回転する赤いランプがあたりを真っ赤に染め、狭い路地にひしめくようにして、三台のパトカーが停まった。ようやくサイレンの音が停まる。

「おじさん、馬鹿じゃないの！」

キヨシは言った。

「なんでだ！」

馬夜川は険《けわ》しい顔になった。

「こんなものすごいサイレンの音したら、中井のおじさん、ここに降りてくるわけないじゃないか」

「あ、そうか！」

「こんなに大勢呼ばなくてもいいんだ、あと二人いればよかったんだよ」

がらがらと、鈴木家の物干し台の戸も開く音がした。そして物干し台の上に、喪服《もふく》姿のえり子の母親と、その首を後ろから羽交い締めにしている男の顔が覗いた。

「今だ！　えり子ちゃん逃げろ！　下に降りるんだ！」

キヨシが叫んだ。

「こらあ中井！　貴様であることは最初から警察には解っておる。手間かけず、早く下に降りてこい！」

馬夜川巡査が上を向いて怒鳴った。すると中井が叫び返す。

「もう死ぬぞーっ！　これ見えないのかーっ？　俺は今から死ぬんだ。この女道連れになっ！　あんまり騒ぎたてると、この女それだけ早く死ぬことになるぞぉ！」

中井は包丁《ほうちょう》を右手に持って振り廻していた。続いてこれを、えり子の母親の首筋にぴたと押し当てた。きゃーと、えり子の母親が悲鳴をあげる。

「こらーこの馬鹿っ、包丁引っ込めろーっ！」

馬夜川は怒鳴る。

「死ぬぞー、もう死ぬ！　こんなじゃ生きていてもしょうがねえからな！　おまえらの出る幕じゃない。引っ込んでろ！　人の邪魔《じゃま》するな！　今から男の死にざま見せてやる！」

「いきがるな、ばっか野郎！」

馬夜川は叫ぶ。

パトカーから降りた大勢の警官が、ばらばらと駈けだす。家の周囲を取り巻いた。そのうちの何人かは、馬夜川の方にやってくる。

「あ、馬夜川巡査でございます。こりゃども、ども、ご苦労様でございます」

馬夜川は仲間に次々に敬礼し、ある者には深々とお辞儀をし、それからやおら物干しを見あげて叫ぶ。

「こらーおまえっ、もう駄目だー、この家取り巻いた。もう逃げられんぞーっ、おとなしく降りろーっ！」

「帰れ、帰れ！　おまえら。おとなしくなー、でないと女死ぬぞーっ！　人の最期の邪魔するなー、おとなしく死なせろー！」

「こらー、鈴木音造を追い込んだのもおまえだろー、とっくに解っておるんだぞーっ、こっちはー！」

馬夜川が、たった今聞きかじったことを叫んだ。

「何？　何がどう解ったんだ！　何のことだ！」

中井が下に向かって叫び返し、馬夜川巡査はぐっ、と言葉に詰まった。

「どう解ったんだ」

下を向き、小声になって、馬夜川はキヨシに尋ねた。

「厚いガラスの破片だよ」

キヨシも小声で教えた。

「厚いガラス？　何だそれ」

「そう言や解るよ」

「厚いガラスの破片だーっ！」

上を向いて馬夜川が怒鳴ると、物干し台はいっ時沈黙する。

「くそーっ、証拠はあるのかーっ！」

「おい、証拠はあるのか？」

また小声になり、馬夜川はキヨシに訊く。

「破片に指紋が付いていたって言って」

「破片に指紋が付いていたーっ！」

意味は解らないが、馬夜川巡査は胸を張って叫ぶのだった。

「くそっ、手が滑って失敗したぜ！　雨が降ってたからな！」

意味不明の言葉を中井はわめき、その時一階裏口のドアから、泣きながらえり子が出てきた。脱出成功だ。

「キヨシちゃーん！」

えり子は言った。

「こっちだよ！」

キヨシも叫んだ。

「降りてこーい！」

馬夜川は叫び、

「駄目だーっ！」

中井も叫び返してくる。

「じゃ、どうする気だーっ」

「言ってるだろー、ここで死ぬんだよー、俺は！」

「一人で死ね、一人でーっ。女離せーっ！」

馬夜川は頭にきて怒鳴った。

「うるせーっ！」

「お嬢ちゃん、君はパトカーの中で待っていなさい、ね、ここ危ないから。キヨシ、おまえもだ」

「ぼくもパトカーの中に入っててていいの？」

馬夜川は、またぐっと言葉に窮した。

「いや、だから、おまえ、もうちょっとここにいるんだ！」

怒ったように言った。

「じゃ私もいる」

えり子も言った。

それからしばらく「降りてこい」、「いや降りない、死ぬ」の押し問答が続いた。そして事態は、たちまち睨み合いの膠着《こうちゃく》状態に入った。中井は、

「おまえらっ、無理に中入ってきてみろ、すぐにこの女の喉《のど》かっ切るからなーっ！」

そうひと言わめいておいて、奥に引っ込んだ。ガラガラぴしゃん、と戸が閉まる音。長期戦になりそうだった。キヨシは言った。

「これは駄目だよお巡りさん、こうなったら朝までかかるよ。ぼくもう家に帰っていい？　家の人心配してると思うし、眠いもん。えり子ちゃんも、うち連れていって泊めてあげるから心配しないで」

「そ、そうだな……、いや、ちょっと待て、おまえ、私を見捨てるのか。何かいい方法はないのか」

「ないよ、こうなったら中井のおじさんが疲れるのを待つだけだよ。そして、おじさん疲れたら、みんなでいっせいに飛び込めばいい、じゃあねバイバイ。えり子ちゃん行こう」

「ちょっ、ちょっと待て！」

「だってぼくは家帰って勉強しなくちゃ」

「ま、待て。よ、よし解った。さっきは悪かった。私が悪かった。君を相手にしなくて、この通り謝る。だから何かうまい方法あるなら教えてくれ。事態が朝まで持つ保証なんかない、あいつはあの通りだ」

「そんなの、子供の想像力では思いつけないよ」

「またそんな嫌味を……、ちっくしょう。さっきから謝っとるじゃないか、こっちは。もう勘弁《かんべん》しろよ」

キヨシは考え込む。

「な、なんでもする。おまえ、いや君、私の知らないこと、何か知っているんだろ。私はなんでもする。飴玉でもなんでも買う。おまえも聞いたろう、あいつは死ぬと言っている、すっかり逆上してる、狂っているんだ。もう一刻の猶予《ゆうよ》もできない。あいつが鈴木チエさん怪我させたり、殺したりしたら俺の責任だ。判断ミスで、始末書ものだ。えらいことになる。なんとか助けてくれ。あいつ本気だ。知恵貸してくれよ、頼む。この通りだ」

馬夜川は土下座せんばかりだった。キヨシはしばらく考えていたが、言った。

「おじさん、この場を収められたらいいんだね？」

「ああそうだ。いや、だが、逃がすのは駄目だぞ！」

「解ってる。じゃあ今からぼくの言う通りにしてくれる？」

「する、する。それでこの膠着した事態が収まるものなら、なんでもする」

「理由も訊かないと約束してくれる？」

「り、理由も？　それは……、つまり……、よし解った、する」

「じゃぼくはこれから紙芝居の横山のおじちゃんとこに行ってくる。中井電気にも行ってくる。ちょっとここで待っていて。すぐ戻ってくるから」

「中井電気？　中井電気なんかに何しにいく。カミさんだったら俺が呼んでくる」

「おばさんに用はないよ、ゴミ箱に用があるだけ」

「ゴミ箱？　なんで。それに横山は」

「理由は訊かない約束だよおじさん、ぼくにまかせてよ。でないと失敗するよ」

「解った、パトカー出そうか」

「いいよ。目だつから。近いから一人で行ってくる。ちょっと待っていて。えり子ちゃんも待っていて」

「うん」

「時間ないんだ、頼むぞ」

「うん、だけどおじさん、中井のおじさんを刺激しちゃ駄目だ。なだめて、おとなしくさせておいて。ぼくが戻るまで時間を稼いで」

「う、そうか、よ、よし解った」

キヨシは、女子大通りの方角に駈けだした。

キヨシの姿が消えると同時に、がらがらと二階の物干し台のガラス戸が開く音がした。そして、また喪服の鈴木チエの体を後方から羽交い締めにした中井が、物干し台の上に現れた。

「おまえら、まだいるのかー、女殺されたいのかーっ！」

中井は怒鳴った。

「わ、解った。もうすぐ帰る、もうちょっと待て。だから、もっと穏やかに話し合おうじゃないか、な、そっちの言い分も聞く、何だ」

「言い分あるわけないだろが！　とにかく帰れってんだよ、邪魔するな！」

「解った、解った。帰る、帰るから、もうちょっと待ってくれ」

「えり子ーっ！」

チエが叫んだ。

「お母ちゃーん」

えり子も叫ぶ。

「無事？」

「うん、ここにいるよ」

すかさず馬夜川が叫ぶ。

「子供も無事だ、だから、な、こういう危ないことはやめよう、もう、な？」

中井は沈黙している。

「女、離してくれ、な君、自分一人で死ねばいいだろう、女は関係ない、そうじゃないか。われわれは君が死ぬのは邪魔しない。子供に母親は必要だ、母親は解放してやってくれ」

「だいぶ低姿勢になったなぁ、よしよし。だけどな、関係なくない、女自身が選択したことなんだよこれは。俺はもう駄目だ、だけど一人で死ぬのは悔《くや》しい、この女は甘言を用いて俺を破滅させたんだ。すべてのもとはこの女なんだ。だから、死ぬならこの女も道連れが筋《すじ》ってもんだ、そうだろ？」

聞きながら、馬夜川がむらむらと腹を立てているのがえり子にも解った。

「この野郎、黙って聞いてりゃ勝手なことを」

と彼は小声でつぶやいていた。そして、

「このバ……」

まで怒鳴りかけたところにえり子が袖《そで》を引いたので、彼はぐっと言葉を呑《の》んだ。そして気をとり直し、穏やかに言った。

「そうか、解った。君の言い分はよっく解った。あもっともだ。だが女は離してくれ、関係ないだろ」

「聞いてなかったのかおまえは！　頭パーか！　今関係あるって説明したろうが！」

頭ごなしに怒鳴られ、馬夜川の堪忍袋《かんにんぶくろ》の緒《お》がいよいよちぎれかかった。夜目にも彼の顔が真っ赤になった。

「おじさん、我慢して！」

また袖を引いて、えり子が言った。うー、と馬夜川は低く唸《うな》り続けていた。同じ内容の罵倒《ばとう》を、彼はこれまで何回か上司にも言われていたのである。

「今すぐ引け、五分間待ってやる。五分以内に引かなかったら、この女殺す、それから俺も死ぬ」

「ちょっと待て、五分というのはだな、ちょっと、こっちの事情も……」

「五分だ！　何回も言わすな！」

「あ、待て、ちょっと待て……」

しかし中井と鈴木チエの姿はそれで消え、がらがらとガラス戸の閉まる音がした。

「駄目だこりゃあ、もう突入しかないな、準備しよう」

馬夜川は言う。

「駄目だよ、キヨシちゃん帰ってくるの待って」

えり子は言った。

「駄目だ、とても待っちゃおれん、君、車の中に入っていて」

「駄目だよ、お母ちゃんキヨシちゃん殺されちゃう、待って。すぐ帰ってくるよ、キヨシちゃん」

「駄目だ、五分しかない、もう待てん。それに待ってもあんなちっちゃな子供だ、どこまで頼りになるか。突入準備だ！」

馬夜川は周囲に声をかけた。


「時間稼《かせ》ぐって言ったじゃないおじさん、約束守ってよ！」

「車の中にいるんだ」

「お母ちゃん殺される、首切られる、助けてよ！」

しかしえり子は、別の巡査の手でパトカーに入れられた。警官たちは、裏口からと、正面のバー側から、そして隣家の屋根伝いに物干し台に飛び移って突入する部隊という三派に分かれ、配置についた。

作戦の指揮をとるのは本署から来た警部だった。馬夜川は下《した》っ端《ぱ》なので、兵隊の一人というにすぎない。近所のすべての窓には見物人の顔が鈴なりで、みな息を呑んで展開を見守っている。失敗は許されない。

「五分だ、よし、行くか」

腕時計を睨み、警部が馬夜川巡査に言う。

「はい、もう仕方ないです」

そう二人が話した時、路地を子供が駈けてくる足音が聞こえた。

「あ、待ってください警部、子供帰ってきた！」

　馬夜川が言った。

　大きく、重そうな紙袋を抱えたキヨシが、パトカーの陰から空き地に入ってきた。はあはあと息を切らせていた。パトカーのドアが開いて、えり子も出てきた。

「キヨシ、その袋何だ」

　馬夜川が訊く。

「その子は何だ！」

　警部が訊いた。

「はい、中井の、家の中に立て籠もっている男の友達です！」

　馬夜川が応える。

「その子が何だ、どうする気だ」

　警部は訊く。

「ぼくが中に入るよ！」

　キヨシが大声で言った。

「何、馬鹿なこと言うな！」

　突入を決意し、気分が殺気だっている警部は怒鳴った。

「警部、この子は中井の友達ですし、非常に親しいです。われわれが無理に突入したら、中井は女の首、包丁で切ります。市民に大怪我させたら明日の新聞が……」

「その子に怪我させたらどうなんだ！」

　警部は一喝《いっかつ》した。

「大丈夫」

　キヨシは言った。

「大丈夫と言っております」

「な、馬鹿言うな！」

　警部は怒鳴った。

「大丈夫だよ、みんな待っていて」

　キヨシは言う。

「警部、ここはまかせてください」

　馬夜川は言った。警部は、すっかりあきれはてたようだった。

「馬夜川、じゃおまえ、全責任引き受けるか？　自分の馘《くび》かけるか？」

警部に言われ、馬夜川はぐっと判断に窮した。

「はっ、それは……」

唇を噛《か》んだ。

「どうだ！」

警部は言う。馬夜川は両の拳《こぶし》をぐっと握り締めた。

「キヨシ、俺と女房と二人の子供の将来、全部おまえにまかせてもいいか、幼稚園児のおまえによぉ」

下っ端の馬夜川巡査は、泣かんばかりになってキヨシを見た。しかしキヨシは堂々としていた。胸を張ってこう言った。

「幼稚園でも養老院でも関係ないよ、解決のための理論はひとつだ！」

「くそぅ、なんということだ！　どうしてこんなことになるんだ着任早々。いったい何の因果《いんが》だよ。よ、ようし、もうヤケだ、ここはおまえにまかせた。どうせ突入しても、女に怪我させたらおんなじことだ！　女房は巡査を好きじゃないし、田舎《いなか》行って別の仕事探すか」

そして警部に向き直る。

「ここは本官が全責任を負います！　進退を賭けます。辞表も書きます！」

すると警部は言った。

「よし、じゃ三十分やる！　それで打開できなければ突入だ、いいか！」

「キヨシ、三十分もらった。こんなこと言えた義理じゃないが、頼むぞ！」

「まかしといてよ。中井のおじさんには貸しがあるんだ。ラジオ直してあげたんだ、だから、待っていて」

そしてキヨシは単身、裏口から暗い家の中に入っていった。

6

「それで、どうなったんです？」

と私は、馬夜川老人に訊いた。

「私はですな、表で、そりゃあひたすらに後悔しましたよ。あの子にもしものことがあったら、私はあの子のお母さんになんと言ったらいいか。あの子に押し切られて、本当に馬鹿な決断をしてしまったと。もう自分の進退なんかより、そのことばっかりが気になりましたな。あれは伯母さんだったんだそうですが、この時の私は知りはしません、母親だと思っておりましたから。

しかし、まったく常識はずれの判断ですが、あの御手洗という子供には、なにか人をその気にさせるような、頼らせてしまうような、不思議な力があるんです。そういう一種の磁力のようなものが出ておるんですな、体全体から」

私は頷いた。この点は私にもよく解る。あの磁力がすごい仕事をするのだ。それともあれこそが、すごい仕事をできる者の証《あかし》なのだ。だが、同時に周囲を駄目にもする。なんでもかんでも一人でやってしまい、他人に協力ということを求めない。それで周囲は、どんどん自分の無力感を強めるのだ。この世界は、大勢の協力によって成り立っている。誰もが、あんな人間の存在を考えていない。

いずれにしても御手洗という男には、子供の時からこれが具《そな》わっていたということだ。私は今までの人生で、大勢の人間に接してきたが、あんな様子の人間は、御手洗が一人だけだ。

「それで結果は、やはり後悔するものだったんですか」

私は訊いた。これが今なら、御手洗がそう言う以上、きっとうまくやるだろうと思う。しかしなにしろ幼稚園児の時代の話だ。いかに彼といえども、見込み違いや計算の狂いがあったろう。

「後悔といや、後悔かもしれんです」

「と言われると？」

「けっこう長くかかったんです。ですから私はもう、すっかり肝《きも》を冷やした。これはてっきり失敗だと思った。いかに仲がよくてもね、また中井が、いかに女子大の理事長の家に電気製品をたくさん買ってもらって恩があったにしてもです、事態が事態で、当人は完全に逆上、発狂しておるんです。とても日頃の態度は戻らんだろうと、私は思うようになった。女問題の恨みというものは、これは強烈ですからな。私らは何度も、これでもって痛い目見ましたから。人間の犯罪のもとは、そりゃあ色と欲です。おとなのこれに、たった五歳の子が立ち向かったんですから」

「それでどうなったんです？」

「三十分近く、家はしんとしていましたよ。うんもすんもない。私はずっとじりじりしておった。女の声もしない、悲鳴もあがらない。よっぽど私は、中で何してるー、と怒鳴ろうかと思った。それとも、踏み込むぞーとね、叫びたかった。でも我慢したです。もしかして、私のその大声ですべてがぶち壊しになるかもしれないと思って、じっと堪《こら》えたです。中に踏み込んで大暴れした方がよっぽど楽だったです。


そうしておる間に、私は警察官の職のことなんぞ、もうとっくに諦めましたよ。女房の田舎に帰って百姓やるか、どっかの百貨店の守衛になるか、そんなことを考えていた。これも自分の運命だなとね。そしたら、物干し台のガラス戸ががらっと開いたです。そして、女連れて中井が出てきた」

「はい」

私と里美は息を詰め、身を乗りだした。老人は、物語の進行がのんびりしている。息を詰めて聞いている私たちは、それが少々堪《た》えがたく、いらいらとした。

「それで、どうなったんです？」

「あれが今に解らない。これが私には謎なんですな。なんで中井はあんなこと言ったのか。あいつはこう言ったんです、下に立っている私を見て、喪服の女をこうして後ろに抱えたまま、『おいあんた、すずらんて知ってるか』」

「すずらん!?」

私と里美は、同時に声を出した。

「はいそう。何なんだろうな、この時も私は、だからぽかんとしましたよ。なんだそれはと思って。それでそのままおうむ返しに言った。『すずらんて何だ？　そりゃ花だろう、それがどうかしたのか』と。それから、血気にはやっていた頃だし、長いこと待たされてかりかりしていたから、『つまらんこと言ってないで、早く降りてこい！』って、そう怒鳴ってしまった。怒鳴ってから、しまったと思った。こんなこと言って、また相手、怒らせたかなと」

「そうですね、で？　相手は怒りました？」

「いやそれが全然ですよ。中井はね、なんと『もうちょっと待て』と、そう言ったんですよ」

「ほう！」

「私は耳を疑いましたよ。中井の声の調子は、そう厳《きび》しいものじゃなかった。乱暴ではあったが、最初の頃のような殺気だったものじゃなかった。穏《おだ》やかになっていて、それはつまり、もうすぐ降りていくから待てと、そういう意味でしょう？」

「そうですね」

「だからあの子の説得がね、どうやら功《こう》を奏《そう》しているらしいことが解った。私はずいぶんほっとした。と同時にね、魔法でも見ているような気分になりましたよ。いったいあの子は、何をどうやったんだろうって思ってね」

「ふうん」

「未だにね、これが私の謎なんです」

「謎？」

「うん、謎です。だってね、中で中井と何話したか、御手洗さんはその後も絶対に教えてくれなかったから」

「後で。つまりその場は、結局無事に？」

「はい、無事でしたな。一度だけ中から、『うるせえ、おまえの言い方、ほかにどうとれる』とかなんとかね、中井のそんな怒鳴る声が聞こえてきて、肝を冷やしましたがね、それだけでね、一階のドアが開いて、いきなり御手洗さんが出てきた。あの五歳の子が、先にね、一人で出てきましたよ。手に紙袋を持っていた」

「紙袋を？」

「はいそう。それで私は急いで寄っていって、どうだったと訊きました。そしたらあの子は、こともなげに、今中井さん出てくるよと」

「ふうん！　で、出てきましたか？　中井は」

「チエさんの娘もね、お母さんは無事かって訊いてね、御手洗さんは、無事だよと言いました。で、はいそう、出てきましたね。中井は一人でふらっと出てきました。そして私らの前で、包丁捨てましたよ」

「ほう」

「だから私らは、英雄になれる機会失って、本署の警部なんぞはおかんむりですよ。私は急いで中井に寄っていって、手錠嵌《は》めましたです。パトカーに入れようとしたら中井が、途中で自分の電器屋に寄ってくれと、こう言うです。何でと訊いたら、金返したいからと。中井のやつは、店の金とか貯金とか、あちらこちらに借金とか、そんなこんなで大金作って持ち出していたんだが、この時それらをみんな身に付けていて、ほとんど遣《つか》っちゃいなかった。女のために金用意したんだけれど、女っていうのは鈴木チエですが、これと逃げて、どこかで二人で暮らすために大金用意していたんだけど、女に振られたもんだから、まるまる残っていた。それを女房子供に返したいと、そう言ったんです。で、私は承知して、寄ってやるから車に乗れと」

「ふうん、じゃ少なくともお金の問題は、それできれいになったということですね」

「はい、だから中井は、この時点で少なくとも金の持ち逃げ、窃盗《せっとう》という罪状はなくなったわけです」

「なるほど」

「パトカーに乗る時にね、あいつはキヨシ君に向かってこんなこと言いましたよ。ぼうや、ありがとうよってね、家や、学校のみんなによろしくと。大きくなっても女には気をつけて、おじさんみたいにはなるなよなと。そしたらあの子は、うん解ったって、そう言ってました」

「ああ」

「チエさんも出てきて、娘さんと再会して、一件は落着ですな」

「紙袋は何だったんですか？　御手洗が持っていた」

「ああそりゃ何だか砂の入った牛乳瓶とか、壊れた玩具《おもちゃ》のがらくたとか、そんなようなもんでした。子供の遊び道具ですよ。それから私は、急いであの子を自転車で家に送っていって、伯母さんに詫《わ》びて、それで息子さんが大活躍してくれて、事件が解決したんだと、そんなような説明をしました。たぶん表彰状も出るからと。実際出ましたよ、後で」

「そしたら伯母さんは何と？」

「いや、そりゃ厳しい人ですからな、どんなに心配したと思っているのかと、最初はそういう文句をさんざん言われました。でも表彰状と言ったら途端《とたん》に機嫌がよくなりまして、まあそういう人です、あの人は。世間体《せけんてい》が大事ですから。まあ私立の大学なんていうのは、これは人気商売ですからなぁ、仕方がないですが」

「ふうん。で、中井という人はどうなりました。結局罪状は籠城《ろうじょう》と、それから鈴木音造という人の殺害と……」

「いや、殺しはないです。だって音造が埠頭から海に転落したのは、これは午後の二時頃で、その時間には中井は、自分の電器店にいたことがはっきりしてますから。女房もお客も、何人か姿を見ております、中井の」

「ふうん、では何故《なぜ》御手洗は、中井が鈴木音造を殺したと、こうはっきり言ったんでしょうか」

「そうですな、しかしね、事件の後で御手洗さんに、つまり五歳児のキヨシくんに会って訊いてもね、あれはぼくの間違いだったたって、こう言うんですよ」

「間違い？」

「はい、間違いだって。何回会ってもね、そう言うです。私はそれから何度も何度もキヨシ君の家に通ったです。そして辛抱強く尋ねたです。あの子はよく庭とか、池のそばで動物と遊んでいた。私は何度もそれつかまえて話したです。でもあの子は、頑として譲らんです。あれは自分の間違いだったと言って、あの人、ああいうとこあるんでしょう？　ありませんか？　石岡さんもそういう経験ないですか？」

「似たようなことはあったかもしれません。でも、あいつがそういうふうに言う時は、それは絶対に嘘ですね。あいつは、……まあ私の場合成人してからのあいつについてですが、こういう問題ではあいつは絶対に間違えませんよ。後でそんなふうに言う時は、それは嘘で、必ず何か思惑《おもわく》があるんです」

「でしょうなあ、私もそう思うが」

「とにかく、別に御手洗に訊かなくてもいいのじゃないですか。中井自身はどう言っているんです」

「その中井なんですが、中井に口があればね、こんな苦労はしません。あれからあいつ、パトカーで中井電気に寄ってもらったんですが、女房があいつに会うことを拒否しましてね」

「ほう」

「警察にも、とうとう女房は面会に来なかったんです」

「金は」

「金は、警察の方で債権者に返してくれと、そう女房が言ってきたんですな。もう亭主とは関《かか》わりを持ちたくないからと。それで警察の方でよろしくやったはずです。中井の家は、多少経営上の債務があったんですが、これも店の権利売って、店舗や土地は自分のものだったらしいのでね、これを売って全部きれいにして、金はほとんど残らなかったと思いますが、それで女房は離婚して、子供連れて茨城《いばらき》の実家に帰ってしまいましたな。やはりあれだけの騒ぎ起こして、新聞沙汰になって、しかも女の問題でしょう、その女は鼻先に住んでいて、だからいたたまれなかったんでしょうな、女房としては」

「確かにそれでは、電器屋の商売は続けられないでしょうね」

「で、亭主の方は落ち込んでね、取り調べ中に、警官のピストル奪って自殺しました」

「ええっ、そんなことがいったい、できるんですか？」

「油断したんですな、横に警察官来た時に、さっとこうホルスターからピストル盗《と》ってね、自分の頭に向けてパン、ですな」

「ふうん」

「中井としては、女房が許してくれたら、またやり直すつもりだったんです。護送の警官にも、ずっとそう言っておったようですから。だけど、女房は許さなかった。だから、もうあいつとしては死ぬしかないと思ったんでしょう。ともかく、それでいっさいが不明になってしまった。何があったのか、中井が鈴木音造に何をしたのか。あの子は言わない、だけど私としても、理由は訊かないという約束だったですからな、深くは追及できない。男の約束ですから。

それで私は、紙芝居屋の横山さんとか、バー・ベルの鈴木チエさんとか、その娘のえり子ちゃんとか、中井の女房とか、そういう人に、片端から訊いて廻ったです。これは徹底して訊いた。はっきりしないのは気持ち悪かったですから。会うたびに尋ねた。根掘《ねほ》り葉掘《はほ》りやったです。

　それでまあ、私がうっかり廃品回収業者に出したガラスの破片を、あの子がどんなに苦労して回収したかとか、そういうことは解ったが、その破片がどういう意味を持っていたかなんていうものは、私にはまったく不明だった。横山さんも解らないと言っていた。チエさんも、えり子ちゃんも、解らないと言った。誰にも解らない。知っていたのはあの子と、犯人の中井だけ。でも中井は死んでしまった。あの子は口を割らない。また私には追及しないという男の約束がある。だから、謎は結局そのままです。もう四十何年、ずっと謎のままです。未《いま》だに解らない。だから私は石岡さんの本、全部読んだです。もしかしてあの時の謎が出てこんかなと思って。でもなかった。だから今訊きたい、あれは何だったのか。石岡さん、あんた解りますか？」

　彼は訊いてきた。私は首を大きく横に振り、横の里美を見た。里美もまた、首を左右に振っている。

「これが、あの事件のすべてですなぁ。私が思い出せることは、これで全部です。しかし、未だに不思議ですわなぁ」

　里美はうつむき、じっと考えていた。それから、考え考え、彼女はこんなことを言った。

「あのー、御手洗さんがー、中井さんが鈴木さんのご主人を殺したって言ったのだったら、それは殺したんだと思いますー私。バーの二階での籠城事件の時に、御手洗さんがそれ問題にしなかったのは、そうしないとー、鈴木チエさんが大怪我したり、殺されたりする可能性があったからだと思います。中井さんへの殺人の追及より、鈴木チエさんの命の方を取ったんだと思います。それは、チエさんがお友達のえり子ちゃんのお母さんだったから。御手洗さん、えり子ちゃんに頼られてたから、可哀相なこの子の、両親ともが死ぬようなことだけは絶対に避けなくっちゃって、そう思ったんです」

「うーん、まぁ、そうかもしれんわなぁ」

　馬夜川は同意する。

「殺人の問題は、後で追及すればいいと思っていたけどー、中井さんが死んでしまったから、もうこれでいいやって、御手洗さんそう思ったんじゃないでしょうか。これで決着ついたんだから。だから以降、もうぴったり口をつぐんだんだと思う、御手洗さん」

「幼稚園児がそこまで考えるかなぁ」

　私が言った。

「そりゃ考えますよぉ、御手洗さんだったらー」

「いや、そうかもしれんです」

　馬夜川も言った。

「あの子、幼稚園児でも、そのくらいの思考力は充分あったです」

「うん、だけど、それならどうして口つぐむんだろう。別に話したっていいでしょう。もう死んだんだもの、中井さんは。そして奥さんも街からいなくなった。犯人を庇《かば》う理由はないよね」

　私が言った。

「そうですねー、その点は解らないですねー。でも御手洗さんは、中井さんが鈴木さんを殺したって、そう言ってるんだからぁ、とにかく鈴木さんが死んだ雨の日、中井さんは、鈴木さんと接触してなくちゃいけないですよね」

　里美は言う。

「うん、そうだよね」

　私も言う。

「中井さんのその日の行動は、どんなふうだったんですか」

「あれはねぇ、私は調べたんです。鈴木音造が運転誤《あやま》って海に落ちて死んだのは午後の二時頃で、この二時には、中井は自分の店にいたんです。それははっきりしております。でもね、あいつは二時ほんのちょっと前に店に帰ってきたということだった。それまで十分か十五分くらい、店を空けていたということだった」

「でも十分か十五分じゃ、磯子まで行ってこられませんね」

「それは無理だねぇ、だけど……」

「鈴木さんが海に落ちたの二時頃って、これは確かなんですか？」

私が訊いた。

「確かです。だってこれは目撃者が何人かいますから。釣りの人が何人も出ていたような場所だったから、現場」

「車に乗っていたのは鈴木さんが一人ですか？」

「一人。これは確か」

「そうですか」

「それからね、この日一日の中井の行動だけど、お昼にも消えておるんです。十二時頃から一時間くらい、お客さんとお昼ご飯食べるとか言って、いなくなっている。だから十二時から一時前までの一時間と、一時四十分から五十分か五十五分くらいまでの十数分、この二回、店から消えているんです」

「合計一時間十五分、その前とか後は」

「その前の午前中は消えておりません。ずっと電器店におりました。その後は、これはまた三時くらいからいなくなるんだけど、もう音造が死んだ後だから一応関係ないと……」

「そうすると、この中井と一緒にお昼食べた相手というのが、これが鈴木さんということになりませんか」

私が言った。

「そう、私もそう思ったんです。だから中井は、バー・ベルに出かけていって、鈴木さんと二人、十二時から一時まで一緒に昼食を食べた。その後一時前頃に、鈴木さんはバーを出て自動車で磯子に行った。中井は自分の店に帰った。ベルと中井電気は近いです、歩いて二、三分ですから。急げば一分。だからここで何かあったのかなと」

「ここでグラス割ったんですか？　二人が」

里美が訊く。

「もし中井が割ったのなら、そうでしょうな」

馬夜川が言う。

「自分の店のグラスみんな割られて、それをそのままにして、鈴木さんが魚買いにいくでしょうか」

私が言った。

「二時前に十五分、中井さんは自分のお店から姿消してるんですよね。この時はどうでしょう……」

里美が言う。

「いや、それは関係ないでしょう。何か別の用だったのじゃないかな。女と駆け落ちするための借金の電話、表のボックスにかけにいったとか。自分の店で、女房の目の前じゃまさかかけられないでしょうからなぁ、こんな電話」

馬夜川は言った。

「それはそうですね」

私も言う。

「あともうひとつ大事かもしれないことは、中井は、どうやら鈴木チエさんと体の関係があったらしいということ。まあ何回か、という程度だろうけど。二人の密会の場所は、音造さんの留守中の鈴木家だったらしい」

「へえー」

里美が驚いたように言った。

「なんか、生臭《なまぐさ》い話でね。鈴木音造さんは、店用の買い出しで、家を空ける時間というものが決まっていて、だからこういう秘密の逢い引きもしやすかったということらしいです」

「じゃあ中井がそんなになるのも不思議じゃないですね、解らなくもない。二人が恋仲だったといえるのなら」

私が言った。少し同情するような気分だった。

「でもチエさんが言うように、それって仕事の上でのことでしょう?」

里美が言った。

「仕事の上って?」

「お客さんをお店に引くためでしょう。それから、お店にすごくたくさんお金落としてくれてたから、そのお礼とか、そういうのも。だって水商売なんだから」

「えっ君、鈴木チエさんのそういう気持ち、解るの？」

「私自身はもちろんできないけど、推察はできますー。やっぱりそこまでしたのかぁって感じ」

「へえ……、ご主人いたのに」

「もちろん、絶対そういうことしちゃいけないって思います。だからこんなことになっちゃったわけだしぃ」

「そうだよね。で、その食事の時に、中井さんが、鈴木さんの食べるものに何か入れたっていうことはないんでしょうか」

私が言った。

「そう！　そう思う」

里美も言った。


「そうです。それが一番疑われたんです。そこで、私らは調べたんです。ベルのゴミ箱には、その昼に二人が食べたと思われる缶詰めの空き缶とか、パン、マーガリン、冷蔵庫には……、これは上に氷入れる旧式のものですが」

「え、それ何ですか？」

里美が驚いて言った。

「まああんたなんかは知らんだろうけど、昔冷蔵庫といったら、氷屋から買ってきた氷を一番上の段に入れて、下のもの冷やしていたんです」

「へえー、じゃ、アイス・ボックスですねー！」

「そう、でもこの時はまだ六月で、氷は入っていなかったと思ったが。ともかく中には牛乳なんかもあった。まあ皿とかコップは、もう洗われてしまっていたが。それらみんな鑑識で調べたけど、毒物の類《たぐ》いは何も出なかったんです」

「その缶詰めが、この日の昼間に二人が食べたものという点は、間違いないんですか？」

「まあそりゃチエさんが、自分が知らないから、夫たちが食べたものだろうと」

「中井さんは何と」

「中井は、その点供述する前に死んだですから。それにね、われわれが手に入れられる人殺しの毒というたら、これはメッキ工場あたりから青酸カリですな、これが一番有名です」

「はい」

私は頷く。

「それから白蟻《しろあり》駆除剤《くじょざい》とか、殺虫剤の会社なんかからヒ素系の毒、そんなものでしょう、一般人には。しかしこれら双方とも、もし盛《も》ったとしたら、人間はすぐに苦しみだします。とてもじゃないが盛られたのちに一時間も、呑気《のんき》に車運転なんてできないです。量にもよるが、吐いたりもする。そういう苦痛で死んでしまうんです、それが猛毒です。でもこれは違いますよ。毒を盛ったという考え方は違うです。それに中井電気のつき合いの範囲からは、こういう毒が手に入れられそうな会社、工場の類いはないです、これは違いますわなぁ」

「ふうん、やはり調べられているんですね」

「そりゃあ警察も、そんなに馬鹿ではないです。一応基本的なところは押さえております。あとはニコチン系の毒という線、これもまあないではないが、これはかなり特殊ですし、これとて飲まされたら人は苦しみます。おんなじですよ。だから、毒という線はないですなぁ」

「ああ、そうですか」

「じゃあ、そういうことでもないんですねー。私はてっきりそうかと」

里美も言った。私もそのように想像していた。

「私も、そうかと思っておったです」

「じゃあれは？　厚ガラスの破片とかいうあれは何です？」

私は言った。

「それですわ！」

馬夜川は言う。

「それに、なんであんなにたくさん、グラスが割られていたんですか？　喧嘩じゃないんでしょう？」

「違うようでしたな。鈴木のチエさんに訊いても解らないと言う。グラスが割られる理由も解らないし、第一、そんな透明の厚ガラスでできたものなんぞは、自分の店にはないというんです。瓶、灰皿、グラス、カップ、花瓶、ランプ、電球、いろいろ考えたが、そんなものは絶対にないと言う。テレビもまだない頃だしね。まるで心当たりがない。それに、グラス以外になくなったものはないというんでねぇ、これで困った、お手あげです」

「そうだ、このバーは以後どうなったんです？」

「町内の男たちがチエさんもりたててやってね、なんとかしばらくやっておったようです。男いなくなって、かえって繁盛《はんじょう》したみたいでね、皮肉なもんで……」

「馬夜川さんもいらっしゃいました？」

里美が訊いた。

「そりゃま、行きました。町内のつき合いというもんがありますから。でも一年くらいでまた男できてね、店たたんで元町《もとまち》の方に引っ越していきました。元町の方でまたバーやっているって話だったな。でも、今度も全然金のない男らしくてね、柏葉の町内で熱あげてるどの男よりも金がない男だって、そういう話だった。だからみんなで解らんなーってね、言い合ったもんです」

「ふうん、じゃえり子ちゃんは、御手洗さんとはお別れになっちゃったんですねー」

「いや、でも同じ小学校だったみたいだからね、山手の和田山小学校っていってたかな。その後もあの子、姿を見かけましたよ、女子大通り商店街で。キヨシ君を追いかけてやってきていたみたい。あれなんと言ったか……、子供探偵団か！　あれみたいにね、みんなで柏葉町内をパトロールしていたよ」

元巡査は言った。

「ふーん、じゃ、本当に好きだったんだー」

感心したように里美は言う。

「ともかく、解らないことだらけの事件だった」

馬夜川は言った。

「すずらんっていう言葉もー」

里美も言う。

「そう、それなんです、それが今だに解らない。もし解ったら、是非教えていただきたい。だから石岡先生、もし今後御手洗さんと話すことがあったら、是非あの人に訊いておいて欲しいです、昭和二十九年のあれは何だったのか。それが私のたっての願いです。あの世に行く前に、なんとしても知りたいもんですな」

元巡査は言った。

7

帰宅した私はすぐ、里美が自分の大学の資料館から見つけてきた御手洗の幼少時代の情報と、馬夜川元巡査から聞いた事件の話を、これまで発表してきたような調子の原稿にまとめた。記憶が新鮮で、気分が熱いうちに文章化しておきたかったからだ。しかしむろん現時点ではまだ解決がない。以前のように、御手洗自身に質《ただ》すことができない。これでは発表ができないから、そのうち御手洗に真相を聞く機会があれば、結末をつけて発表しようと考えていた。

ところがまずいことに、講談社のMという雑誌に依頼されていた原稿がどうしてもできない。この仕事に用いるべき今月分の労力を、私は「幼稚園児・御手洗君」の執筆ですっかり放出してしまったらしい。逆立《さかだ》ちしても何も出てこないという中、締切《しめきり》は容赦《ようしゃ》なく迫り、いよいよ追い詰められた私は、思考力停止の状態で、この未完の原稿を編集者に渡してしまった。ゲラが出てきて読み返した時、このままではいかにもまずいと思ったので、これはまだ調査の途中段階である旨《むね》断り、事態の真相が判明次第、追ってご報告をすると苦しまぎれを書いた。

私の原稿が載ったMが書店に並び、一週間ほどが経った頃だった。私はいきなり見知らぬ読者からの電話を受けたのだった。女性の声で、橘《たちばな》と申します、と相手は自分の名を言った。落ちついた、上品な口調だったが、まったく心当たりのない名前だったから、はいと言って相手の言葉を待っていたら、先方もどう言っていいのか解らないらしく、しばし沈黙ができた。そうして、

「私、先生のご本ずっと読ませていただいておりますが、このたびMにご寄稿なさった先生の新作、読ませていただきました」

と言った。声は少しかすれ加減で、その様子からかなりの年配者かと、私は想像した。

「あ、はい、いやそれはお恥ずかしい、あれは未完成で……」

私は言った。よりによって、こんな苦しまぎれのものに限って反響があるのだな、と考えた。

「いいえ、大変面白く拝読させていただきました。それで、あの、こんなこと申しあげるのはあれなんですが……」

相手は言いよどむ。それで、ああこれはクレームなのだなと、私は覚悟を決めた。

「あのう、どこか不都合が……」

私は自分からきり出した。不愉快《ふゆかい》は、早く片づけてしまいたかった。

「あ、いえ、そうではありません」

先方は急いで言う。

「お作品に出てきます鈴木えり子という女の子、あれ、私ではないかと思うんです」

「えーっ!」

私は、思わず大声を出してしまった。

「えり子さん、鈴木えり子さん」

「はい、今は橘えり子と申しますが、私、幼稚園や小学校の時、山手柏葉町に住んでおりまして、御手

洗君によく遊んでもらいました。だから……」

「いや、すごいな！　よくお電話くださいましたね。今これ、どちらから？」

「私、今は元町の方に暮らしておりまして、一丁目です。元町プラザの裏手の、外人墓地《がいじんぼち》寄りに、小さなドラッグストアをやっておりまして、橘屋と申します。今そこから、思いきって……」

「近くじゃないですか！　あの、このお電話くださったのは、ベルのあの事件について、真相をご存じということで……」

私は勢い込んで言った。心臓が喉《のど》もとで鳴りはじめる。なんとも急展開だ。

「真相と言いきっていいものかどうか……、ただ、母から聞いていることはあります。それから私も四十三年間、ずっと考えてきたことでもありますし」

「それ、お聞かせくださるということで？」

「そう、お話しした方がよいのかなぁというような気分で……、でも、先生にもご迷惑かなぁとも思って」

「そんなことありません！　全然そんなこと。お電話いただいて嬉しいです。よろしければ今すぐでもうかがいますが、橘さん、お時間の方は？」

「そうですね、私の方は、もうじき娘が帰ってきます。そうしたらお店まかせられますから、出られます。ゆっくりお話もできますけど……」

「じゃ一時間後くらいで、犬坊さんの方にも連絡とって、一緒にうかがいますから。私だけがお話聞いたら、後で絶対に怒られます。よろしいでしょうか」

「はい、けっこうですが、よろしいですか？　なんだか、申し訳ありませんです。場所解りますでしょうかしら？」

「橘屋ですね、元町プラザの裏の」

「はい、薬局です」

「電話番号をお教えいただけないでしょうか」

番号を控え、私はすぐに里美の携帯電話の番号をプッシュした。里美も跳びあがり、一人で会ったら一生怨《うら》みますよーと言うから、一時間後に元町プラザの前で待ち合わせた。

橘屋はごく小さな薬屋だった。御手洗と同じ幼稚園というからにはかなりの年配の女性であろうと思っていたが、白衣を着てガラスケースの向こう側にいたのは、綺麗な黒い髪をした、はっとするほどに顔だちのよい女性だった。その横には、同じように白衣を着、顔は似ていないが、どうやら娘らしいと解る若い女性が立っていた。寄っていって私が、

「あの、石岡です。先ほどお電話いただきました」

と言うと、

「あっ」

と、ちょっとびっくりしたように言った。それからいそいそとケースの端を廻って表に出てくると、

「どうもはじめまして、先ほどは突然お電話いたしまして、失礼しました」

と丁重に言った。並んでみると、なかなか背も高い。里美より高いくらいだ。

「こちらが犬坊さんです」

と私が紹介すると、二人は互いの信じるやり方で、丁寧な挨拶をかわしている。

「じゃ、よろしければそこらへんでちょっとお茶でも」

私が言うと、はいと言って、橘えり子はついてきた。娘と見える女性に、ちょっとお願いねと声をかけていた。

隣りの店あたりにと思っていたが、彼女は白衣の裾《すそ》を風に翻《ひるがえ》しながら、先にたって、かなりの距離を行く。好きな店でもあるのだろうか。

元町の表通り沿いの紅茶専門店に落ちつき、それぞれダージリンとかアールグレイを注文し終わると、われわれはあらためて挨拶をかわした。いつもご本読ませていただいていると彼女は言い、少しその話をしたが、これは社交辞令《しゃこうじれい》でなく、本当に彼女

は私のすべての本を読んでいた。こういう時の常として、彼女は私よりも私の本の中身に詳《くわ》しかった。

「御手洗さんは今、スウェーデンにいるんですね」

彼女は言った。

「そうです、脳研究をやっているし、客員教授で、大学では講義も受け持っているらしいから、しばらくは帰らないでしょうね」

私が言うと、

「あの人、博士号持っているみたいですしね」

と言ったので、私は驚いた。そんな話はこれまで聞いたことがなかった。

「あいつ、博士号を持っているんですか？」

「ええ、知りませんでした？」

「全然知りませんでした」

「あらー、そうなんですか」

と言って橘えり子はからからと笑った。その笑顔には、年齢を超越した華麗さがある。母譲《ゆず》りか、特に笑った顔だちがよい。

「それも、ふたつ持っているんじゃないですか、確か。なんでもヴェトナム戦争中で、大学が大急ぎでくれたとか、そんなようなこと言っていた記憶あります」

「へえ……」

私より詳しい。長く一緒に暮らしていたが、私は彼について何も知らないのだ。そして私は、これまで幼稚園児としてのイメージしか持っていなかった鈴木えり子が、いきなり熟年《じゆくねん》の立派な女性として、しかも私以上の知識を持って眼前に現れたので、すこぶる妙な心地がして、戸惑いの気分が続いていた。馬夜川の話の中の幼い女の子と、目の前のこのおとなの女性とが、どうにもうまく接続しない。

「御手洗の幼稚園時代って、やっぱりわがままだったですか」

私が訊いた。

「いえ、そんなことないですよ」

橘えり子は笑って否定した。

「それは自分の考えに関しては頑固《がんこ》だったけど、とっても優しかったです。特に弱い立場の人に、とっても優しかった」

「女の人には……」

里美が訊き、えり子はまた笑った。

「あの人、女嫌いとかよく言われてるけど、あの頃そんなこと、全然なかったですよ。女の子の意見も、みんなちゃんと聞いてくれてた。ほかの男の子たちの方がずっと意地悪だった。私あの頃、本当にキヨシちゃんのこと好きで、ずっとくっついて歩いていたけど、あの人小学校二年の夏休みから、アメリカ行っちゃったでしょう。だから悲しくて、ずっと手紙出していたんです。そしたら御手洗君、時々返事くれましたよ、葉書《はがき》が多かったけど」

「アメリカのどこですか」

「サンフランシスコですね、金門橋《きんもんきょう》の絵葉書とかあったもの」

「ああ、やはりサンフランシスコですか」

「そうですね、お父さんいたから、それに生まれ故郷でしょ？　あそこ。でもそこでもずっと父方の叔母さんの家に下宿していたみたい。あの人、本当に肉親の愛情に縁がない人なのね。私もそうだったけど、似たような境遇《きょうぐう》の御手洗君が近くにいたから、ずいぶんと励《はげ》まされたわよねー私も」

「ふうん、じゃ女性嫌いっていう伝説は、あれは嘘なんでしょうかね」

私は言った。

「さあそれはどうなんでしょう。それは石岡さんの方がよくご存じなんじゃないですか。ただ私が思うに、親代わりだった伯母さんがとても厳しい人だったから、その影響はあるかなと思います。御手洗さんのご両親に対しても、あの方ずいぶん批判的だったみたいだし、私たち遊び仲間のこともみんな軽蔑して、あなたにはふさわしくないって、いつも言ってたみたい。でもそれ、結局ご自分にはってことでしょう。あれで彼ずいぶん傷ついたと思う。そういう女性的な道徳観に、心底うんざりしてたと思うな彼。うーん、でも私、あの方に対してあまりいい印象ないから、ついそう思ってしまうのかもしれませんけど」

「御手洗さんて、まだ独身なんですよね」

里美が言った。

「そうみたいね、あの人は一生独身でいるでしょう。また私なんか、いて欲しいわね。そこいらへんの人とくっついて欲しくないわ、なんて!」

そう言って彼女は、またからからと笑った。そんな様子は、年齢はあがっても、感性はまるきり昔のままであるように、私には思えた。

「これじゃ伯母さんと一緒ね、やーね、女ってね」

「御手洗さん、最近連絡ないですかー?」

里美が問う。

「ないわねー、私が結婚した時、おめでとうっていう葉書くれましたよ。でもそれっきりかな。こんな近くに住んでいた頃も全然。私はねー、子供の頃は、それは御手洗君のお嫁さんになりたかったですよ。でも彼はハーヴァード行ったり、コロンビア大行ったり、京大行ったりでしょう、あの人の頭と語学力だったら、世界中のどこの大学でもフリーパスよね。私は大学にも行けなかったもの、全然釣《つ》り合《あ》わないから諦めたわよ」

「でも薬剤師でいらっしゃるんでしょう?」

里美が、えり子の胸のラベルを見ながら言った。

「あ、これ。うん、通信教育と夜間講習でなんとか。母親の人生見てたらねー、手に何か職持たないとって。私、お父さん死んで、お母さんあんなで、また新しい男の人連れてきて、ほらえり子、これ新しいお父さんよって、あんなのないわよね、犬の子じゃあるまいし。でも母は、手に何も職なかったから、ああして男の人見つけるしかなかったのよね。

ああいうどん底の頃、御手洗君がそばにいてくれたから乗りきれたのよね私。本当、だから私、彼にはとっても感謝してる。あっ、こんな話ばっかりしてごめんなさい。つい、私おしゃべりだから」

その時紅茶が運ばれてきたので、えり子はそんなことを言ったのだ。話が途切れた。

「いえいえ、かまわないです。とても面白いです」

私は急いで言った。だが正直なところ、ちょっと意外な感じも受けていた。話していると、最初の電話の控《ひか》えめな様子と、どんどん印象が違っていくからだ。しかし気さくで、とても感じのよい女性だった。

「事件の話だったですよね」

橘えり子は、ダージリンに入れた砂糖を、スプーンでかきまぜながら言う。

「はいそうです。バー・ベルの二階に、中井という人が籠城した時のこと、憶えていらっしゃいますか？」

「もちろん憶えていますわよ！」

えり子は言う。

「あ、そうか、Mの原稿読んでくださったのでしたね。あの時、御手洗が一人で中に入りましたね、中で御手洗と中井さんとの間にどんな会話があったのか。とは言っても、あなたもあの時は馬夜川さんと一緒に表だったけど。でもどうして御手洗は、あんなに逆上していた中井を説得できたのか。

それだけじゃないですね。あの事件はとても謎が多い。中井さんは、あなたのお父さんに何をしたのか。殺したのか、それともそうではないのか。トリスバー・ベルの床を埋めていた、あのたくさんのガラス片は何を意味しているのか。事件後、何故御手洗はぴったりと口を閉ざしたのか。解らないことだらけです。橘さんは、これらに対して解答をお持ちなんでしょうか」

私は言った。橘えり子は、聞きながらゆっくりと頷いていた。二度、三度。そして言う。

「考えはあります。たぶん、これが正解だと思います。母の口から聞いたこともたくさんありますし、私自身、四十三年間というものずっと考えてきたことですから」

そして彼女は、しばらく言葉を停《と》めた。続けることを、ためらっているようだった。

「それ、教えていただけるでしょうか」

私が訊く。彼女はしばらく沈黙し、それから言った。

「でもこれ、お話しすることが御手洗君の意志に沿うかどうか私自信がないし、だから彼に訊いてからにしたかったんですけれどね」

「でもそれ、あなたがご自身で到達された考えなんでしょう？」

「はい、それはそうです、もちろん」

「では御手洗の許可をとる必要はないでしょう」

「でもこれをお話しすること、たぶん御手洗君は嫌うでしょうね。きっと賛成はしないでしょう」

「何故なんですか」

「とっても、なんて言うか……、不愉快なことなんです。それにある意味で……、とっても恐いことです。だから私、ずいぶん悩んだんです、そちらにお電話するの」

「でも四十三年も昔の事件ですよ」

「そうなんです。とっくに時効《じこう》ですわね、だからお電話もできたんですけど。関係者も、もうみんな亡くなっていますし。私の母も先年亡くなりましたから」

「お母さま、亡くなられたんですかー」

里美が言った。

「うん、亡くなりました。かなり大変な人生でしたけれどね、母も。でも、関係者が死んだからそれでいいというものでもないですし、名誉《めいよ》というものはずっと生きていますから、子孫がいる限り」

「お母さんの名誉を思っていらっしゃるんですか？」

私が訊く。

「いえ、母じゃないです」

えり子は即座に否定した。ではいったい誰なのだろうと思う。今さら中井のことなどを慮《おもんぱか》る必要もないだろうし、父の鈴木音造のことも、格別問題にはならないはずだ。馬夜川もそうだ。いったい誰のことを考えるというのか。

「ではご自分の？」

「いいえ、まさか！　私なんかじゃないです」

えり子は声をあげて笑った。

「ええ、でもそれは、すべてをお話しすればということですわね。最後のそれだけを隠してお話ししてもいいですしね。ええいいわ、お話ししますわよ。そのこと以外は、とっても簡単ですもの。では、何からにしましょう」

「そうですね、じゃまずベルの床を埋めていた、あのおびただしいガラス片の理由から、というのではいかがでしょうか」

「うーん、そうですわね……、でもいきなりあれをお話ししても、解っていただけるかしらね。たまたま、どうしてもあんなふうになってしまった理由というのを、最初にお話しした方が……」

「うん？　よく解りませんが、あれはたまたまなってしまったんですか」

「そうですね、たまたまです。中井が、どうしてもああしなくてはいけなかったんです」

「ふうん……」

私はこのヒントだけで、しばらく考えてみた。しかし、やはり何も解らなかった。

「じゃ、籠城中の中井のところに、御手洗が単身説得に入っていきましたね。この時、鈴木家の二階であったことというのはいかがでしょうか。籠城中の中井と御手洗とが何を話したかということ、この内容について」

「そうですわね、じゃあそれからお話ししましょうか。そのことは私、もう母から詳しく、何度も聞きましたからね」

そしてえり子は、ダージリンをひと口飲んだ。

8

「中井のおじさん」

名前を呼びながら、キヨシはバーの脇から階段をあがっていった。この家には以前遊びにきたことがあり、様子は解っている。胸には大きな紙の袋を抱えていた。

「誰だーっ、来るなーっ、女殺すぞー！」

わめく中井の声がした。

「ぼくだよ、セリトス女子大のキヨシだよ、一人だけだよ、ちょっと話を聞いて」

「駄目だ、後ろに警官がいるんだろ」

「いないよ、じゃあ階段からちょっとだけこっちに顔出して、見てみなよ」

「出したところ、撃つんだろ。その手には乗らない！」

「本当に一人だよ、ぼくは中井のおじさんの味方だ、助けにきたんだよ。警察には内緒《ないしょ》で入ってきたんだ、いいもの持ってきてあげた」

「いいもの？　何だ」

「あがっていい？」

「ちょっと待て！」

そして彼は、さっと一瞬、キヨシに顔を見せた。この瞬間、彼にはキヨシが階段の中途に一人で立っているのが解っただろう。

「本当に一人なんだな？」

「絶対一人だよ」

「よし、いいぞ、入ってこいよ、ゆっくりだぞ」

それでキヨシが二階の部屋に入ると、さっきまで葬式をしていたせいで部屋はよく片づき、蛍光灯《けいこうとう》の明かりで、まばゆいほどに皎々《こうこう》として感じられた。台に載せて安置されたお棺の白木《しらき》も、妙に冴《さ》え冴《ざ》えと照らされている。音造のお棺の前で中井はびっしょりと汗をかき、目は血走り、喪服を着た鈴木チエの首筋に、出刃包丁《でばぼうちょう》の刃をあて続けていた。しかしその刃先は少し震えている。

部屋の中央には古くて傷だらけの座卓《ざたく》があり、二人ともその脇の畳の上にすわっていた。チエの顔も汗と涙で濡れて、ぐったりと疲れているようだ。

「何だ君か。何持ってきた？　だけど、解るだろ、おじさんは今命賭けてる。いつものように優しくはできない、そのつもりでいてくれよ」

「ぼく解るよ、辛《つら》いことあるんでしょ」

キヨシは言った。

「ああお互い、生きるのは辛いな、それ何だ」

そして中井は、チエの首を持ち、これを引きずるようにしてずるずると後方に下がり、ゆっくりと壁にもたれた。疲れているのがありありだった。

「証拠の品だよ、ミキサーの破片と、モーター部分」

厚紙《あつがみ》の袋の中身を、キヨシは卓の上に取り出した。いくつかのガラスの破片と、小さなプロペラのようなカッターの付いたプラスティックの底板、それから白い金属の器械部品だった。

「それどこで？」

「ゴミ箱の中だよ。警察に取られる前に、ぼくが取っておいたんだ。モーターとカッターの部分は、おじさんとこのゴミ箱」

中井は驚いたようで、しばらく無言になった。じっと考えていたが、それから言った。

「それをどうするっていうんだ」

「今から処分してあげるよ、その押入れの中に工具箱がある、出してもいい？」

「それで？」

キヨシは立っていって、押入れを開けた。中から工具箱を引っぱり出した。そして蓋を開ける。まずハンマーを手に持った。

「これで、このガラスの破片を粉々にする」

言ってからキヨシは、ハンマーでガラスの破片を叩きはじめ、もっとずっと細かい破片にした。すべてのかけらに対しこれをやっていって、時間をかけてほとんどを粉状にした。中井はじっと見ていた。

「このガラスの破片には、中井のおじさんの指紋が付いていた。それから、ジュースの滓《かす》も少し付いていた。でもこんなふうな粉にしてしまえば証拠はなくなる。そうしたら、たとえ捕まっても裁判でおじさんのしたことが証明ができないから、安全だよ。おじさんが自分で言わない限り」

そう言ってキヨシは、徹底的にガラス片を砕いていき、すっかり白い粉にしてしまった。

「次はこれだ。モーター部分を分解するよ」

次にキヨシはドライヴァーを持ち、ミキサー下部の動力部分の底蓋《そこぶた》のネジをゆるめ、蓋をはずした。そうして、中からモーターを引っぱり出した。続いて、分解可能のあらゆる部品を取りはずしてバラバラにし、モーター、回転カッター、軸、コード、無数のネジなどを卓の上に並べた。カヴァー部分はハンマーで叩き、すっかり平らに潰《つぶ》したから、これで、これがもと何の器械であったかは不明になった。

そばにあった牛乳瓶をとり、手近の紙片を使ってまずガラスの粉をすべて瓶の中に落とし込んだ。それから紙袋をとって、バラバラにした動力部を中に戻した。モーターだけは重いから入れなかった。そしてふたつともを、畳の上に並べて置いた。

「これでいい、これはぼくが、あとでどこかに捨てておいてあげる。昨日のお昼おじさんのやったことは、これでもう、ぼく以外には誰も知らない。そのおばさんだって知らない。えり子ちゃんも知らない。だからぼくさえ黙っていれば、誰にも知られることはない。証拠はこの通りもうなくなっちゃったから、あの事実もなくなったんだ。だからおじさんは、これでもう殺人者じゃない」

キヨシが言い、中井は血走った目を据えて、じっと考えていた。

「それ、本当に君の考えか、君一人の」

「そうだよ」

「下のお巡りたちのさし金じゃないのか、ここに入って君にそう言えという」

「あの人たちはなんにも知りはしないよ」

キヨシが言い、中井はじっと沈黙した。

「信じられん。それが子供の考えか……」

つぶやくように言った。それから、ふと思いついたようにこう言った。

「いや、下のお巡りが知っていた、さっき何か言っていた」

「全然知りはしないんだ。あれはあてずっぽうなんだよ。えり子ちゃんのパパのことは交通事故だって思ってる、ミキサーってものだって、まだ見たことないんだよ」

中井はじっと黙っている。考えているのだ。

「ミキサー見たことあるやつは、そりゃまだ少ないだろうがな。だが信じられんな、これは、何かの罠《わな》じゃないのか」

「絶対違うよ」

「だがそんなこと、いったいあるんだろうか。幼稚園児しか事の真相に気づかないなんてことが」

「訊いてみたらいい、下のお巡りさんに。たとえば……、そうだなぁ、すずらんって知っているかって」

キヨシがすずらんという言葉を口にした時、中井の顔が険しく歪《ゆが》み、さっとキヨシの顔を見た。

「相手の反応で、知っていてとぼけているのか、本当に知らないのかが解るでしょう。物干し場に出て訊いたらいいよ」

「よし、ちょっと待っててくれ。おい、おまえも来いよ」

中井は、チエを引きずるようにして立ちあがり、ガラス戸を開けて物干し場に出ていった。やがて、下に向かって大声でわめく声が聞こえた。

「おいあんた、すずらんて知ってるか！」

「すずらん？」

怪訝《けげん》そうな馬夜川の声がした。しばらく沈黙がある。周囲の者に訊いているのかもしれないが、しかしキヨシはもうそばにいないから、彼は応えようがないのだ。

「そりゃ花だろう。すずらんがどうかしたのか？　つまらんこと言ってないで、早く降りてこい！」

馬夜川は怒鳴っている。

「もうちょっと待て！」

中井は叫び、そして部屋に戻ってきた。ガラス戸を閉め、チエの肩をぐいと押してすわらせて、自分も後ろにすわった。

「ね、解ったでしょう、あの人、何も知っちゃいないんだよ」

キヨシは言った。中井はしばらく沈黙していたが、低く言った。

「どうもそうらしいな……」

「だからおじさん、よく考えてみてよ。おじさんの罪は、えり子ちゃんのお母さんを脅《おど》かして、しばらくここに立て籠《こ》もったってことだけなんだよ。それもお巡りさんが来たからそうなっちゃった。来なければ、ただの口喧嘩ですんでたはずだよ。下のお巡りさんたちもそう思うはず。だってそのことしか知らないんだもん。だから今すぐ下に降りていったら、大した罪にはならない。今のこれは、おじさんとおばさんのただの喧嘩で、声に驚いて近所の人が警察に通報したってだけ、だからすぐに解放されるよ。家に帰れるよ。ぼくとおじさんさえ黙ってたら、あのことの証拠はもうないんだもの」

「君、黙っててくれるのか」

「いいよ、この証拠品も捨てておいてあげる。約束する。でも、もしえり子ちゃんのお母さんを、えり子ちゃんに返してくれたらだけどね」

「保証はあるか」

「ないよ。でももしぼくが本当のこと言っても、誰が信用するの？　幼稚園児の言うことだよ。証拠がなくなったってことが一番大事だ」

「それもそうだな……」

中井は言い、またじっと考え込んだ。そして言う。

「君は本当に頭のいい子だな、おじさんの娘も君みたいに頭よかったら、どんなにか生活に張りがあったろうな」

中井は少し笑っていた。汗びっしょりの唇の周囲が、蛍光灯の光にてらてらと光り、それが少し歪んだ。

「君のお父さんお母さんは、さぞ楽しみだろうなぁ」

聞いてキヨシは、少し寂しげな顔をした。

「君みたいなちっちゃい子には、こんなの、まだ解らないだろうなぁ。しがない電器屋で、一生このまま暮らすのかって思うとなぁ、おじさん堪えられなかったよ。おじさん昔は文学青年で、それなりに夢も持ってた。

だけどおじさん、悪い夢を見ちゃってな、ちょうどラジオがブームになって、飛ぶように売れて、ちょっとお金が入っちゃって、ここに毎晩飲みにきて、この人に洋服とか化粧品いっぱい買ってやってなぁ、そうしてたらこの女の人が、お金いっぱい用意したら、どこか遠い街に逃げて、家買って一緒に暮らしてくれるって、そう言うから、おじさんそれを信じちゃった。この人も俺のこと少しは好きでいてくれるのかって思っちゃって。本当に馬鹿だったよなぁ、こんな冴えないおじさん、女が本気で相手にしてくれるはずないものなぁ。好きだったのはお金なんだよな」

そして中井は、声をたてず、体だけ揺すって笑った。

「あんた、こんな子供に何言ってんのよ」

チエがかすれた声を出した。

「子供が何だ、おまえの頭なんか、この子の半分もないじゃないか。馬鹿にすんじゃねぇ！　まあそんな女にだまされた俺もお笑いだけど。だけどなぁキヨシ君、その時、主人が邪魔だからって、そんなことこの女は言って、主人放っておいたら、たとえどこに逃げても絶対に追いかけてくるからって、だから……」

「だからって、殺せって意味じゃないわよ、あんたと逃げるとも約束しちゃいないわよ。あんたを諦めさせたくて言ったんじゃない！」

チエはかすれた声で、吐き出すように言った。その暗く邪険《じゃけん》な様子は、キヨシの知る、いつものえり子の母ではなかった。チエは、続いてくすくすと笑いだした。

「あんた、お笑いだね、こんなチビに真剣に愚痴《ぐち》っちゃってさ。あんたこんなチビ、本気で頼りにしてるの。ふん、それでも男かい！」

「うるせえ！　あの時のおまえのあの言い方で、ほかにどうとれるって言うんだよ！　今さら勝手なこと言うな！　よし解った、てめえ、もう四の五の言わねぇ、これでもうきれいにぶっ殺してやる！」

するとチエは、きゃーと悲鳴をあげ、キヨシの方に身を寄せた。そして言う。

「キヨシちゃん、助けてーっ！」

そうしたら、中井は笑いだした。

「キヨシ君、今の見たろう、これが女だ。絶対に信じちゃ駄目だぞ、今後、絶対に、絶対に信じちゃ駄目だ。おじさんの転落をよく見とけよ。その場その場で、自分の損得しか考えやしない、それが女だ。それだけならいい、むさぼりつくして捨てた男は、虫ケラみたいにあざ笑うんだ。それが信じられない、こんなの、人間じゃねぇ！」

「おじさん、それはもう知っているよ」

キヨシは静かに言った。その様子も少し悲しげだった。

「ぼくはもうよく知っている。でもそのこともよく考えないとね。子供だっておんなじなんだ、弱い立場にいると、そうなりやすいんだよ」

中井は、放心した顔になった。

「信じられんな、君は本当に幼稚園児か」

そして、しばらく黙った。かなりの時間、沈黙ができた。

「じゃ、なんでこんなことしてんのよ、私たち」

チエが言った。

「ただの痴話《ちわ》喧嘩なのだったら、もうやめましょうよ、私疲れた。亭主の前でさ、もういい加減疲れたわよ」

「弱い立場に置かれればか、本当にそうなんだろうか……。同じ弱者の立場でも、この子はこんなに頑張ってるのに、おまえはこんなだ。本当に弱い立場に置かれたゆえなのか、おまえのこれは。これはもう、魂の格の違いだ」

中井の目に、わずかに涙が光った。

「何言ってんのよ、私だって生活のためよ。きれいごとじゃ通らないのが世の中なのよ。子供育てるのに、私がどんなに苦労したか、水商売の子ってえり子が毎日言われて、いつも虐《いじ》められて、私がどんなに泣いたか、上品ぶってる世間の人たちが、どんなに汚い鬼畜生か、あんたなんかに解るもんですか。爪《つめ》に火ともすようにしてわずかなお金節約して、ミルク買って、この子だっていずれおんなじになるわよ、それが世間なのよ！」

「じゃあ虐めた世間に対してやれ、そいつら当人に仕返ししろよ、俺はおまえを虐めちゃいない」

「私だってあの人たちに何もしちゃいなかった！」

チエは叫び、中井はいっときチエを見つめたが、しばらくして溜め息をついた。

「すべては貧しさか。この国はもう駄目だな、こんな貧乏じゃあな。昔は俺も、感動する目を持っていた。純粋で、正義漢だった。そういう目も、貧乏生活で曇った。生活苦と、愚かな色欲とで曇ったんだ。俺はもう死んだも同然だ、本当にひどくなったなぁ俺も。これじゃあただの強盗だ。確かにこんな女でも、一人の子供の親だったな、忘れてた。今こいつを殺したら、あの子はこれから生涯孤児だ、その通りだ」

「なんだか知らないけど、とにかくあんたがこの主人殺したことは確かなんでしょう」

「違うよ」

即座にキヨシが言った。

「鈴木音造さんは交通事故で死んだんだよ。どうやって殺すの？　音造さんは一人で車を運転していたし、音造さんが死んだ時間、中井のおじさんは自分のお店にいたんだ」

「そ、そうだよ、そうなんだ、当然じゃないか！　どうやって俺が殺すんだ」

中井も言った。チエは、わけが解らないというように、少し首を廻して後ろの中井を見た。

「あんた、本当に殺していないの？」

チエは、じっと中井の顔を見つめる。

「殺してないよ」

「じゃあどうしてさっき、あんなにあわてたのよ」

「そりゃあわてるだろう。あっちこっち借金しまくって、店の金も全部持ち出してきちまって、どっかの田舎で家買えるようにってなぁ。それなのにおまえにあんなひどいこと言われて、だからもうすっかり絶望しちまって、自分がもうすっかり解らなくなった。死ぬしかないと思ったんだ」

「そのお金、もう遣《つか》っちゃったの？」

キヨシが言った。

「いや、ここに持ってる、ごっそり全部持っている、この上着の中に」

「じゃあ簡単じゃない、すぐに返せばいい、今ならまだ取り返しがつくよ」

「ああそうだ、君の言う通りだ、まだ俺は取り返しがつくんだ、全然考えなかった。危ないところだったな」

「今なら大丈夫だよ、じゃあぼくが先に降りる。この牛乳瓶と紙袋はぼくが持っていって、後で必ず捨てておく。じゃお巡りさんに言っておくから、後から出てきて」

そして紙袋に牛乳瓶を入れてまた抱え、立ちあがり、キヨシは部屋を出て階段を降りた。

一階の裏口から表に出ると、「おい、どうだった！」と、血相《けっそう》を変えた馬夜川が詰め寄ってきたので、キヨシはしっと言って、「後から出てくるよ」と教えた。

「お母ちゃんは？」

えり子が訊いた。

「大丈夫だよ、もうすぐ出てくるよ」

と応えた。

表に出てくると、中井は包丁を足もとに放りだした。そして駈け寄る馬夜川たちにこう言った。

「途中で、女房のところに寄ってくれませんか、持って出てきた金、返さなくちゃなりませんから」

「よし解った」

言いながら馬夜川は、中井の手首に手錠をかけた。押されてパトカーの後部座席におさまりながら、中井はキヨシに声をかけた。

「ぼうや、ありがとうよ！　家や、学校のみんなによろしく！　大きくなっても女には気をつけて、おじさんみたいにはなるなよな！」

「うん、解ったー！」

キヨシが応えると、ドアは閉められ、パトカーは走りだした。

後から、ふらとチエも歩み出てきた。

「お母ちゃん！」

言ってえり子は走り寄り、母に抱きついて泣いた。

「いやー、やっぱり親子の対面っていうのは、感動的なものだよなぁ。母性愛と、母を慕う心だ、この世で最も美しいものだ」

心を動かされ、馬夜川は言った。

「やれやれ、さて坊主、じゃ送っていこうか、自転車だけど」

「うん、うちの人に謝ってよ。こんなに遅くなったんだ、ぼく怒られちゃうよ」

キヨシは言う。

「よ、よし解った、おじさんにまかしとけ。その紙袋なんだ？　中見せろよ」

「これは明日遊ぼうと思ってさ、砂の入った瓶とか、器械のガラクタだよ」

キヨシは中を見せた。

「はーん、そうか」

覗きながら、馬夜川巡査は言った。

9

「ミキサーだったんですか！」

私と里美が、思わず大声になって言った。

「あのガラスの破片は！」

「ええそうです。今でこそ家庭用ミキサーっていっても、別に珍しくもなんともないですけど、当時はね、誰もまだ見たことなんてない贅沢品《ぜいたくひん》だったんです。でも御手洗君のお家はお金持ちだったから、彼は知っていたんですね。あの時代、あの町内で、家庭用のミキサーを見知っていたのは電器屋の中井と、御手洗君くらいなものだったんじゃないかしら」

橘えり子は言った。

「はあ、でもそれが、バーとどういう……」

「だけどうちはバーやってましたから、営業用に必要なんじゃないかって、それで中井が父に、デモンストレーションしに持ってきたんです。それがあのお昼なんだと思う。父が食事しているところに持ってきて、パン食べている父のそばで、一緒に食べながら、たぶんリンゴか何かをミキサーにかけて、ジュース作って父に飲ませたんです。その時、父が席をはずしている時に、すずらんのいけてあった花瓶のお水とか、すずらんの花を、ジュースの中に入れたんです」

「花瓶のお水!?」

里美と私の声が揃った。

「それがどういう……」

「ええ、私もずっと知りませんでした。母はもちろん知りません。知らずに死にました。私も言いませんでしたから。私、この仕事するようになって、だからやっと知ったんです。それも最近なんです。だから四十三年経って、やっと真相が解ったんです。すずらんは、『コンバラトキシン』というものをはじめとして、三種類特殊な物質を持っているんです」

「コンバラトキシン?」

「はい、根や茎《くき》にあるんですけど、葉や花にもあります。この化合物で、『コンバロサイド』という薬物があります。これは強心剤なんです」

「コンバロサイド、強心剤……」

「はい、強心配糖体、心臓の薬です。心臓の筋肉の収縮を強める作用があるんです」

「心臓の筋肉を」

「そうです。でもそれは少量の場合なんです。いち時に多量に摂ると、心臓がショックを起こして停まることがあります」

「えー……」

里美は声を出し、私は絶句した。

「これは個人差がありますから、量の判断はむずかしいし、また、飲ませたら心臓はどきどきするだろうけど、必ず心臓麻痺《まひ》が起こるとは限りません。でも、少なくとも、起こる可能性はあります。そして父の場合は起こったということですね、運転中に」

「なるほど……」

私は衝撃を受けた。四十三年前のミステリーが、今ようやく解けようとしている。世の中には、そんな毒もあったのだ。

「父はヘビー・スモーカーだったと、母は言っていました。だから心臓が弱っていたんだと思います」

「じゃあ御手洗は、すずらんの毒について知っていたと……」

「そうですね、彼は知っていたんです。私が四十なかばになって知ったようなことを、彼は五歳の時にすでに知っていたんです。だから現場を見て、彼はすぐにぴんと来て、それですずらんを捜したり、花瓶の中の水を見るようにと、母に言ったりしたんです」

「どうして知っていたんだろう……」

　私がそう言うと、橘えり子は何故か沈黙した。

「じゃあ、床を埋めていたあのたくさんのガラスの破片は」

　里美が問う。

「あれは、こういうことだと思うんです。缶詰めとパンの昼食を食べ、中井の作ったジュースを飲んで、父は一時前には店を出たと思うんです。店の営業用の買い出しのためです。この時は中井も父と一緒に店を出て、自分の電器店にいったん帰ったんです。でもこの時、ミキサーはそのままバーに置いて帰ったんだと思うんです。それはたぶん、父が妻にも見せたい、見せて相談したいからまだ置いておいてくれと、そう言ったからだと私は思っています。父は、ちょっと優柔不断《ゆうじゅうふだん》なくらいに優しい人だったから、自分一人では何も決められないんです。だから……、たぶんこれは当たっていると思う。中井がまず父だけに見せたのなら、父は必ずそう言ったはずです。そして中井は売りたい側だから、これに反対はできなかったでしょう。

　この時の中井としては、まあそれでもいいか、くらいに思っていたんじゃないかと思う。だって父の抹殺《まっさつ》は、彼としては母のためにもやっているんだ、くらいのつもりでいたでしょうから。それとも最大限好意的に考えて、殺すまでのつもりはなかったのかもしれない。自分たちの駆け落ちを邪魔しないでくれるように、しばらく入院でもしていてくれたらいいと、そう思っていたのかもしれない。それから、もし父の心臓がまったくなんでもなくて、無事にベルに戻ってきた時のことを考えたら、ミキサーはそのままあった方がいいですから。

だけど自分の電器店にいて仕事をしながら、中井はだんだんに不安になってきたんじゃないかしら。すずらんの毒が付着したままのミキサーが、ベルのカウンターであのままになっているというのは、最悪の事態が起こった時まずいと、恐くなった。たぶんざっとは洗ってあったでしょうけどね、でもガラスにジュースの滓《かす》は付着していたでしょう。こうしている間にも父音造が死んだら、死因を不審に思って警察が動き、バー・ベルに直行して店内を調べるなんてことがあるかもしれない。万一そうなったら、ミキサーがあのままなのは絶対にまずい、そう彼は考えるようになったんでしょうね。

それで中井は、奥さんとか電器店の人たちのすきを見てもう一度自分の店を脱け出して、母が帰る前にミキサーを取り戻してしまおうとしたんです。話をややこしくしないためには、母が帰ってくる午後の二時前に、これをすませた方がよかった。でも自分の電器店が忙しくて、みんなに怪しまれずに出られたのが、ようやく二時の二十分前くらいになったんでしょう。時間がないので、中井は雨の中、大急ぎでベルに走ったんだと思う。それで中に入って……」

「でも、どうやって入ったんでしょうか。鍵がかかっていたと思いますけど」

里美が言った。

「裏口の合鍵、いつもゴミ箱の下にひとつ置いていたのよ。夫婦でうっかりした時のためにそうしていたの。母と体の関係を持った中井は、そのことを母に教えてもらっていたんでしょう。それとも、仕事中にはっとそのこと思いだしたから、中井はミキサー取り戻そうと考えたのかもしれないけど。

でも中に入って、ミキサー持って出ようとしたら、時間がないので焦《あせ》ったのね、それに雨の日だったから手が濡れていて、滑ったのよ。ミキサーを床に落としてしまった。お店の床には薄い石が張ってあったから、ミキサーのガラス部分は粉々に割れて飛び散ってしまった。

でもその時もう二時近くだったのよ。もうすぐ母が帰ってくる。母はいいとしても、酒屋さんが配達に来てしまう。母はともかく、酒屋さんにこんなとこ見つかったら、もうどんな申し開きもできないもの。でもミキサーのガラスは本当に粉々で、とてもかけらを全部、完全に拾い集めることなんかできそうもなかった。十分とか、そのくらいかかりそうだったんです、きっと。

で、その時、中井の頭に一計がひらめいたの。とっさにカッターの付いた底部だけを拾って、あとはカウンターにある透明なグラスだけを全部床に落として割っておいて、急いで逃げだしたんです」

「あ、そうか！」

私はほとんど叫びそうになった。里美も目を見張っていた。そういうことか！

「ミキサーと同じ透明なグラスだけ。色付きのグラスはいらなかったんです。透明なガラスの破片がいっぱいあれば、ミキサーなんて誰もまだ見たことない時代ですもの、他の破片に簡単にまぎれてしまいます。もし見つかっても、きっと何だか解らないでしょうね。事実うまく行ってたんです、御手洗君が来なければ。ガラスは警察官によってかき集められて、調べられもせず、廃品回収に出されたんですからね」

「なるほどそういうことか。やっと解りました」

「本当、やっとすっきりしましたー」

里美も言った。

「でもこれで晴れて一緒に逃げられると思って中井が、金を持ってチエさんのところにやってきたら、チエさんから、つまりあなたのお母さんから拒絶された。それで、あの籠城騒ぎになったんですね」

私が言った。

「そうです。私、御手洗君から渡されていた紙、母に手渡したんです。物陰から見ていたら、母は、開いてじっと見ていました。これ誰からって訊かれても、私は母が読みおわるまではと思って、誰からもらったかは言いませんでした。子供からと知ると、母が軽んじると思ったからです。

　読んで、母は顔色変えてました。後で聞きましたけど、中井の名前が書いてあって、この人が鈴木音造さんを殺したと、そう書いてあったそうです。放心してしまって、誰からとはもう母は訊かなかったので、私は結局、御手洗君からこの紙もらったことは言わずじまいです。言わなくてもすんでしまったんです。そのおかげで母は、中井が籠城している二階で御手洗君の言ったこと聞きながら、あの時彼が見抜いていたこと、死ぬまで解らずじまい。だからすずらんの毒についてもまったく知らずじまいです。でもこの手紙のおかげで、母は中井を警戒したんです。まあこれがなくても、母が中井と逃げたとは私は思わないけど、手紙のために、母は中井の誘いを即座に断れたんです。

　一方御手洗君は、中井が自分の電器店から失踪《しっそう》したと聞いて、それなら母のところに現れ、母は自分の手渡した手紙のせいで彼を拒絶するだろうこと、拒絶されたら、父を殺すまでした中井が自暴自棄《じぼうじき》になって、母に危害を加えるとか、それとも強引に拉《ら》致《ち》して連れ出すとか、そんな可能性があることを読んだんです。それで急いでうちにやってきて、中井の自動車のタイヤの空気を抜いた、そういうことですね」

　えり子は言い、私は深く溜め息をついた。御手洗の洞察力、推理力は、五歳の時からすでに完全だったということが判明したからだ。

「御手洗さんて、すごいですねー」

　里美も言った。

「たぶん人は、幼稚園児の頭でそんなことがあるのかって思うでしょうけど、でもこれ、彼にとっては造作《ぞうさ》もないことなんです。いえ、彼が天才だからとか、そういうことじゃなくて、この時の彼は、たまたまミキサーという高級電化製品を身近に見知っていたんです。彼の家にはありましたから。だから、子供でも解ったんです。それからすずらんについても……、です」

えり子は言う。

「そう、そのすずらんについてです。これが解らない。すずらんにそんな毒に似た成分があるっていうことは、これは一般の人間はまず知りませんよ。薬剤師のあなただって、この仕事始められてから知ったんでしょう？　しがない街の電器屋の中井に、どうしてこんな専門的な知識があったんでしょう」

私は言った。

「そうですよねー、これ、警察の人も知らなかった知識でしょう、とっても専門的ですよねー、どうして中井さんが知っていたんでしょう」

里美も言う。

「昔、文学青年だったからかな、彼」

えり子は言って、窓の外を見て少し笑った。

「でも、御手洗さんも知っていたんですよねー」

里美は言う。

「今の彼だったらそれは解るけど、幼稚園児が知っていたとしたら、何か理由があったんじゃないでしょうか」

橘えり子には、そういう里美の声が聞こえているはずだったが、彼女は黙っていた。

「何かそこに、もうひとつ説明がある気はしますね」

私も言って、なんとなくえり子に水を向けたつもりだった。えり子は私たちには横顔を見せ、じっと黙っている。明らかに彼女は、まだ何かを、私たちに隠していた。

「えり子さん、どうなんでしょうか」

私は単刀直入に問うた。彼女はしばらく黙っていたが、やがて言った。

「その説明は、簡単ですわね。二人とも、同じところから知識を得たからです」

彼女はぽつりと言った。そして、彼女はまたしばらく黙る。私はじっと待った。四十三年という時間に較べれば、この数分くらいなんであろう。やがて彼女は口を開いた。

「長い時間を経て、中井に対する恨みはだんだんに薄らいできました。父の善良そうな態度とか、気弱そうな微笑《ほほえ》みとかを今思い出しても、そういう父の死と中井の存在とが、別々のものに、思えるようになってきたんです。それが時間というものの力ですね。成長するにつれて私、母との確執《かくしつ》とか、やりきれないような意見の違いとか、そんなものの方が生々しくなったんです」

横を向いたままで語る彼女の苦しげな様子に、私はこれからいったいどんな話が始まるものかと息をひそめた。窓外には徐々に陽が落ちていき、商店街を行き交うアヴェックは、寒そうに互いに寄り添いはじめた。しかしえり子の目は、そういう人たちを見てはいなかった。

彼女はじっと言葉を停めている。そして、そのまま時間が経つ。どんどん経っていく。彼女は話さない。私はぼうっとした気分で視線をそらした。事件の裏の事情が私の予想を超えたので、思考に一種の痺《しび》れを感じたのだ。しかし横の里美は、どこか緊張しているようだった。何故だろうと私は考えていた。

「私は……」

とえり子のくぐもった声がしたので、その声の異常に、私は彼女の顔を見た。そして驚いた。彼女の唇は震えており、頬に涙が伝っていたからだ。

「これは言うまいと思っていたんです。こうしていても、私は、怒りに震えます。思い出すたびに、私は怒りで気が狂いそうになるんです。どんなに時間が経っても、私のこの感情は変わりません。優しかった父のことを思うと、いえそれは、こんな場合、いいことしか思い出さないのは解ります。たぶん母にはいろいろと不満はあったでしょう。でも、私には、ない。一度も叱られたことなんてないし、優しい微笑みとか、照れたように私を抱いてくれたこととか、そんないいことばっかり……」

そしてえり子は、白衣のポケットからハンカチを引き出し、目尻にあてた。

「ごめんなさい。どうしても私は許せないんです、あの人のこと。気どり屋で傲慢《ごうまん》で、自分だけが正義と道徳の化身《けしん》のように確信していて、冷たくて、上流階級の家柄を鼻にかけていて、他人を睥睨《へいげい》して、本当に、世にも最低の人でした。そういう人が、父を水商売程度のつまらない男って見下げていたことが、私、どうしても許せない。怒りが消えないんです」

「誰ですか、いったいそれ」

驚いて、私は訊いた。

「理事長です。御手洗君の伯母さんです」

言って、えり子は肩を震わせた。

「伯母さん……」

里美も息を呑んでいた。

「これから言うこと、証拠はないです。でも私は確信してます。あの人は、植物学の専門家だったんです。すずらんにコンバラトキシンが含まれていることくらい、当然知っています」

「ああ!」

私は言った。伯母か。

「そして中井は、理事長の家とほとんど親戚《しんせき》づき合いだったんです。御手洗君の伯母さんは、新しもの好きだったから、新しい電化製品出たら、すぐ買ってくれてたんです。それが女学生を家に集める理由にもなっていたし、だから中井は、もう毎日御手洗君の家に入りびたっていたんです。それで御手洗君も、中井と親しくなったんですけど。

大学の建物内も同じです。学内の電化製品は、中井の店が扱えるものなら何でも、いっ手に引き受けていました。だから中井は、理事長にはまるで頭があがらなかったんです。そんな生活の中で中井が、すずらんの毒について理事長に教えを受けなかったはずはありません。おそらく繰り返し、詳しく聞いていたはずです。学内の花壇は理事長の自慢だったですから、中井にも見せて自慢したはずです。だから、中井にはあんなことができたんです」

「ああ、それで御手洗も」

「きっとそうです。御手洗君も、伯母さんから聞いて知っていたんだと思う。だから幼稚園児にだって、このことは解ったんです」

「その伯母さんが、しかしどのように……」

私は訊いた。

「理事長は女子大通りに、つまり自分の学生の通学路に、うちのような不道徳なバーがあることをとても嫌っていて、早く立《た》ち退《の》かせたいと思っていたんです。あの人の感覚では、大学付近の町内なんて、自分の城下町《じょうかまち》みたいな感覚なんです。自分の街に、あんな不潔《ふけつ》なものは置いてはおけないって、そんな感覚だったんだと思う。だから、何かトラブルが起こって私の家が夜逃げでもしてくれたら、あの人にとっては儲《もう》けものだったんです」

「トラブルが？」

「そうです。だからあの人、山百合とか釣鐘草とかキャラリリーなんかは花の数数えて持っていけないようにして、すずらんだけは数字を言わなかったんです。これはわざとです。そうしたら、私がすずらんを持っていくことになるから。それも許せないんです私。そんな狡猾《こうかつ》なやり方で、それも娘の私を使ったってことが」

「なるほど、そういう考えから数を……」

「私の家は、鈴木の苗字からとって、バーの名前『ベル』ってしていたので、そのために両親が店に飾る釣鐘草とか、すずらんを欲しがっていたこと、あの人はよく知っていたんです。だから、結局私の家のバーのカウンターにはいつもすずらんの花ばかりが飾られることになって、中井さえその気になれば、あの計画はいつでも実行できる準備が整っていたんです。みんなあの理事長の計算通りです」

「ははあ……」

私は感心した。さすがに御手洗の血筋だと思ったのだ。

「理事長は、それは頭のいい人です。中井は利用されたんです。母とそんな仲になって、父がうとましくなった際、中井の頭に、理事長から聞いたすずらんの毒のことがひらめいたんです」

「すごいー……」

里美も言った。

「計画は完全にうまく行って、父は死んで、中井も死んで、母は、一人ではとてもバーなんてやっていけなくって、でも母が意外にお客さん筋に人気あったから、それでも一年ほどは続いたけど、やっぱりこっちの元町の方に移ることになって、そしたら理事長はすぐに手を打って、以前うちがあったところに本屋さんを誘致《ゆうち》したんです。資金援助もしたみたいです」

「へえ！」

「本当にやり手なんです、あきれるくらい」

「ははあ、じゃあ女子大城下町は……」

「そうです。首尾よく、理事長が考えるような道徳的で、清潔な街になったんですね」

「たいしたものだ！」

私は言った。

「昔はお殿様ですからね、こんなふうに、庶民のことは何でも自分がコントロールできるって思っているんです。でもこんな汚い手を使って、道徳がどうのっていうの、おかしいと思う！」

「そうですねー」

里美もまた、憤りを感じたようだ。

「本末転倒《ほんまつてんとう》っていうものです。父は、それはしがないバーテンだったかもしれないけど、虫ケラじゃないです。でもとにかく、これを知った時は辛かったですね私。何も言いようがないし、どこにも言って行きようがないし。その時にはもう、理事長は亡くなっていましたから」

「なるほど」

「今うちの学校の近く、飲み屋さんたくさんありますよー」

里美が言う。

「カラオケ屋さんも、雀荘《ジャンそう》もー」

「そう、それが自然な姿なんだと思いますよ」

「御手洗はそのことを？」

私が訊く。

「あの人、知っていたと思うんです。いえ、それは幼稚園児のことですから、最初から気づいてはいなかったと思うけど、途中から、事の真相に気づいたんです、裏の裏で誰が実は糸を引いていたか。それが彼もショックだったんだと思う。それで、彼は口を閉ざしたんです。馬夜川巡査にどんなに訊かれても、絶対に何も言わなかったんです。だってこれ、言っても仕方ないことですものね。たとえ理事長を告発しても、中井が死んだ今、立証はできないことだし、有名大学の理事長ですから、世間的な混乱は大きくなって、学生は迷惑するし、お嬢さん学校だから父兄も騒ぎを嫌うでしょう。それに彼は、育ててもらっている恩《おん》がありますからね。たとえ中井が生きていて証言しても、これはプロバビリティの犯罪ですから、理事長に責任は負わせきれないと思います。すずらんの毒について話したというだけなら、これは世間話で刑事責任なんてないですし、自分ではいっさい手を下していないんですからね」

「完全犯罪ですね」

「本当にそうですよ、これが本当の完全犯罪です」

えり子は、憤懣《ふんまん》やるかたないように言った。御手洗の複雑な人生観の、その構成要素の一部が、私にも見えたような心地がした。

「私、だから御手洗君は日本を捨てたんだと思う。なんだか、いたたまれなかったんじゃないかって思うんです」

「そうですね、これは傷ついたかもしれない」

「ああ、いえ、彼はもっともっと、ずっとタフですよ。時に寂しそうには見えたけど、普段はね、元気いっぱいに過ごしてました。人に、そんな弱いところ見せるような子供じゃなかったです。明るくて、こんな程度のことに全然負けるような人じゃないですね。でもね、私自身、時に辛くなるんです。彼のこと、全然解ってあげてなかったんだなって思うと。

私、子供の頃、御手洗君のこと本当に好きだったです。だから、いつでもどこにでもくっついて歩いて、あの頃の私の気分て、これは信仰ですよね、完全に。もう、いつもこうやって拝んでました。どんな悩みも解決してくれて、どんな疑問にもみんな完全に解答を与えてくれたのよね、あんなちっちゃな子供が。私、いつも目を見張ってました、彼が示してくれるものに。あんな人、もうほかには知らないですね。だから夜眠る時もね、明日もまたキヨシちゃんに会えますようにって、こうやって手を合わせて拝んでいたのよ、本当よ。それから眠ったの。そのくらい信じていたし、頼ってもいた。

でもあの頃、そんなふうに辛いのは自分だけなんだって思っていた。だから、自分ばっかり救ってもらおうって思って、彼の跡を追っかけ廻したんです。でも、彼の方がもっと辛かったのかもしれないなって、最近ようやく解ったんです。でも、私の方は全然何もしてあげられなかったなって思って、なんか、それが嫌だし、辛いですよね」

橘えり子は言って、最後には笑みになった。

聞きながら、私もまたじっと考えていた。彼女のこの言葉は、自分にも向けられている気がしたのだ。現在の御手洗の、周囲に向ける眼《まな》ざし、ことに女性に対する様子、それが妙に冷えているような気がしていた。その理由の一端が、今やっと解ったような心地がしたのだ。

しかしそれ以上に、ここに、ほかならぬ私こそが気づくべき何かが、潜んであるような心地がした。

子供時代の御手洗、その様子は、私などの想像とは少し違っていた。そこからの脱出方法、そして現在の彼がついに獲得しているもの、それらが私に何かを示している。私はここから何かを学び取るべきなのだ。

「私、今でも御手洗君のこと尊敬してますよ。あの人は、私の希望ですね」

えり子は低い声で言った。

Pの密室

1

鈴蘭《すずらん》事件が縁で、私は元町《もとまち》の橘《たちばな》えり子と親しくなり、個人的に会う機会が増えた。私の方でつとめて会うようにしたのだが、理由は、彼女が私などのまだ知らない御手洗潔《みたらいきよし》についての最高の情報源だったからだ。彼女の話の端々から、子供時代の御手洗の無邪気な表情がしきりに覗《のぞ》き、その様子は大変に興味深く、また時に興奮させられるものだったから、御手洗に興味を持つ読者の方々にとっては、私以上の関心事であろうと考えた。

当初私は、むろん里美《さとみ》と一緒に三人で会っていたのだが、里美が大学の講義とか司法試験の勉強で忙しく、平成十年が明けると、えり子と二人だけで会う機会も増えていった。えり子は不思議な魅力を持つ女性で、年齢というものをあまり感じさせない。むろんあの世代の女性としてはずいぶん背が高かったし、スタイルがよく、美人で、そういう意味での魅力もあったのだが、私が特に感じ入ったものは人となりだった。彼女の性格はユニークで、開け広げで、これまでの私がまったく知らないタイプだった。

どちらかというと低い声が、普段からちょっとかすれており、興《きょう》が乗ってくるとますますかすれる。彼女自身そのことを気にしていて、以前お酒を飲みすぎた時期があったからだと説明した。自分はどちらかというとお酒が好きな方で、飲まないでいるといつまでも平気なのだが、お酒が好きなのだと思い出してしまうと、毎晩でもぐんぐん飲んでしまう。そういう時の自分は、ほとんどアル中なのだと言った。自分はいろいろな興味対象に対して波がある人間なのだが、お酒に対しては特に波があると言う。

お酒を飲んでいる時、自分は水商売に向いているとよく言われた。これは母の血筋かもしれない、自分でも納得できて嫌になる。人と会って話すことは嫌いではないし、男性にからかわれるのも割と平気、煙草の煙も大丈夫の方だし、夜更《よふ》かしも好きだと言う。これってホステスですよねと言って笑う。知り合った当初は控えめで、大いに遠慮があったふうだが、うち解けてくるにしたがい、彼女はよく話し、よく笑い、かなり思いきった内容でもずけずけと語るようになった。取材する側にとってはこういう饒舌《じょうぜつ》はありがたかったが、どこか危なげな気配も感じさせる人で、それが水商売向きと言われるゆえんかもしれない。しかしその背後には、いっぷう変わった彼女の悲しみがひそんでいるように思われて、それが私に、彼女への興味を喚起《かんき》した。

彼女は確かに水商売向きと言われるだろうところがあったし、それは私にも解ったが、同時にどこかが、その手の女性と明快に違っていた。つき合うにつれ、その理由が解った。それは彼女が自分を維持していて、軽々《けいけい》に男性嘲笑に流れないということだ。彼女は、自分の長所も弱点も、自分一人のものとしてきちんと引き受けており、周囲を軽蔑することで自身の浮上をはかろうとしなかった。そのことが彼女を純粋な人に見せたし、背後に背負うらしい悲しみを、魅力のひとつと感じさせた。彼女には、水商売の女性に多い嫌なあくがなく、世間でも酒場でも、他人に嗤《わら》われ続けてきた私のような者には、何を失敗しても鷹揚《おうよう》に放っておいてくれる彼女の態度は、救いであり、包容力だった。これは、若い女性にはない様子である。彼女は、あるいは御手洗に憧《あこが》れることでこの性格を獲得したのかもしれず、そういう想像は私を感動させた。

ともかく御手洗のことである。読者の興味はそのことであろうから、橘えり子に関する描写はそのくらいにしておく。えり子は、同窓生御手洗潔についで誰かと話す機会がそれまでにはなかったらしく、私がそれを作ったことを喜んでくれているようで、思い出せる限りを饒舌に語ってくれた。次に会う日時を約束すると、それまでにさまざまな事柄を思い出していてくれた。

御手洗との思い出で忘れられないことはさまざまあるが、御手洗が日本を去ることになる小学校二年生の一学期時のことが、いろいろな意味で忘れがたいとえり子は言う。この年の夏休みに御手洗は日本を去るが、この時、彼を放そうとしない伯母との間に深刻なトラブルもあったらしく、御手洗は家出同然で、二度と日本には帰らない決意であったらしい。そういう彼の家出の直前、五月から六月の雨の季節にかけて、昨日のように思い出せるある忘れがたい事件が、えり子にはある。

この時期の御手洗は、妙に神がかったふうな様子で、すこぶる変わっていたらしい。おかしなことばかりを口にして、見ようによっては狂人の一歩手前のようなありさまだった。おそらく家庭環境が彼をそうしたのだろうとえり子は言う。彼は当時子供であったから周囲は不気味さを感じ、彼は次第に孤立するようになった。理解しようとしたのはえり子だけだったらしい。そう聞いても私などは別に驚かない。御手洗らしさがいよいよ表れたというだけだ。

この頃の御手洗は、自分の未来についてよく話した。えり子が今も憶えているのは、自分はおとなになったら大きな戦争に行って、人を殺すことを要求されるだろうと言ったことだ。とても嫌だけど、拒否することはできないんだと彼は言った。もう戦争なんてあるはずもないから、えり子はとても驚き、混乱した。

それから殺人事件にたくさん関わることになって、そんな仕事も要求されるんだと言うから、人を殺すの？　とえり子が問うと、そんなことはしない、犯人を捕まえるだけと言った。ところがそんなことを言っているくせに、御手洗は三日前のことを全然憶えていなかった。彼が思い出せるのは未来のことばかりで、過去はというと、記憶にないらしいのだった。日本はもう戦争なんてしないよとえり子が言うと、うんそうだねと御手洗は素直に認めた。

この頃の御手洗は、えり子によく夢の話をした。今も彼女が憶えている彼の夢は、自転車の化石の話だった。山の奥の岩場に、自転車の化石が浮かんでいたと御手洗は言った。六千五百万年昔の地層だったのだそうだ。

もうひとつは恐竜の夢で、ステゴサウルスという背中に剣に似た板がたくさん生《は》えた恐竜が、実はみんなロボットで、背中の板の中がどんな仕組みになっているかについて、彼は図を描いて熱心に説明をした。板は二列になって背中に並んでいるが、風が当たりやすいように交互に立っている。この板の中には、細いオイルの循環パイプがびっしりと走っているんだと、御手洗少年は真剣な顔で言いつのった。板には風が当たるから、そうやってオイルを冷やしてから、ステゴサウルスは体内にオイルを戻すんだと言った。板の何枚かは太陽蓄電池を兼ねているんだとも言う。

子供らしい面白い空想だと思ったが、つい最近、ステゴサウルスの背中の板は、血液を冷やすためのラジエーターだとする学説が発表されたので驚いたとえり子は言った。あの板は、確かに風を受けやすいように交互に並んでいて、板の中には細かい血管がびっしりと走り、風で血液を冷やし、ステゴサウルスは、これで体温の調節をしていたのだという。こじつければ、四十年以上も前に御手洗は、ステゴサウルスの背中の板の秘密を知っていたことになる。板の配列が交互になっていることも、学会では最近まで解らなかったらしい。

えり子は、そんな御手洗の話を聞くのが面白くて、学校が終わるとすぐに御手洗のクラスに飛んでいき、できるだけ一緒にいた。えり子の家が山手柏《やまてかしわ》葉《ば》町から越してしまい、二人の家は離れてしまったのだが、学校はまだ同じだったし、通学路が共通したから、こういうことも可能だった。そんなえり子の小学二年生時代、したがって昭和三十一年のことになるが、六月の梅雨《つゆ》の季節だった。この時期、とてつもない大事件が本牧《ほんもく》の鶯岳《うぐいすだけ》で起こったというのだ。神奈川県警も、本牧署も、そして山手柏葉派出所でも、のちのちの語り草になったほどの奇妙で、陰惨で、そして不可解な大事件だった。この解決に果たした御手洗少年の役割は大きく、思い返せば事件全体は、神々しいひとつの叙事詩のようだとえり子は言う。

2

六月二十八日の放課後だった。朝から強い雨が降り続いている日で、掃除の当番だったえり子は、教室に居残って掃除と、壁の掲示物の後片づけをやっていた。その時、痩せて小柄な中学生が、教室の戸口のところに現れた。おとなしそうな印象だった。

「その紙捨てるの?」

と彼はえり子に訊いた。

それは教室の後ろの壁に貼っていた、大きな模造《もぞう》紙《し》だった。絵に自信のあるクラスの有志十人ばかりで描いた、春の遠足風景の合作だった。マジック・インキや色鉛筆で描いた簡単なものだから、みなさして愛着がなく、あちこちが破れ、その部分をセロハンテープで留めたり、画鋲《がびょう》を押し足したりしてなんとか壁に貼り続けていたのだが、そろそろ限界だったので、捨てるようにと担任教師が、掃除当番だったえり子たちに命じたのだ。何人かで絵をはずしていたら、その中学生が訊いてきたのだ。

えり子の、ということは御手洗のものでもあったこの和田山《わだやま》小学校は、中学校と敷地が隣り合っていた。だから委員長クラスの中学生たちは、隣りの小学校の校舎に自由に入ってきていて、教師たちがこういう中学生に時に指導的役割を担《にな》わせたから、彼らの行動は公認だった。

えり子は、はいと応えた。ほんの子供である彼女にとって、中学生は充分におとなで、担任教師からの質問と変わらない。彼女はかしこまって応じた。中学生は、

「ふうん、じゃそれぼくにちょうだい」

と控えめな口調で言った。教室に入ってきて紙を壁から剝《は》がすのを手伝ってくれ、はずしてからはくるくる丸めようとしたが、一個所大きく裂けているのでうまく行かない。そこでセロハンテープはないかと、彼はえり子に訊いた。担任教師の机のひきだしに入っていることを教えると、彼は取ってきて、模造紙を広げて床に置き、裂け目をつなごうとしていた。乞《こ》われるので、えり子も紙の端を押さえて手伝った。

終わると、中学生は短く礼を言って紙を丸めた。何に使うのかとえり子が訊くと、ちょっと照れたように彼は笑い、これでカブトを折るんだと応えた。カブト？　とえり子は訊いた。回答があまりに意表を突いたからだが、しかし中学生はそれ以上はもう何も説明せず、黙って教室を出ていった。

この様子を見ていたえり子のクラスメートが、今のは土田《つちだ》という人で、横浜市長賞の審査員をやっていた有名画家の子供で、奨学金ももらっているような、とても成績のいい人なんだと説明した。えり子はそれで、えっと言った。驚く理由があったのだ。それはこの時そう聞いたら、誰もが必ず驚いたであろう理由である。

横浜市長賞というのは絵画の賞で、小学生、中学生の絵のコンクールとしては当時一番大きなもので、学校中の関心事だった。入賞したら新聞に名前が出るし、夏休みに市内の一番大きなデパートに展示もされる。そして高価な油絵のセットが賞品としてもらえるのだ。子供が有名になれるチャンスで、だからみな、内心これを狙っていた。ところがこの賞が、その年は中止になっていたのだ。えり子が驚いたのは、その中止理由のせいだ。以下でこの点

を、正確に説明しなくてはならないだろう。

　候補作は五月十日までに選ばれ、すでに土田富太《とみた》郎《ろう》画伯、つまりさっきの中学生の父親の家に送られていた。その中には御手洗の描いた絵も入っていた。御手洗はさして絵は得意ではなかったらしいが、この年は珍しく彼の作品が候補に入っていた。候補作の点数が多いのが市長賞の特徴で、これが毎年の話題だった。例年小学生七十点、中学生七十点である。その中から小学生、中学生、それぞれ一点ずつ市長賞が出る。これほどにおびただしい絵を、土田画伯は一人、しかも自宅で、いったいどうやって選んでいるのだろうというのが、前々からしきりに教員や街の噂《うわさ》になっていた。合計百四十枚までの絵画、貼りだす壁もあるまい。そして貼って較べなくては選べないはずだった。

　ところがその横浜市長賞が、今年は中止になったと、五月末に発表になったのだった。生徒たちは、みなびっくり仰天した。続いて、学校でも街でも、みなパニックに近いほどに驚くことになった。選者で、有名人でもあった土田富太郎画伯が急死したというからだ。

　それが横浜市長賞が中止になった理由だった。そういうニュースは、まるで関係者が出し惜しみでもしているように、少しずつ生徒たちの耳に入ってきた。どうして死んだのかは解らなかったが、新聞によれば、土田画伯は市長賞の選考中の五月二十四日に死んだようなのだった。心臓麻痺《まひ》か何かだろうとみな思ったが、次の報で殺されたというから騒ぎになった。最初の噂では一人で殺されていたというのに、次の報では被害者は二人だったらしいとなる。しかしその人物の名はなかなか公表されない。おそらくは児童の絵画の賞の選考中であったこと、また県の教育委員会が関係していたので、世間への配慮がなされたのであろう。ようやく五月二十九日の朝刊で、女性と一緒だったことが公表された。

　一緒に死んでいた女性は名を天城《あまぎ》恭子《きょうこ》といい、市役所勤務で県の教育委員会の会計を務め、画家として土田画伯の弟子でもあり、横浜市長賞の運営委員も務めていた。年齢は三十二歳、人妻で、かつて土田の絵のモデルを務めたこともあるくらいの、顔だちもスタイルもよい女性だった。

これはおとなたち好みの大スキャンダルとなり、当時割れるような話題を呼んだ。当初、心中である可能性が考えられて公表が控えられたが、そうではないと解ったので発表されたのだ。画家の土田富太郎は、五十歳だがなかなかの好男子で、モデル、女性の弟子、水商売の女性、またファンの女性などと、とかく噂が絶えない人物だった。そういう中、天城恭子とはすでに夫婦同然といわれていた。

天城恭子は夫と別居しており、土田の援助で本牧のアパートに一人暮らしをしていた。土田は、そういう女性と死んだ。庶民の関心は、当然のように二人に集中する。えり子の母親も、家で義父と始終その話をしていたし、母の店の酔客たちも、この話題で連日もちきりだった。ともかくその殺人事件のため、今年の横浜市長賞は中止になったのだ。そして級友の話が正しいなら、さっきの瘦せた中学生は、話題の主、土田富太郎の息子ということになる。えり子はそれで驚いたのだった。土田の方もまた、以前の妻子、つまりさっきの中学生とその母とは、長く別居していた。

横浜市長賞は、小中学生の候補作からそれぞれ一点ずつの市長賞と、三点ずつの佳作を選び出す。土田富太郎画伯は芸術院の会員であり、横浜在住の著名画家の一人であったから、最終選考は先述した通り彼が例年一人きりでやる。弟子筋で賞の運営委員でもある天城恭子は、土田の家で彼の選考の仕事を手伝っていたのであろう。そういう二人が死んだので今年の市長賞は異例の中止になったわけだが、理由はそればかりではなかった。それだけなら替わりのしかるべき有名画家を審査委員にたてればいい。しかしたとえそうしても、審査が続けられない事情があった。二人の殺人があった部屋に、候補作品のすべてがあり、惨劇によって絵が汚れたというのだ。

こういう一連の事情発表もまた、奇妙だった。すこぶるもたついたというだけでなく、被害者たちの流した血によって候補作が汚れたということなのだが、何枚汚れたのかが説明されない。中止になったのなら、汚れていない作品は生徒に返却されていいはずだ。教師のうちには、父母の意向をくんでそう要求した者もあったが、作品は何故か返されなかった。返却希望はあちこちの学校からあがるようになり、だがどこにも返される気配がない。理由はというと、ただ汚れたからという返答ばかりだ。まさか毎年数が多いことで話題の候補作品が、一点残らず汚れたわけでもあるまいに、この返答は奇妙であった。

話題の土田画伯の子供が突然現れてえり子はびっくりしたが、ひと月前に父親が殺されたというのに彼は飄々《ひょうひょう》とし、顔に笑みさえ浮かべていたからさらにびっくりした。父親が死んだ経験はえり子にもある。その時の自分を思い出してみれば、とてもではないが、あんなふうではいられなかった。それでえり子の脳裏《のうり》には、さっきの中学生の、ちょっとはにかんだふうな笑い顔が、いつまでも消えずに残った。

3

時として大衆飲み屋というところは、こういう事件の情報収集に関して、新聞社に次ぐ重宝《ちょうほう》な場所となる。客のうちには警察関係者の親類もいる。そしてたまたま新聞社の人間もいた。それでそれからのひと月、えり子の母親は、カウンター越しになかなか高度の情報を得ることになり、そういう内容を嬉々《きき》として再婚した夫に話すのを、えり子は横にいて聞き耳をたてた。興味があるのもむろんだが、犯罪に御手洗が興味を示すことを、彼女はよく知っていたからだ。

母の話によると、鶯岳の土田家殺人事件は、なまやさしい状況ではないようだった。とてつもなく奇妙な様子をしているらしい。えり子が思い出した事件の概要を、のちの解決と齟齬《そご》しないように多少私が整理し、以下で述べてみる。まずそのひとつは、土田家が完全な密室であったということだ。

この密室が、昭和三十一年の建物のことで、針と糸で作れるような単純なしろものではない。一階の、表《おもて》に向かって開いていた場所を以下に逐一《ちくいち》あげてみる。まずは戸である。曇りガラスの塡《は》まった玄関の引き戸、土田富太郎と天城恭子の死体があった和室応接間の、縁側に出るための四枚組のガラスの引き戸、食堂の二枚組のガラス引き戸、厨房に入る勝手口としてのガラス引き戸。続いて窓。トイレと手洗いに三つ並んで開いたガラス窓、浴槽のところのガラス窓、厨房流しに付いた二枚戸のガラス窓、和室応接間に付いた、ガラス戸二枚でできた窓、これですべてである。

そしてこれらは同時に、賊の家への侵入経路として考えられるすべてでもあるわけだが、問題は、これらの全部にスクリュウ錠が付いていたということだ。これらのスクリュウは、事件発覚時、固く締めあげられていた。スクリュウ錠は、外部からの操作が最もむずかしい錠前である。針や糸を用い、スクリュウ錠を外から固く締める方法は存在しない。加えて、これらすべての窓と引き戸は、塡まったガラス板がはずされたり、またははずした後、もとに戻されたりしている形跡がいっさいない。

さらに応接間と食堂のガラス戸には、足もとにガード板が造り付けてあって、二枚の施錠《せじよう》されたガラス戸ごと持ちあげてもはずせないようになっていた。

二階には十三の窓があり、これらはスクリュウ錠であったり、半月を回転させる方式の施錠であったりのまちまちだが、これらもまた、すべてしっかりと錠が下りていた。そしてこれら二階の窓の外には、どれについても張り出し屋根の類《たぐ》いが付いていないから、窓のすぐ外にいて解錠や施錠を試《こころ》みる足場は存在しない。

二人の死体が発見されたのは、五月二十五日の午後五時四十分である。前日二十四日夜、天城恭子が自宅アパートに帰っていないらしいこと、翌二十五日朝、市役所内にある県教育委員会に出勤してこないこと、また土田の家に電話が通じないことなどから、不審に思った市役所職員の長岡峰太郎《ながおかみねたろう》という人物が二十五日に土田家を訪れ、気配に異常を感じて警察に通報した。

二人の死亡推定時刻は、二十四日の午後三時から五時だった。そしてここにさまざまな不可解事があった。まずは、二十四日の午後二時半まで、横浜中《なか》区に三時間ばかり雨が降っていたということがある。死亡推定時刻は、午後三時以前にはどうしても遡《さかのぼ》らないというから、どんなに早く見積っても二人は、雨がやんで三十分のちに殺されたことになり、ということは雨がやんで三十分後の時点では、犯人はまだ土田家の中にいたということになる。

死体発見時、家の中に二人の死体以外の生きた人間は、存在しなかった。ということは富太郎と恭子殺しの犯人は、二十四日午後三時以降、二十五日午後五時四十分までの間に、ぬかるみの上を歩いて逃走していなくてはならない。これは論理的帰結であり、羽の生えた人間でもいない限り、ほかの答えはない。そして二十四日午後二時半以降、二十五日の午後五時四十分までに、中区鶯岳には一滴の雨も降ってはいない。となると、家の周囲の柔らかい土に足跡を遺《のこ》した者のうちに犯人はいる、ということである。

土田家は、玄関の前にも敷石や、飛び石の類《たぐ》いがなかった。家の周囲はすべて柔らかい土がむき出している。雨でゆるんだ土の上に靴跡を遺した人間は、警察官たちを除いて二人いた。一人は異常を発見し、警察に通報した市役所職員の長岡峰太郎。そしてもう一人は、恭子の夫の天城圭吉《けいきち》だった。

天城は、中区根岸《ねぎし》にある競馬場に勤務する飼育係で、独特の靴を履《は》いていた。警察が土に印された靴跡を石膏《せっこう》に採り、自宅にいた圭吉を事情聴取して、所持していた靴と靴裏とを照合してみると、完全に一致した。そこで警察は、彼に任意同行を求め、翌日逮捕に踏みきった。そして新聞に、死亡していた彼の妻の名とともに、逮捕を公表した。

天城圭吉こそは、すこぶる怪しい人物というべきだった。圭吉との離婚を望んで恭子が家を出ても、圭吉は決して同意しようとせず、恭子に強烈に固執《こしつ》し続けて妻のアパートを連夜訪れ、たびたび表で脅迫めいた大声を出したり、土田富太郎にも脅しめいた電話をかけていた。

警察は、動機のない長岡はまず除外した。そして天城の方を代用監獄にかけたのだが、ここに、非常に困った問題があったのである。長岡は、家の周囲をただ戸を叩いて声をかけながら巡っただけと言い、足跡もこれを立証していた。家の中にいったん入ったり、または出てきたと思われるような不審な動きは、足跡のどこにも示されていない。家の中から突然現れ、歩行が始まったりしていないし、その逆もない。長岡の靴跡は、基本的に玄関方向からやってきて、また玄関方向に戻っているという一巡のみだ。そのために彼は嫌疑の輪からはずされたわけだが、それは天城圭吉とて同じなのだった。天城の逮捕とその公表は、捜査陣には苦業の始まりだった。

天城の靴跡は、長岡の靴跡の下になっているから、長岡より早く土田家にやってきている。しかし先に来ているというだけで、彼もまた玄関方向からやってきて、家の周囲をぐるりと巡って玄関方向に戻っているだけなのだった。天城の時も、土田家の戸が開いていているような形跡は、靴跡からいっさい感じられない。また長く一個所に立ち停まっている形跡もない。加えて土田家の一階の戸、およびガラス窓は、先述した通りすべてスクリュウ錠なのであるから、立ち停まっていかに辛苦をしようとも、外から施錠解錠ができる類いのものではない。

二人の違いは、後先以外には、長岡が家の周囲を巡ってのちすぐに警察に通報をし、天城の方はしていないということだけだ。これに加えて天城には強い殺害動機があるということで警察は引っ張ったわけだが、前者は理由がないことでもない。天城の証言を信じるなら、彼がやってきたのは二十四日夕刻であり、その時点なら、恭子が失踪《しっそう》しているという意識は彼にはまだない。一方長岡の方には、たっぷり一昼夜恭子の行方が知れないという危機意識があった。もし二十四日夕刻に来訪したのであれば、長岡もまた警察に通報しなかった可能性がある。

警察自身、非常に苦慮していた。天城がやったとは思われるのだが、ではどうやったのかが不明なのだ。家の中にさえ入れないのでは、犯行に及べるはずもない。しかし、土田富太郎は有名人であったから、事件は世の関心を引いて、本牧署に世間の注視が集中していた。いったん引っ張って勾留《こうりゅう》した天城が、間違いであったとは、警察としてももう発表できない。

面子《メンツ》のかかった警察は、二十三日間におよぶ勾留期間中、峻烈《しゅんれつ》な取り調べを行い、これによって天城は、犯行を自白することになった。以前から天城は、土田富太郎に対して殺意を抱いていた。恭子に去られたことで彼にはノイローゼ状態が続いており、泥酔《でいすい》もしていたから、記憶自体が不確かだった。

天城が落ちた事実もすぐに新聞報道され、世間は胸をなでおろしたが、続いて検事が苦労することになった。天城の起訴は決定的だったものの、彼の犯行のストーリーが作れない。天城圭吉は、大声をあげ、戸を叩きながらしいが、家の周りをひと巡りしている。物証が示してくれる天城の行動は、ただそれだけなのだった。あえて厳しい言い方をするなら、そういう物証は、天城が家の中に入っていないことを示しているともいえた。これでどうやって家の奥深くにいる妻とその愛人を、天城が殺せるというのか。これでは法廷を開くことができない。天城がやったとは思うが、どうやったかは解らないとでも言った日には、天城は即刻無罪だ。しかし、では天城のほかの犯人といっても、現場周辺には長岡と天城以外の靴跡はない。

実をいえばこの殺人事件の謎は、とてもスクリュウ錠による堅牢《けんろう》な密室と、その周辺の靴跡の謎、という程度のものではすまなかったのである。遥《はる》かに大きな謎が、土田家の屋内に存在していた。密室や靴跡などは、ほんの序章にすぎなかったのである。

4

根岸線の山手《やまて》駅を降り、左に折れて商店街を少し行き、すぐにまた左に折れてガードをくぐると、急な坂道がある。右左する道なりにこれをあがっていくと、やがて丘の上に出る。

平成の今も、この高台には緑が多く残り、丘の上だから道は上下にゆるく起伏しながら続いていく。道沿いの緑の中には、時計塔を持つ洋館などが点在して、高原の避暑地に似た景観を作る。そしてついには、アメリカ坂という本牧商店街に向かって下る坂に行き着くのだが、昭和三十一年当時、この一帯は米軍の所有地で、一般は立ち入ることができなかった。このため「アメリカ坂」であり、横浜市民に戻された今、広大な緑も残ったわけだが。御手洗とえり子が通っていた和田山小学校は、米軍施設の手前にあった。

当時は根岸線も開通していなかったので、通学は徒歩だった。御手洗少年は、毎朝山手柏葉町のセリトス女子大内の自宅を出ると、山手公園の方角に山をあがった。道沿いに国道の山手トンネルというものがあり、ここでえり子がいつも御手洗を待っていた。彼女はいつも早目に元町の家を出て、彼を待つのだ。それから二人は一緒になって坂道を登り下りし、和田山の丘をめざして通学する。

この日六月二十九日も同様で、雨の日だったから傘をさし、並んで歩いた。道々、えり子は昨日あったことを御手洗に報告した。掃除当番で、壁から模造紙の絵を剝がしていると、横浜市長賞選者の土田富太郎の子供が現れ、カブトを折るんだと言って模造紙を持ち去ったこと、それから家で母から聞いた、土田家殺人事件の密室の状況、家の周囲に遺《のこ》る犯人の不可解な靴跡の状況などについて、詳しく話した。

「カブトを折るんだって？」

御手洗は、密室とか足跡の方は放っておいて訊いてきた。

「カブト？　うん、カブト折るんだって、土田さん言ってたよ」

「へえ」

「御手洗君、それって大事なこと？」

意外に思ってえり子は訊いた。

「うん、もしかするとね。だって昨日は……」

「おーい、御手洗君たち」

その時教師の声がした。隣りのクラスの担任、酒《さか》田《た》教諭だった。酒田は、えり子のクラスの担任でもなかったが、彼は二人の顔をよく知っていた。特に御手洗少年は校内の有名人だったから、よく知られている。

教師はせかせか追いついてきたので、二人は先生に朝の挨拶《あいさつ》をした。酒田教諭は、眼鏡をかけ、ひょうきんな印象の若い教師だった。威張《いば》らず、気さくに友達づき合いをしてくれるから、みんなに人気があった。御手洗は、横浜市長賞の候補作について酒田教諭に質《ただ》した。

「先生、先生って横浜市長賞の候補作、選んだんだよね？」

　御手洗が訊く。

「ああ、うちの小学校からのな。うん選んだぞ、君のも選んだ。そいで、運営委員会に持っていったんだ。あれ、五月の頭だったな」

　酒田は応える。酒田は、市長賞の和田山小学校の代表運営委員だった。

「横浜市長賞の候補作って、すごく枚数多いんでしょう？」

　御手洗が重ねて問う。

「ああ、多かったぞ、うちの割り当ては毎年十五枚だった」

「横浜全部では？」

「全部では毎年七十枚だそうだったな。横浜中の全小学校で七十枚、全中学校で七十枚だった。きりがいいからな、先生よく憶えてるんだ」

「すると、全部で百四十枚？」

　御手洗は言った。

「うんそうだな、小中学校全部で百四十枚、大変な数だ。その中から一点ずつ、たった二枚選ぶんだものな、大変だよなぁ土田先生」

「土田先生、自分の家で選んでたんでしょ？」

「そうなんだ。だから土田先生、いったいどうやって選んでんだろうなって、みんな前々から不思議がっていたよ」

「うまく行ってた？」

「すごいんだ、本当に魔法なんだなこれが。いつでも的確に選ばれてんだ。絶対にこれしかないっていう作品が、毎年選ばれてた。天才だよ土田先生は。いったいどうやってるんだろうって、先生たちみんな噂してた」

「誰も知らないの？　やり方」

　えり子が訊いた。

「知らないんだ、これが。誰も知らない。だから謎だよ」

「適当ってことない？　先生。くじとか、ジャンケンとかさ」

えり子が言う。

「絶対ない。いつでも、みんなが納得する一番いいものが選ばれてた、魔法だなぁありゃ」

「土田先生の家って大きいの？」

御手洗が訊いた。

「そうでもないぞ、変わった家だけど、大きくはない」

「どう変わってんの？」

「庭に高圧送電線の鉄塔がある家で、だから変な格《かっ》好《こう》してんだ。こう、サイコロみたいな家が三つ、一個所に集合していてな、鉄塔よけて建ってて……、口ではなかなかうまく言えないな、絵でも描かないとなぁ」

「高圧送電線の鉄塔があるから、家が変な格好なの？」

「そうなんだ、鉄塔をよけて、はさむみたいにして家が建っているからな、上から見るとこう、Ｙの字みたいな、変な格好なんだ。どこかの部屋が正方形だってのも、聞いたことあるな」

「ふうん、そういう家だからかなぁ」

「庭に鉄塔があるといい絵が選べるのか？　壁に貼らなくても」

先生は言った。

「鉄塔でさぁ、電波を受信するんだよ、神様の」

御手洗は言う。

「ああそうか？」

「広い壁がある？　その家」

「絵いっぱい貼れるようなか？　ないと思うぞ。いやないな、だって百四十枚なんてな、でっかい体育館の壁ででもないと無理だよ」

教諭は言った。

「どうして学校の体育館とか使わなかったのかなぁ、土田先生」

えり子が言う。

「さあどうしてだろう。先生も知らない」

「鶯岳のどこ？　先生知ってる？」

御手洗が訊く。

「家か？　知らないけど、鶯岳の四丁目だって聞いたな、小川のほとりだって」

「鶯岳の四丁目で、小川のほとりで、庭に鉄塔があって、上から見るとYの字みたいな形で、横から見るとサイコロの集合体みたいな家だね」

要約して御手洗が言った。

「え、……うん、まあそうだな」

酒田先生は、御手洗少年をちらと見ながら、警戒するように言った。

「じゃ先生、今年も百四十枚だった？　候補作は」

「いやそれなんだがな、どうしたことか、今年からは増やされてたんだ。うちの割り当てはな、二十枚って言われた。先生びっくりした」

「え、それ今年から？」

「うん、今年からだ。今まではずっと十五枚だったんだけど、今年から二十枚になったんだ」

「じゃ、横浜全部では？」

「横浜全部では、小学校の部が八十何枚かなんだと」

「八十何枚か……」

言って御手洗は考え込む。

「じゃ、中学校の部は？」

「中学校は、横浜全部で四十何枚かにしたと」

「四十何枚に八十何枚、ずいぶん差があるね」

御手洗が言う。

「うん、まあ差があるよな、確かに」

「変だな。先生理由知ってる？」

「知らない、土田先生が言ってきたんだって、この数。みんな何でなんだろうって言ってた」

「全部で百三十枚くらい？」

「それが、百三十六枚だって、確かそう聞いたな」

「四枚減ったね、去年までより」

「うんそうだ、四枚減った」

酒田は反芻《はんすう》した。

「全体では四枚減っただけだけど、内訳では中学生の候補作は大きく減って、小学生の方は大きく増えた……」

御手洗少年は言う。

「うんそうだ」

先生は同意した。

「百三十六枚って半端《はんぱ》だね」

「うん、半端だな」

「理由は？　先生」

「知らない、先生は聞いてないな」

「でも先生、運営委員でしょ？」

「運営委員だけどな、聞いてない。あれ、土田先生が一人のお考えでみんなやっていたから」

「変だなぁ、なんでなんだろう……」

御手洗少年はじっと考え込む。

「変か？」

酒田教諭は訊いた。

「うん、変だよ先生」

「どうして」

「だって百四十枚を百三十六枚に変えても、手間の点では変わらないでしょ？　一番大変なのは枚数の多さから来る手間だもん。だから魔法なんでしょ？だったら四枚減っても大して変わらないじゃない、土田先生の手間は」

「うんそうだな、確かに手間の点はなぁ……」

先生も考え考え言う。

「百四十枚が、四十枚に変わったっていうのなら解るけどさ」

「まあそうだな、じゃどうして数変えたんだろう、土田さんは。手間のせいじゃないと……」

「いや、それでも手間のせいだと思うぼくは。だって家狭いんでしょ？　土田先生の家」

「うん広くはない」

「それで百四十枚なんでしょう？」

「うん百四十枚」

「実際問題として無理じゃない？」

「無理だろうなあ。だって五十枚の中から三、四枚選ぶのも大変だったもの先生、それも学校の教室の中でだからさ。ましてそれが狭い個人の家の中だものな、土田先生の場合は」

「でしょ、だからなんとかそれができるようにしたんだよ、狭い家でも。それが四十何枚と、八十何枚なんだと思う」

「そうかなぁ」

「四枚減らすことで、何かがうんと楽になったんだよ、土田先生」

「でも、あるかいなー、そんな方法」

酒田先生は頭上の傘をちょっとはずし、雨の落ちてくる天を仰いで言った。

「きっとあるよ先生、それ見つけたら、この事件の謎、必ず解けるよ」

御手洗少年はきっぱりと言った。

「本当かぁ、先生にはとてもそうは思えないけど。だけど、あるかなー本当に、そんなこと。だってこの事件の謎っていうのはさ、家の周りに犯人の足跡があって、でも家が密室になっていて、天城って犯人が、どうやって土田先生たちを殺したか解らないって謎だろう？ だったら絵の枚数なんて関係ないじゃないか」

「そう見えるだけだよ先生、必ず関係はあるよ。この事件のポイントはそこなんだ。候補作品の枚数が、今年から変わったことだよ」

「そんなこと、君はっきり言えるのか？」

「うん言える」

御手洗は断言する。

「ああそうかぁ、じゃ、教えてくれよ、何で変わったんだ？」

「今教わったばっかりだもん、すぐには解らないけど、百四十枚から百三十六枚に変わったのは、小学校と中学校、七十枚、七十枚の候補作の内訳を変えたからだと思う。これを八十何枚、四十何枚の内訳に変える必要があったので、結果として百三十六枚になったんだ。百三十六という数字はただの結果だと思う。四枚減らすことなんて、全然目的じゃなかったんだ」

「どうして小学生の七十枚を、八十何枚に増やしたんだろう」

「だから、そうした方が楽になる理由が、土田先生にあったんだと思う。七十枚と七十枚より、八十何枚と四十何枚にした方がずっと楽になる理由が、土田先生にはあったんだ」

「で、それが足跡の謎と関係あるのか？」

「足跡の謎とも、家が密室になっていた謎とも関係あるよ、先生。きっとある。今からぼく、考えるよ、それ」

「そうかなぁ、あるかなぁ……」

先生はまだ不思議そうだ。

「先生、ほかに土田先生の死んでいた時の様子とか、部屋の様子について、何か知っていることとある？」

「何も聞いていないな。もう一ヵ月経つけど、警察も秘密主義で、こっちには何も言わないんだ。まあ犯人が挙がってるからいいってことなんだろうけど」

「ふうん」

そして三人は、学校に着いた。

5

それからの御手洗少年は、教室で一日中じっと考え込み、授業中も、教師の言うことを全然聞いているふうではなかった。もっともこれはえり子が自分で見ていたわけではなく、彼女が御手洗のクラスメートに後で聞いた話である。小学二年生時、えり子は御手洗とはクラスが違っていた。

給食がすんだ昼休みにも、えり子は御手洗のクラスに飛んでいった。後ろの入口から彼の背中を見ると、御手洗は席についたまま、うつむいてじっと考え込んでいるふうだ。ただ頬杖をついているのか、それとも紙に向かって何か書いているのかはその位置からは不明だったが、教室にいることだけを確かめて、えり子は自分の教室に戻った。声をかけなかったのは、以前しつこくして嫌われたことがあったからだ。家の中があまり楽しくない今、御手洗を失ったら死にたくなりそうだったから、せいぜい気をつけることにしたのだ。

放課後になったら、ノートと教科書をカバンにつめるのももどかしく、御手洗のクラスに行った。放課後になったら自分の教室に来ていいと、御手洗は日頃言っていたのだ。ところが教室に御手洗の姿はない。びっくりして仲間に訊いたら、御手洗は、さっき職員室に行ったという。

急いで職員室に行き、おそるおそる中を覗《のぞ》いてみたら、御手洗少年は教師たちの机の向こう側で、床に這《は》いつくばって何かしていた。職員室に入っていって見ると、小さな巻尺を出し、画用紙のサイズを計っているらしい。それがすむと虫眼鏡をポケットから取り出し、紙の表面を子細《しさい》に覗いているのだった。しかも見ているのは表でなく、裏側なのだった。いったい何をしているのだろうとえり子は思い、考えた。

生徒にとって職員室というところは、怒られる時にだけ入るものであり、できることなら近寄りたくない場所だったから、えり子は教師たちの顔色をうかがいながら、恐々《こわごわ》一歩二歩、近寄っていき、

「御手洗君何しているの？」

とささやき声で訊いた。

「絵を見ているんだ」

と彼は、まるでうわの空といった調子で、えり子を見もしないで応えた。

「それ何の絵？」

「これ、去年横浜市長賞の佳作取った作品なんだ。職員室の壁にかけてあるって聞いたから、今見せてもらってたんだ」

と、こともなげに言うから、えり子にもやっと事情が呑《の》み込めた。御手洗は、土田富太郎画伯の殺人事件をずっと考えているのだ。だから額に入って職員室の壁にかかっていた去年の市長賞佳作の絵を、壁の釘《くぎ》からはずして床に下ろし、額から取り出して調べている。これは土田画伯が去年選んだものだからだ。虫眼鏡で調べているが、しかし見ているのは何故《なぜ》か裏だ。

二人の周囲を、教師たちがどやどやと通る。御手洗は全然意に介していないふうだが、えり子はひやひやし、彼の度胸のよさに感心した。成績がいいからこんなこともできるのだろう。ほかの生徒が職員室でこんなことをしたら、どんな文句を言われるか解ったものではない。第一許可されないだろう。

「何してるの？　ねぇ、何見ているの？」

「うん、ちょっとね」

御手洗は虫眼鏡から顔をあげず、うるさそうに応じる。言ってからえり子は、あまり意味のない質問だったと思った。観察結果が体系づけられるまで、御手洗はいつも何も説明しないからだ。

「そっち裏だよ」

えり子は言った。

「うん」

御手洗は言う。解っているのだろう。

「その絵、生徒に返されなかったんだ」

今度は何も応えない。

「表見ないの、何が描いてあるかは大事じゃないの？　裏が重要なの？　ねぇ、虫眼鏡が必要なほどのことなの？」

御手洗少年は、うんうんと生返事をする。

「ねぇこれ、土田先生が殺されたことと関係あるの？　それで調べてるの？」

「ああうるさいなー」

御手洗はついに言った。そしてはじめて虫眼鏡から顔をあげた。

「考えごとしてる時は黙っててよ。あとでちゃんと話すからさ」

「ごめんなさい、でも早くしないと怒られるよ、先生に」

「大丈夫だよ断ったから。そう思うのだったら邪魔しないでよ。さあもういい、思った通りだ、だいたい解ったよ」

「何が？」

「三百六十四と、五百十五だ。終わったから額にしまおう、ここに入れてと……」

御手洗は、額の裏蓋《うらぶた》を開け、ガラスの上に絵を裏向けで載せた。それから裏蓋も載せ、額のわくに四個所ついている爪を、ひねって横向きにしている。

「あっこれ、猫とお花だね、可愛いー。これも関係ある？　猫が描いてあることも」

顔を傾け、表側を覗いてえり子が言った。

「え、猫が描いてあったのか。全然知らなかった」

御手洗は言った。そして続けてこう言う。

「ほら、ここ見てごらんよ。紙がこんなにしなって
いる。ガラスにぴったりくっつかないで、ふにゃふにゃなんだ」

「本当だ、そういうことが大事なの？」

「何が描いてあるかなんてことよりずっと大事なんだ。これが一番大事なことだよ」

虫眼鏡はズボンのポケットに入れ、御手洗は、絵をはさみ終わった額を、もと通りに壁の釘に戻していた。それから手近の教師にお礼を言って、廊下に向かった。えり子もむろん続いた。

「何か解ったの？」

廊下に出てほっとしたので、えり子は訊いた。

「うん、一歩前進だ。魔法が解ったよ」

御手洗は上機嫌で言った。

「魔法？」

「うん、今朝酒田先生が言っていた魔法だよ」

「えーと、それなんだっけ」

えり子は忘れていた。

「土田先生が、狭い家で、一人でどうやって百四十

枚もある絵の中から、たった二枚の受賞作を選んでいたかだよ」

「ああ」

思い出した。

「その方法が解った」

「へえ、本当、すごい。今見て解ったの？」

「今のは確かめただけさ。実物を前にして解ることなんてね、ごく少ないんだよ。考えることの方がずっと大事だ」

御手洗は言う。

「今日ずうっと考えていたの？」

「一日中。授業なんて全然聞いてなかったもん」

「えー、それまずくない？」

「だって先生何言うのか、ぼく知ってるもん」

「そうねー、潔ちゃんは知ってるよねー。それで、殺人事件のこと解った？」

もしそうなら、それこそが魔法だ。

「まだ方向だけ。だって、現場でどんなことが起ったのかも知らないんだもの。あとは現場を見られたらね、きっと全部解いてみせるんだけど。でもそれが難物なんだよなー。だけど行かなきゃね」

「え、どこへ？」

「土田先生の家」

「えーっ！」

びっくりしてえり子は叫ぶ。

「だって次はそこだよ、決まってるじゃない」

「子供が、殺人事件の現場、見られるわけないよー」

えり子は目を丸くして言う。

「まあね、でも一ヵ月経ってるし、もしお巡りさんいたら話聞けるかも。うまくやれば」

「怒られちゃうよー」

「ぼくだって行きたくないよ。でも仕方ないじゃない、お巡りさんたちだけじゃ駄目なんだもの」

「えっ、本当に？　お巡りさんだけじゃ解らないの？」

「今度の事件むずかしいよ。あの人たち、土田先生がどうやって市長賞の絵、選んでいたのかも知らないじゃない。だから一ヵ月経っても、犯人がどうやったか解らないんだ。今頃わけが解んない、解んないって、みんなでそう言ってるだけだよ。だからぼくが行かなきゃね」

「無理だよー」

「ああ解ってる、さあ行こう」

「潔ちゃんて、本当にすごいねー、私も行っていい？」

「君は来ないで。女の子が一緒だとやりにくいんだ」

「絶対嫌だ」

「じゃ訊くなよな！」

二人は小学校を出ると、高台の上の道を、本牧方向に歩いていった。まだ雨は降り続いていたから傘をさしていた。米軍施設の手前を右に折れ、雨にびっしょりと濡れているかえでの木とか、二人の背よりも高い雑草の脇を抜けて、細い道を延々とくだった。

「潔ちゃん、道知ってるの？」

えり子が訊く。

「うん、だいたい解るよ、こっち、ついてきて」

二人はもう平地にくだっていた。もうずいぶん歩いている。あたりはすっかり見知らぬ風景で、えり子は心細くなってきていた。御手洗と一緒でなかったら、一人ではとうてい来られないような遠い場所だ。

赤土が濡れてむき出している低い丘の脇を過ぎると、広々とした畑がひらけた。黒い土の上の一列の低い葉っぱが、しとしとと雨に打たれている。実際にそんな音が聞こえるのだ。畑のところどころには看板が立っていて、足もとの道は、舗装《ほそう》になったり非舗装になったりする。非舗装のあちこちには水溜まりができていて、とても歩きづらい。

なおも行くと、高圧送電線の銀色の鉄塔が見えてきた。御手洗はそういう鉄塔の一本を目ざしている。近くまで接近したら、今度は空中を何本も走っている電線の下を歩きはじめた。すると行く手に、小さな橋らしいものが見えた。道はわずかな勾配《こうばい》を持って、橋に向かってくだっている。

　御手洗は、この橋の手前五十メートルほどの位置で立ち停まり、左手をあげて指さした。広々とした見晴らしのよい平野だった。見渡す限り畑で、これを白く靄《もや》わせながら、雨が土地を叩いていた。気持ちのよい眺めではあったけれど、少し肌寒い。高い鉄塔が、雨に洗われるようにして白々と立ち、背後には木立《こだち》が黒く、折り重なって林になっていた。鉄塔の足もとには、二階家が一軒ぽつんと建っている。周囲に家はあるが、互いにずいぶん離れていた。

「あの辺が鶯岳の四丁目、横には小川があって、庭に鉄塔がある。ちょっとサイコロみたいな造りで、だからあの家だよ、土田先生の家。もっとそばに寄ってみようか」

　聞いて、えり子は身震いした。寒さもあったが、恐怖を感じたのだ。人殺しがあった家。こんなに隣家と離れていては、声をあげて助けを呼んでもなかなか聞こえないに違いない。自分がそんな状況に置かれた時のことを想像したら、突然泣きたいような恐怖の実感が来た。

「ほら、横に川がある。土田先生の家がある側が少しだけ高台になっていて、川の土手に沿って木が植わっている。土田先生の家の側にはないけど、川の反対側にはいっぱい家が建ってる」

　御手洗が説明する通りだった。土田家の川向こうには、粗末で小さな家が何軒もひしめいていた。

「あの中のひとつが、君が会った土田先生の子供の家らしいよ。土田康夫《やすお》というんだ。お母さんの名は春子《はると》で、親子二人で住んでいるんだ。電話はないんだって」

「お父さんと一緒に暮らしてはいないの？」

「うん、暮らしていない。別居っていうんだ。ぼくたちと似ているね。お父さんは、目の前の別の家で暮らしていたんだ」

「女の人と？」

えり子はすぐに言った。

「いいや、一緒に殺された人とは、まだ暮らしてはいなかったみたい」

「御手洗君、どうしてそんなによく知っているの？」

「だって先生たちに聞いたんだもん。みんなとってもよく知っていた。おとなたち、こんな話が大好きなんだ」

御手洗は、楽しそうに言う。

「殺された女の人、天城恭子っていうんでしょう」

「うん、そうらしいね」

「その人、奥さんだったんでしょ？」

「そうみたい」

「それでも旦那さんとのお家飛び出して、土田先生としょっちゅう一緒にいたんでしょ？」

「うん、なんで知ってるの？」

「お母ちゃんに聞いたから」

「ふうん」

「男の人、怒ったでしょうね」

「みたいだね」

「殺すの、解るよねー」

「え、君、解るの？」

歩きながら御手洗が、驚いたように訊いた。

「解るよー、だって一番好きな人なら、ほかの人に盗《と》られるの嫌だもん」

「だから殺すの？」

「もう絶対に帰ってこないのなら……」

えり子が言い、それで御手洗は彼女を見た。そうして、

「ぼくには全然解らない」

と言い、

「だって生きていれば、いつかは会えるもの」

と言った。

事件から一ヵ月が経っているのに、門柱の間にはまだ綱が張られ、傘をさした制服姿の警官が一人と、鳥打ち帽の上から雨合羽《あまがっぱ》をかぶった刑事らしい男の姿が一人、玄関前をうろうろしているのが見えた。土田家は塀が低く、それも金網なので、そういう様子がみんな見えるのだ。

男たちの姿を見かけると、ほんの一瞬の躊躇《ちゅうちょ》もなく御手洗は話しかけた。

「刑事さん、捕まった天城さんは、どうやって土田先生殺したか言った？」

刑事らしい男は、立ち停まった。そして不思議そうに御手洗少年を見た。えり子ははらはらした。五十がらみの年配者で、痩せて出っ歯で、無精《ぶしょう》ひげが目だつ、どちらかというと貧相な顔だちの男だった。

「なんだおまえは」

彼は言った。

「土田先生が死んだ現場の様子、ちょっと教えてくれませんか、周囲がどうなっていたか」

すると刑事は、案の定軽蔑《けいべつ》したような表情を浮かべる。

「子供が何変なこと言ってるんだ。早く家に帰りなさい」

そして彼はまた歩きだす。

「待って、犯人はどうやったかは何も言わないんでしょ」

「別に言わなくたっていいさ、どうやったかなんてな、こっちにはとうに解っているんだから」

「どうやったの？」

御手洗は問い、刑事は鼻で笑った。

「なんでおまえに言わなきゃいけないんだよ、早く家帰りなさい」

「刑事さん、今困っているんでしょ？　ぼくが教えてあげられるよ。犯人がどうやったか」

あまりの言い方に、刑事はさすがに噴《ふ》き出すようにして笑いを浮かべた。

「おいおい小僧、早く家帰れよ。いい加減にしないとこっちも怒るぞ。犯人はもう挙がっているんだからな」

「だといいんだけど」

「何？」

刑事は立ち停まった。そして恐い顔で、綱の手前に立っている御手洗の方にすたすた戻ってくる。えり子は怯《おび》えて後ずさった。

「こら小僧、思いつきでいい加減なこと言うなよ。これは本物の殺人事件だぞ、子供の探偵ごっことは違うんだぞ」

真剣な顔をして、威圧を込めた声を出した。しかし御手洗はひるまなかった。

「思いつきじゃない、このままじゃ、おじさんたちが恥かくよ。早く犯人捕まえないと」

「だからもう捕まえたって言ってるだろうが！　この小僧！」

刑事は、ほとんど怒りを表情に滲《にじ》ませた。

「だって足跡が、家の周りをただ一周しているだけなんでしょう。一階は窓も戸も、全部スクリュウ錠がかかっていたんでしょう。これでどうやって天城さん、二人を殺せるの」

「そんなこた解っているよ。じゃ自殺だって言いたいのかよおまえ、土田が」

「そう言う人、いたでしょ？」

「自殺のわけがねぇんだよ、土田先生は十四個所も刺されてるんだから。それに凶器もない」

すると御手洗は、見るからに嬉《うれ》しそうな顔をした。これでひとつ、知りたかった情報が手に入ったのだ。

「自殺じゃないよ、それに絵も汚れていたんでしょ？」

「ああそうだ、だから自殺のわけない」

「どう汚れていたの？」

「そりゃ機密事項だ坊主、冗談じゃない。まだブン屋にも喋《しゃべ》ってない」

刑事はくると背中を向け、すたすたと歩きだした。

「そんなこと言ってる場合じゃないよ。おじさんのために言ってんだ。全部教えてくれなくたっていいんだよ、ぼくにはもうだいたい解っているもの」

言うと、刑事は顔だけでちょっと振り返った。その顔には、あきれたような冷笑が浮かんだ。すると、なかなか酷薄《こくはく》そうな表情になった。

「なんぞ知っているのなら、今早く教えろよ坊主！」

わめくように言い、続いて前方の制服警官に言った。

「現場の室内、さっきもう一度正確に計ったな。あの数字、必要なら後で図面に書き入れるから、おまえちょっとメモ取ってきてくれ」

「五千百五十ミリ！」

御手洗少年が、えり子の横で意味不明の数字を叫んだ。すると刑事の後ろ姿が、凍りついたようになった。やや遅れて、制服警官もぎょっとした表情になった。

「五メートル十五センチ四方の正方形でしょ、土田先生と天城恭子さんが殺されていた部屋」

刑事がゆっくりとこっちを振り向いた。細かった彼の目がいっぱいに開き、驚いて口がきけないというふうになった。

「それからこの部屋は畳敷きで、でも畳は全然見えなかった。何故なら、畳の上にはぎっしりと絵が敷きつめられていたから。そうでしょ？」

男たちが何も言わないから、土を叩く雨の音だけが聞こえた。

6

画家の土田富太郎と、その愛人天城恭子の不可解な死亡事件で、鶯《うぐいすだけ》岳派出所から本牧警察署の刑事課に連絡が入ったのは、昭和三十一年五月二十五日の午後五時四十三分だった。派出所勤務の警官たちによって土田家の門前にはすでに綱が張られ、現場の保存は完了しているということだった。

なお、現場家屋はすべての戸、窓が厳重に施錠されており、密閉されていたので、警官二人は玄関のガラス戸を破って中に入った。よって屋内には、玄関より入るようにして欲しい。現場の状況から見て心中と考えられるが、庭には多量の足跡痕が遺留《いりゅう》されてあるので、これらの保存の要がある。また室内の心中現場はきわめて奇妙な様相を呈しているので、これらの保存には神経質になる必要が考えられる、などの注意が添えられていた。

鑑識課員をともない、横浜市中区鷺岳四丁目の土田家に本牧署の村木《むらき》と橋本《はしもと》が到着したのは、同日の午後六時二十分過ぎになった。雨は降っていなかったが、曇天の日だったから、日の長い季節とはいえ周囲はすでに暗くなっていた。

玄関先から懐中電灯で照らすと、前日昼の雨で柔らかくなっている庭の土の上に、二種類の靴跡が遺《のこ》っているのが視認せられた。この二つは一見して深さと、周囲の土の盛り上がりに格差があり、雨があがってまもなくついたものと、時間が経ってからつけられたものとの二種類であることが解った。鑑識課員の一部はさっそくこれらの靴跡に取りつき、周囲をブリキ板を曲げて囲《かこ》っておいて、石膏《せっこう》を流し込む準備にかかった。

土田富太郎は芸術院の会員であり、横浜を中心に、全国的に名前を知られた画家だった。したがって警察官たちも、みな彼の名前は知っていた。土田は育ちは貧しく、苦労して現在の地位を得ている。苦学生の時代から、現在の家から見ると川をはさんだ向かい岸に建つ古い家に住んでいたのだが、立場ができて作品が売れるようになると、こちら側の現在の家の位置に土地を買い、仕事場を建てた。しかしここには、当年は中学二年になる息子の康夫と、

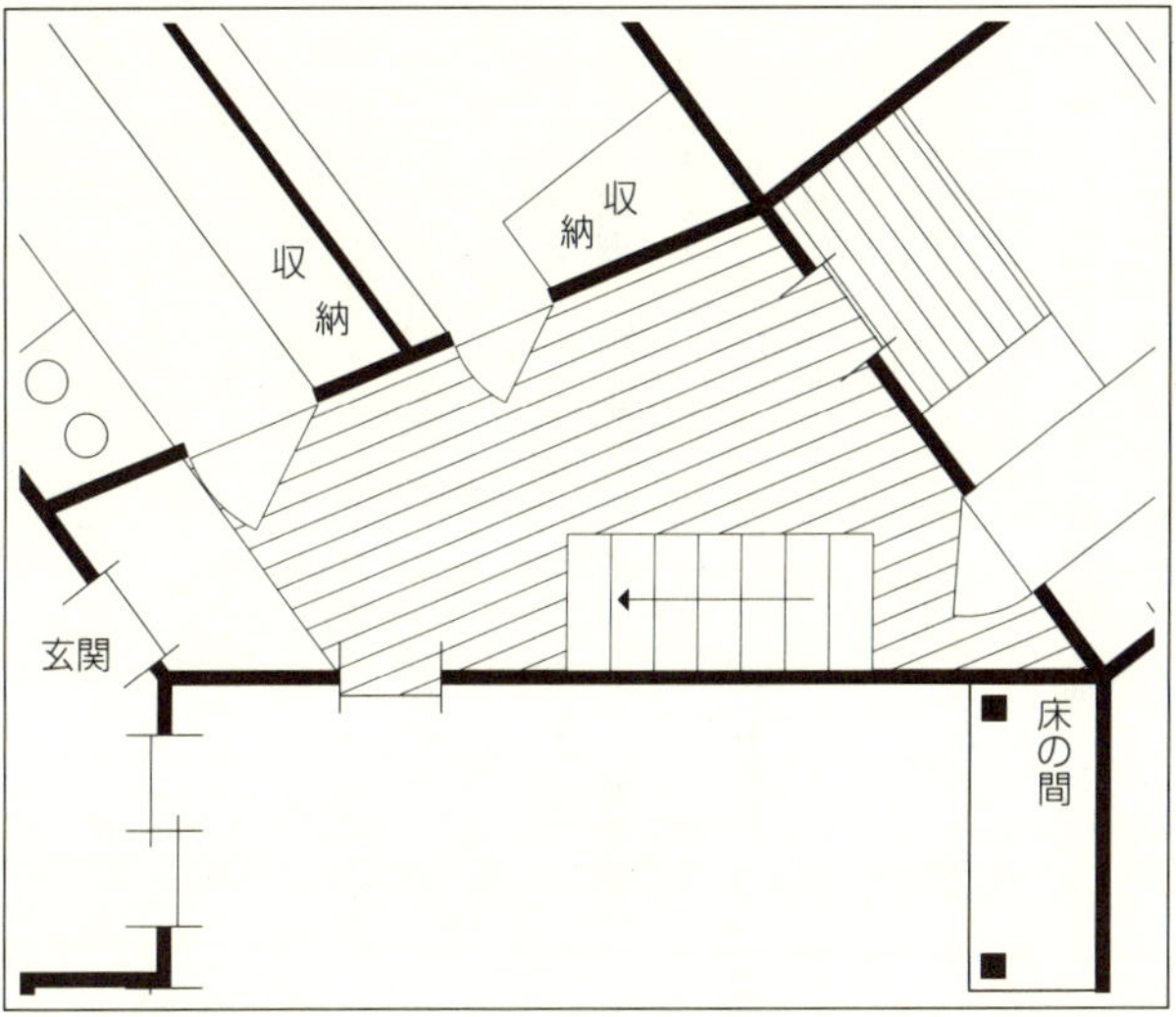

て、今日にいたっている。

四十七歳になる妻の春子には立ち入らせず、当初は食事時になると春子の家に帰っていたが、次第にそれもなくなって、なしくずし的に別居状態となった。したがって仕事場が現在は彼の住まいとなって、今日にいたっている。

資金が充分ではなかったのか、広い売り地が付近に残っていなかったためか、それとも当初は仕事場であったからこれで充分と考えたものか、高圧送電線の鉄塔の足もとの、ごく狭い土地に無理に家を建てたから、土田の家は、変形の奇妙な建坪《たてつぼ》を持った、すこぶる風変わりなものとなっていた。しかし土田にはこの家は住み心地がよいものだったらしく、今年に入って二階を中心に室内の改装をしている。この時余った建設材料は、裏庭の隅、高圧送電線の鉄塔の下に小屋を造って置いていた。

村木、橋本の刑事二人は、土田家に着くと、玄関の土間に入った。土間は台形に似た、手前側のガラス戸のレールと、向かい側のあがり框《がまち》の二辺だけが平行する、変形の四辺形になっていた。右側奥に傘立があり、古く、黒いコウモリ傘が一本入っていた。

玄関からあがったところにある廊下も、廊下というよりも変形の板の間空間で、これもまた玄関土間に接するあがり框の一辺と、突き当たりの浴室の戸のレールが平行する奥深い変形四角形で、磨かれた板の間が異様に光っていた。死体のあった部屋の引き戸が、壊されてこの板の間に置かれていた。

二人の刑事と鑑識員は、靴を脱ぎ、靴下穿《ば》きで板の間にあがると、一階の様子をざっと点検して廻った。右前方板の間に、二階にあがる木の階段がある。これは向こう側から手前方向に向かって上昇する。

突き当たりは、向かって左側が浴室で、曇りガラスの引き戸が塡《は》まっている。戸を開けるとまず脱衣場があり、最新式の電気洗濯機が置かれ、その向こうにさらに曇りガラスの引き戸があって、中が浴場洗い場、奥の壁際にタイルの浴槽が造られてあった。

向かって右側は便所で、これは引き開ける形式の、洋式のドアが塡まっている。中は、まず右手前がシンクと蛇口がある手洗いで、その奥が男子便所、さらに奥が女子便所となっている。浴室、男子便所、女子便所、手洗い、それぞれに小窓が付いているが、これらはすべてにスクリュウ錠が付いており、しかもその全部が固く締めあげられていた。ただし、すべての窓の外側に鉄格子の類いはない。

玄関をあがって板の間すぐ左は、厨房と食堂だった。手前玄関側には厨房があり、手前に引き開ける形式の洋式ドアが付いている。これを入ると左手には流しとレンジ、立派な電気冷蔵庫などが並び、右側には収納があり、突き当たりは和式の引き戸があって、庭に出られるようになっている。これが土田家の勝手口となる。この戸と、調理台の上に付いた窓にもスクリュウ錠が付いていて、双方ともに固く

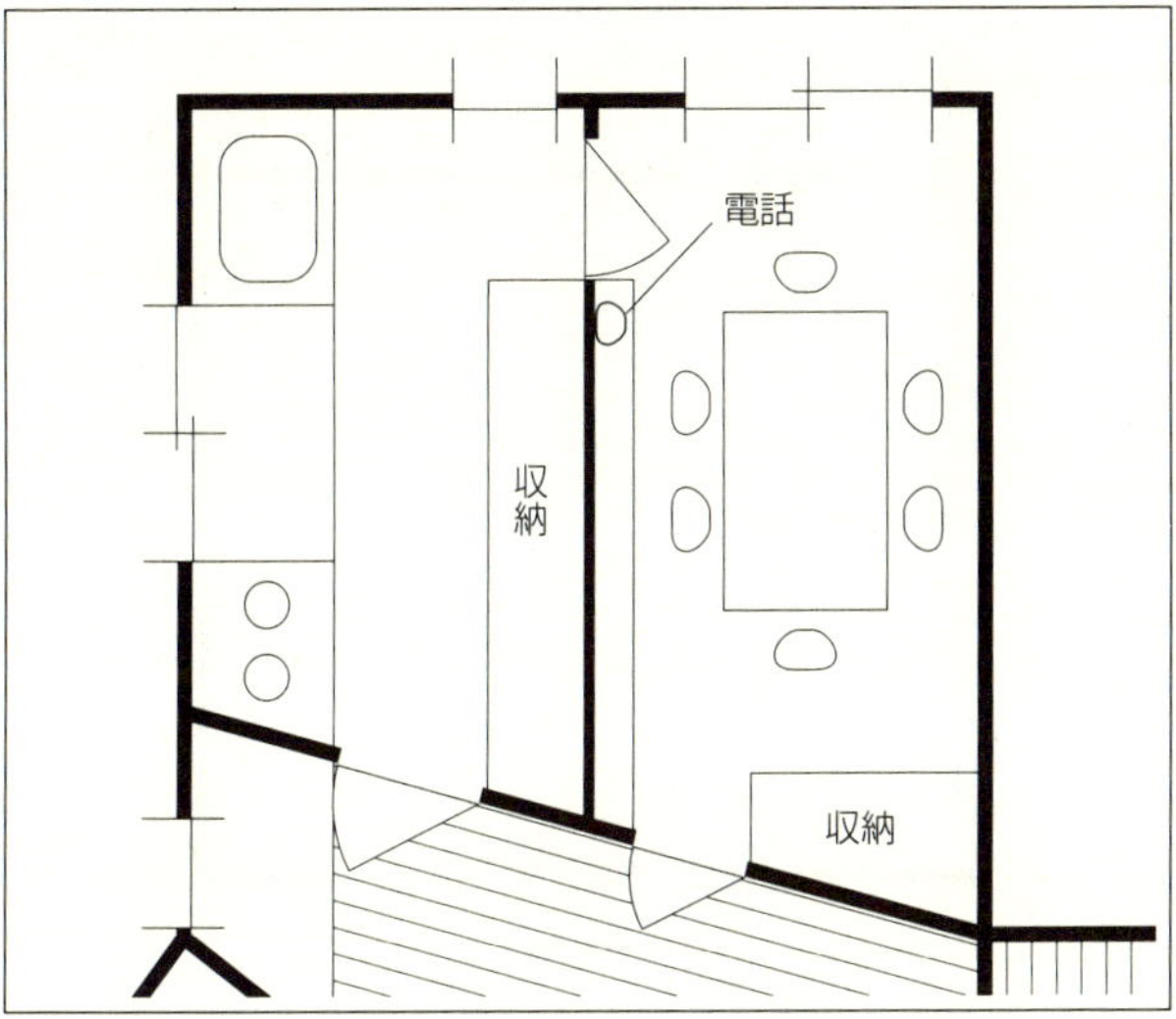

締まっていた。
勝手口の手前右側には、押し開ける洋式ドアがあって、これを開いて入る隣室は、食堂になっている。食卓と、これに付属する椅子が六脚置かれてある。庭に面する側には二枚構成のガラス戸があって、ここからも庭に降りることができるが、これにもスクリュウ錠が付いて、固く締めあげられていた。さらにはカーテンもしっかり引かれていた。厨房との境には曇りガラスの塡まった小窓があるが、食堂には、そのほか表に向かって開く窓はない。電話機はこの小窓の手前のカウンターに置かれていた。
玄関土間から続く板の間には、食堂側からも出入りができる。これは食堂側からいうと押し開ける形式、板の間側からいうと、引き開ける形式の洋式ドアである。先の浴室と、この食堂でもって高圧送電線の南東の面と南西の面をはさむ格好になっているが、鉄塔に面した壁には、窓はいっさい開けられて

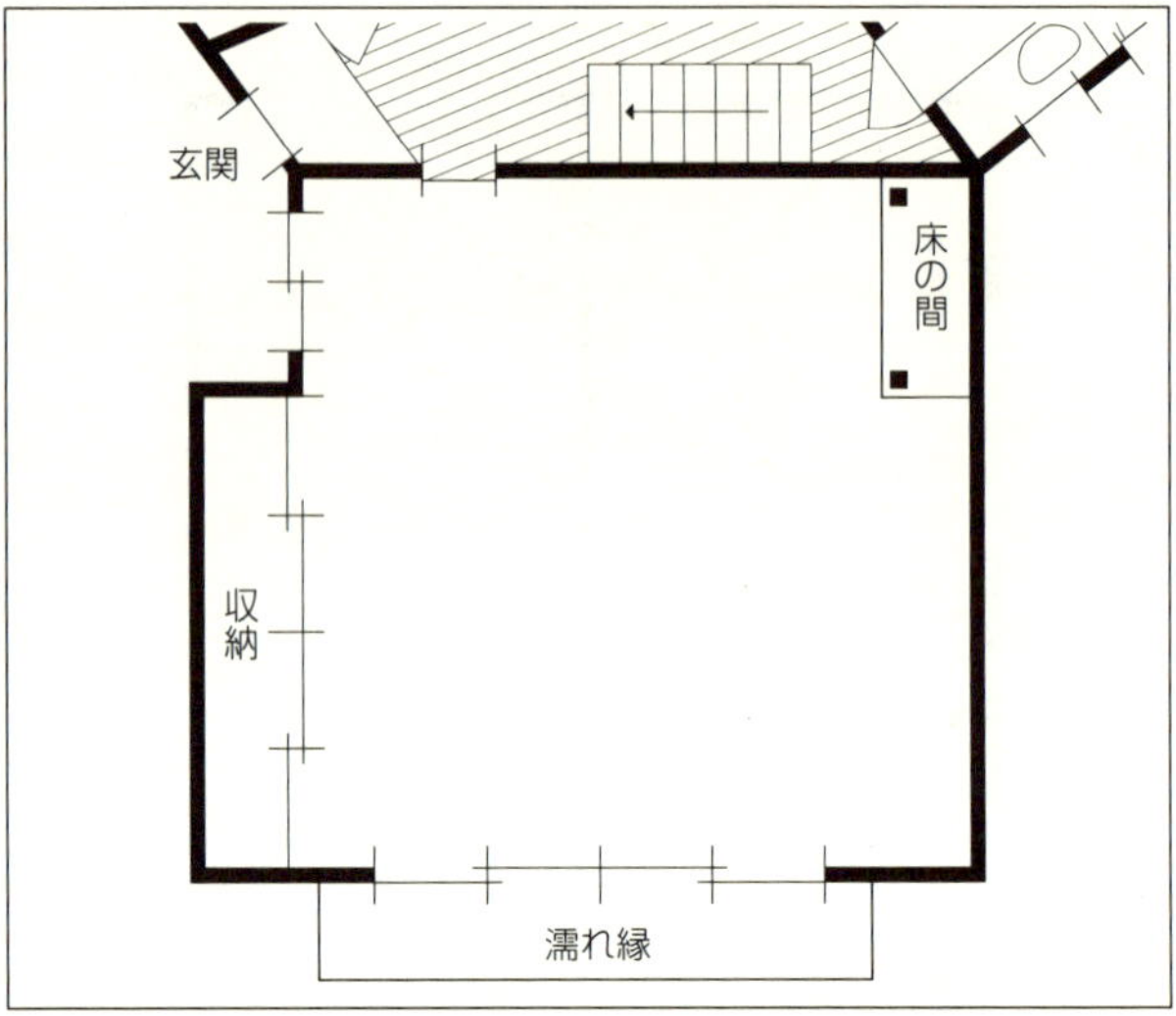

いない。

玄関の板の間右手に問題の和室はある。ここは土田画伯が応接間として使っていて、変形十畳、実況見分調書作成のためにざっと計ってみると、五メートル十五センチ四方の正方形になっていた。玄関土間に続く板の間からは、あがり框のすぐ右手にある引き戸を引いて入る。するとこの戸口を背後にして正面には、透明ガラスの塡まった四枚構成の引き戸があり、これを開けると狭い濡《ぬ》れ縁《えん》に出る。濡れ縁の鼻先はすぐに塀で、塀の足もと手前には、鰻《うなぎ》の寝床のような花壇がある。花壇と縁側との間には、これも通路のような印象の庭がある。土田家の敷地はごく狭い。

入口引き戸を背にし、左方向の壁には床の間があり、床の間左右の端には、四角柱に加工した竹が一本ずつ立っていた。床の間の右側にはちがい棚と、その上に引き戸形式の小さい戸を持った収納があるが、これは宙に浮いた格好だから、足もとの板の間は畳と同一平面になっている。玄関板の間との境の壁上方には、欄間《らんま》が切ってあり、欄間の長方形の隙き間ふたつの中央には、細身の竹が一筋渡されてある。

入口を背にした右側壁面には、襖《ふすま》四枚の構成からなる押し入れ収納があり、この中に大量の座布団と座卓がふたつ、また剣山《けんざん》の入った花の鉢、その台などが収めてあった。大勢の来客があったような際、これらを取り出して客用に使用すると思われる。

この押し入れと、入口引き戸との間には小窓があり、この窓と四枚構成のガラス戸双方にスクリュウ錠が付いていたが、これらも固く締めあげられており、両方ともに白いカーテンが引かれていた。

さてこの和室が土田富太郎、天城恭子二人の死の現場だった。現場には奇怪な謎がさまざま存在したが、その一は、この部屋の入口の引き戸にだけはスクリュウ錠が付いていて、これが内側、つまり室内側から固く締めあげられていたことである。便所を除けば、土田家で鍵がとり付けられている室内ドアはほかにない。スクリュウ錠の先端は、壁の柱に入り込んで戸を固定する。したがって警官が入ってきた時、この引き戸は柱にしっかりと固定されていて、びくともしなかった。まずはこの点から、二人は心中と見られたのである。

家に入った警察官二人は、土田富太郎と天城恭子を土田家内部に捜したが見つからず、その上この応接間が施錠されていたので、室内に向かって声をかけてから、引き戸を壊す展開になった。そして室内に入った際、非常な衝撃を受けた。警官二人の眼前に、異様な視界が開けたからである。これが謎その二になる。

今回の事件中最大のこの謎の内訳に関しては、警察官から本牧署の二人の刑事、また鑑識課員たちにも充分伝えられなかった。したがって村木、橋本らもこの時、最初に踏み込んだ警官二人と同等の衝撃を受けて息を吞んだ。部屋は真っ赤だった。正確には床一面が真っ赤に見えており、畳はただの一枚も見えなかった。つまり、畳の上に赤いものがびっしりと敷きつめられていたのである。

この赤が、刑事たちの目を射た。そして異様な臭気が広い部屋いっぱいに充満して、胸が悪くなりそうだった。その異様さに、流血に馴れているはずの捜査官たちも、ぎょっとして立ちつくした。このような犯罪現場にはこれまでに遭遇したことがない。似たようなものにさえ出遭ったことがなかった。理由の見当がつかず、捜査官たちは戸口のところでしばらく放心した。

そうしていたら、部屋の床が赤い理由が解ってきた。赤い紙がぎっしりと、くまなく敷きつめられているからなのだった。その紙は若干《じゃっかん》厚手のようで、よくよく見ると画用紙らしかった。この画用紙がすべて赤く、それが床を埋めている。画用紙は整然と並べられ、ほんの一部分も重なった場所はないようだ。まるでタイルか寄せ木のように、整然と畳の上に並んでいた。

「ひどいなこの臭いは、窓開けたいとこだな」

村木が言った。

「何だ、この赤いのは」

「ひょっとしてこれは、絵じゃないですか、子供の」

橋本が言った。

「子供の絵か？」

「そうです。もしかすると、横浜市長賞の候補作じゃないですか、たぶん。赤い色の下に、薄《う》っすらと絵が透けて見えてる」

「それを真っ赤に塗っているってのか」

「そうでしょう」

「全部」

「はい」

「何でだ」

「さあ」

「賞の絵が、何でここにあるんだ？」

村木が訊いた。

「土田さんは今、この絵の賞の選考をやっていたんですよ、横浜市長賞です」

「土田が一人でか」

「そうです。いつもこの家で、彼は一人で選考やっていたそうですから」

「そういうこと、一人でできるものか？」

「まあそういう評判でしたからねぇ」

「それが何で床に広げられている」

「さあ……」

橋本は、じっと床を見つめたままで言う。

「そういうのは、どっかもっと広い会場でやるもんだろうが」

それから二人の刑事は、ようやく死体を見た。一面真っ赤な床のほぼ中央、赤い紙の上にひと組の男女は横たわっていた。土田は薄青いシャツを着て、灰色のズボンを穿いているらしかった。天城恭子は白いブラウスに黒のスカートをつけているらしく、二人ともに着衣に乱れはない。着衣の色を確定的に書けないのは、二人ともに着衣がおびただしく血で汚れ、黒ずんで、もとの色がほとんど見えなかったからだ。この出血量から見て、二人とも体におびただしい受傷をしているらしい。

二人の体はごく接近して横たわっていたが、体のどの部分も接してはいず、手も握り合ってはいない。土田富太郎だけは左手に大型の絵筆を握っていたが、これ以外には二人とも、手には何も持っていなかった。二人の体の周囲には何もなく、凶器も、絵の具を溶く小皿も、和室には見あたらない。

「筆を握っているな、左手だ。土田は左利《き》きか」

村木が訊いた。

「さあどうでしょう」

「凶器が見えんな。見たところ刃物で刺しているがなぁ、包丁の類《たぐ》い、どこにもないな」

「ないですね」

「こりゃ畳が全然見えんな、まったく部屋いっぱいだ、絵が。びっしりだ、こりゃ計ったみたいだな」

「あそこにちょっとだけ隙き間がありますね」

橋本が、ちがい棚の下を指で示した。そこに、板の間の一部らしい茶色が覗いている。

「ああそうだな、あの隙き間、この紙にして四枚分というところか」

「そうですね」

それが紙四枚分の空きであることは、周囲の観察からすぐに解った。

「この臭いは血だな、むせるようだ。おいこりゃ、血だぞ！　血を塗っているんだ、絵に」

自分の足もとを見ていた村木が、叫ぶように言った。

「まさか！」

言いながら橋本がしゃがみ込む。手近の一枚の表面を見た。

「違うでしょう、こりゃ絵の具ですよ」

「絵の具か、そうかな……」

村木が言う。

「いや違うぞ、あっち見てみろ」

村木が指さす。

「あれ血だぞ、それにこの臭いだ、絶対に間違えることはない」

「うーん、そうかもしれないな。いや、そうみたいですね、どうも」

橋本が、うめくように言った。

「そうだろうが。おい、こんな話聞いたこともないぞ。いったいどういうこった、いったい何を考えてこんなことをしたんだ」

村木は、怒りを感じたような口調で言った。

「この臭いからして土田さんは、この絵の全部に、自分らの体から出た血を塗ったということでしょうか」

橋本が問う。

「そうらしいな、それもガキの絵にな……。信じられん。こりゃ預かりものだろうが。どうしてまたこんなことしたんだ土田のやつは」

「いやしかし、とすると……、変じゃないですか？」

橋本は言い、

「何が」

険しい声と表情で、村木は訊き返す。

「いや、ちょっとホトケの体見てみないとまだなんとも……。さて、どうやってあれに近づくかな」

「この紙、一部こっちの廊下に出して、道作りましょう、私らが」

鑑識員が言ったので、刑事二人は一時板の間に退散した。鑑識員は白手袋を塡《は》め、絵を一枚ずつそっと持って運び出し、壊された引き戸が横たえられているすぐ脇に並べていった。万一のため、鑑識員は畳に置かれていた順に並べた。

この時鑑識員の手もとを覗いていて、二人の刑事は血が塗られている側はすべて絵の表側、つまり絵が描かれている側であることを確認した。しゃがんで覗くと、裏側はすべて白かったからだ。橋本は、何とはなく運び出される枚数を数えていた。十枚ほどになった時、鑑識員が声をかけてきた。

「いいですよ、もうホトケのそばに寄れますよ」

そこで中に戻ってみると、死体まで細く道ができていた。その部分には畳が露出したが、不思議なことにはこの畳には、肉眼では血の汚れが感じられなかった。画用紙の隙き間から、血が畳の上に漏れ落ちていてもよいはずだった。それがまったくない。畳に落ちた血は、透明な水を含ませた筆で拭《ぬぐ》い取ったのだろうか。しかしそれなら、水の入ったコップなどがどこかにあってもよい。血の付いた筆を洗ったり、水で薄めたりする要があるからだが、そんなものはこの部屋のどこにも見あたらない。

橋本が先にたって畳の通路を行き、二人の死体の脇にさっとしゃがみ込んだ。そして顔をしかめる。

「ああ、こりゃひどいな……」

「何が」

村木も言って、橋本の横にしゃがんだ。

「ああ」

途端に村木も鼻白《はなじろ》んで、橋本の言わんとするところを了解した。ホトケ二人ともに、受傷の個所が異様に多いのだ。これではめった突きというもので、あまりに多すぎる。流れ出た血で、下に敷いた画用紙が二人の着衣に硬く接着してしまっている様子だ。

「二人ともに頸動脈《けいどうみやく》をやられている。特に土田さんの方は、胸、わき腹、腿《もも》、腕、手当り次第だ。十個所はやられている。こっちの、女の方も大差はない、めった刺しだな」

そして橋本は、村木の顔を見た。

「となると、やっぱりこりゃおかしいですよ」

村木は無言でいる。橋本が言うことを待ち受けているのだ。

「さっき村木さんが言われた考えでいくと、土田さんがまず女を刺殺したと。これはいくら刺し傷が多くてもいい、いや多いほどいい。そして土田さんは、女の体の傷口から出る血をこの筆に取って、この部屋を埋めた画用紙の表面をすべて塗ったと。それから土田さんは自分で自分の体を刺して自殺した、そうなりますよね」

村木は無言でいる。

「ところがこの傷の状態では、それはまったく考えられない。土田さんの体の傷は、ざっと見て十個所もある。そしてどれも深い。自殺の場合、深い傷を十個所もは作れない。ひと刺し目で脱力するからです。致命的な傷なら、まあせいぜい二個所でしょうね、作れてもね。

同じ理由で、逆でもない。女が土田さんを殺して、出た血で絵の上を塗って、それから自殺と、これも無理だ。女の方の傷も多すぎる。また深すぎる。こっちもめった刺しで、やはり十個所近くある。これは心中じゃないですよ」

「うむ」

村木は言って考え込む。この橋本の観察は、否定しがたい。

「それにこの死体の周囲には、ほら、流れ出たままの状態の血がごく少ない。みんな拭い取られて絵に塗られている。たぶん筆で拭い取ったんでしょう。第一、一人分の流血じゃ、こんなに大量の絵の表はとても塗れないでしょう。やっぱり心中じゃないですよこれは」

「じゃこの部屋の、あの入口の戸のスクリュウ錠は、なんで締まっていたんだ」

村木は言った。

「まあそれですわなぁ、問題は。しかし心中は絶対にないですよ。ほかにも理由はいろいろとある。まず凶器が周囲にない。水の入ったコップがない。絵皿やパレットの類いがない。こんな膨大な作業やるなら、筆を洗ったり、血を溶いて薄めたりは必ず必要でしょう。筆だけじゃ、血を水で薄めることができないから、塗り広げることもできない。絵皿もコップもないのは、このホトケ二人以外の者がやったからですよ、画用紙を塗るのは。そいつが皿やコップをきれいに片づけたんです」

「あの戸の施錠は」

村木はまた言う。

「だからトリックでしょう、なんらかの」

「どうやって」

「そりゃ、すぐは解りませんよ」

「しかしスクリュウ錠だぞ、ほかの鍵じゃない」

村木は言う。そして続ける。

「じゃ仮におまえの言うようにトリックとしてもだ、いったい何のためにそんなことをする」

村木は問い、橋本は黙った。

「ホシがいるわけだな二人以外の、そうだな」

「そうです」

橋本は言う。

「その犯人がこんな馬鹿なことをやったわけだ、意図不明の」

「そうですね」

「ホトケが流した血を、絵筆にとって子供の絵に塗るなんてぇ、とんでもないことをしたわけだ、ホシのやつは」

「そうですね」

「なんでそんなことした、ホシは」

「うーん」

橋本は腕を組み、考え込む。

「解らんな……、解りませんよ」

「もしそんなことがあったとしたらだ、ホシのやつは、そういうことをして、自分に利益がなくちゃならんな」

「はい」

「そうだな？　じゃどんな利益がある、どんな利益が考えられる」

「うーん」

「そうしたら、自分が姿くらませられるというようなことがなくちゃならんな、犯人は」

「はい」

「そうだな」

「そうです」

「どんなことが考えられる」

「この絵に、自分の顔でも描かれていたか……」

橋本は、苦しまぎれにそんなことを言った。

「薄《う》っすら見えるだろう、絵は。何が描いてあるか」

村木は言う。

「うーん、ま、そうですね」

「第一だな、二人分の血を使ってでも、こんなにたくさんの絵全部塗れるか、血で」

「そりゃしかし、塗っているじゃないですか実際に。だから塗れたんでしょう」

橋本が反論した時、

「全部血じゃないですよ」

鑑識員の声がした。

「何!?」

村木が大声を出した。

「水彩絵の具の赤も混じってます。血と絵の具の両方で塗ってますよ、これは」

「両方ってのは、血と絵の具とを混ぜて使っているって意味か？　塗るのに」

村木が訊いた。

「いやそうじゃなくて、血だけで塗っている紙と、絵の具だけで塗っている紙とがあるっていう意味です。まあ今のところ、目で見た限りですがね。ちゃんと分析してみないと断言はできませんが、たぶん間違いはないでしょう、光沢が違っているから」

「どれ」

言って村木は立ちあがった。鑑識員も立ち、白手袋の指でさして説明する。

「ほら、こっちのもの、少し白っぽいでしょう、これは絵の具。たぶん水彩絵の具です。こっちの紙のは黒ずんだ茶色っぽい色で、こっちが血です。よく見ると、はっきり違いがあります、発色に」

「どっちが多い」

「ざっと見渡して、絵の具の赤が塗られた紙の方が多いでしょうな」

「ふうん」

村木も腕を組んでしまった。どうしてそんなことが起こっているのか、さっぱり理由が解らなかったからだ。

「それに、なんでこの床の画用紙がこんなに整然としているんでしょうな、もしこれが殺しなら、この上では大変な立ち廻りがあったはずだから、絵は乱れて、ぐしゃぐしゃになっていて不思議はないですね」

橋本が言う。

「ああ、そうだな」

「だがこりゃ整然と並んでいて、全然乱れがない」

「ああ、殺した後並べたか、それとも、殺した後乱れを直したのか」

「ふむ、なんでそんなことしたんでしょうな」

「ああ……」

二人はまた考え込む。

7

表を血で塗りつぶされた画用紙、水彩絵の具の赤で塗りつぶされた画用紙、それぞれの枚数は、血によるものが四十八枚、絵の具によるものが八十八枚あった。合計百三十六枚。これだけのおびただしい画用紙が、変形十畳の広い和室を、タイルのように整然と埋めていた。

両者の配置は混在していず、きれいに分離している。部屋のほぼ中央付近に置かれた二つの死体を中心として、その周囲にまず血塗りの画用紙が敷かれ、これを取り巻くようにして、絵の具による朱塗りの画用紙が周辺に配置されている。そのため橋本は、まず入口周辺の絵の具塗りの紙を見ることになって、血塗りであると気づかなかったのだ。このような配置の様子と、四十八・八十八という数字に何ごとか意味があるのだろうか。村木、橋本の両刑事には、すぐには見当がつかない。

橋本の言い分が正しいということになるなら、これは心中でなく、殺人事件という話になる。そうなると、流血の量の多い殺人事件の場合、血染め指紋痕の類いが現場に遺留されることが多いのだが、ざっと視認する限りにおいては、現場に血で印された指紋の遺留がいっさいなかった。のみならず、何かでこすった血の跡というものも見えない。それは犯人のものに限らず、被害者二人の指紋も存在しないということである。むろんこれらは肉眼によるのみで、正確なところは鑑識の見分結果を待つ以外にないが、当たっているなら少々異例である。これもまた、ベテランの村木をいくらか苛《いら》だたせていた。経験で身についた定型の発想法が通用しない。

血による指紋遺留が現場にないこと、にもかかわらず血を塗った紙は大量に床にある。これは何故か。血による朱塗り、絵の具による朱塗りという各画用紙の数字をそれぞれ頭の中で転がしながら、二人は現場和室内をさらに点検していった。

和室には、四枚のガラス戸による南向きの大きな開口部、それに西側の小窓という二個所が、表に向かって開く場所として存在する。これらすべてに白いカーテンが下がり、カーテンは完全に閉じられていた。このため、現場の様子は庭からは目隠しがなされている。にもかかわらず、この白いカーテンにも血の染みの類いはなく、村木たちの首をかしげさせた。このカーテンを閉めたのは犯人のはずである。これが殺人事件なら、犯人は恐ろしく冷静に仕事をしたことになる。

これら戸と窓は、すべて戸外側に鉄格子の類いを持ってはいない。しかしすべてにスクリュウ錠が付き、しかもすべてが固く締めあげられていた。そしてこれらの戸、また窓の桟《さん》、壁、またスクリュウ錠のつまみ部分などに、カーテン同様血による指紋痕はまるで見あたらず、ごくきれいなものである。

次に二人が気にしたものは、これらの戸、窓は確かに固く施錠されているが、固く施錠した状態で、二枚単位で持ちあげて取り外しのできるケースがあるということである。特にガラス戸にその危険がある。しかしガラス戸の足もとを調べると、これはできなかった。足もとのレール脇にはかなり大きめのガードが造ってあり、施錠をすると、このガードが邪魔をして、レールから戸がはずせない構造になっている。これは食堂の庭に面したガラス戸も同様だった。

窓に関しては、足もとでなく柱側にガードが造ってあり、やはり取りはずせない。むろんこれらガードを壊せば取りはずしは可能となるが、そんなことをした痕跡はない。

「おい、これでも心中じゃないのか？」

わめくように村木は言った。

「違うでしょう」

橋本は冷静に即答する。

「これで犯人が、戸と窓から侵入したんじゃないことは解りました。でもそれだけですよ」

「犯人がいるなら、恐ろしく慎重なやつだな、これだけの流血沙汰《ざた》起こして、何で血の付いた指紋がひとつもない」

村木は言う。

「拭いたかな」

「こんな紙のふすま、血がかかったら最後、拭いても落ちないぞ。この土壁もだ。だがかかっていない。それに、どうして絵をこんなにいっぱい赤くしたんだ。土田たちに対する怨恨《えんこん》か？」

「かもしれませんね」

「こんなふうに、子供の絵を血や絵の具で真っ赤っ赤に塗ってよ、そんで畳の上に並べて、それが土田に怨念晴らすことになるのか」

「どうでしょうね、何か事情があるのかもしれない。解りませんな、あちこちを聞き込まないとね」

「何で絵の具で塗ったものと、血で塗ったものとがある」

「解りません」

「どうしてこのそれぞれが、四十八枚と八十八枚なんだ。この数字に何か意味があるのか」

「解りません」

「何でそれぞれをきちんと分けて並べている。どうしてごちゃごちゃにしちゃいけないんだ」

「解りませんなぁ」

「どうして整然と並べている。紙、もっとごちゃごちゃっと置いてもいいんじゃないのか」

「ああそうですな、解りませんよ」

「第一だ、何でここが密室の必要がある。どうしてこの部屋に、内側から鍵がかかっていなきゃならねぇんだよ！」

村木は、こうして相棒にわめき散らしながら、ものを考える癖があった。

「さあね、どうしてでしょうな」

「支離滅裂《しりめつれつ》な馬鹿者だなこりゃ。こんなやつ、見たこともねぇ！」

村木はすっかり腹をたてた。

それから二人の刑事は、階段をあがっていって二階の各部屋を見分した。二階の床に到着すると、左手の眼前に、押し開ける形式の洋式ドアがあるらしいことがすぐに解った。暗いのでよく見えない。手袋を塡めた右手で、村木が手近のスウィッチを入れると、廊下に電灯がともった。見廻すと、廊下と思えたそこは、直角三角形の床を持った変形の部屋だった。すぐに周囲を点検したが、壁にも、たった今手で触れたスウィッチにも、血による汚れの類いは見あたらない。

手袋を塡めた手で村木がドアを押し開いてみると、これはどうやら物置らしかった。ドアが付けられた壁の右側にスウィッチがあり、指先で下部に触れ、慎重に押し上げてみると、天井の裸電球がともった。長方形の床面積を持ち、奥行き方向が深い部屋だった。正面突き当たり、つまり南側には、ガラス戸二枚が左右に交差して開く通常の小窓があり、曇りガラスが塡まっている。この窓の下には作業台ふうのテーブルがあって、万力とか大工道具のほか、無数の筆とかパレット、絵の具の入った木製のケース、テレビン油、筆洗い、そういったものがところ狭しと置かれていた。すべてに年期が入っていて、絵の具の付着で汚れている。油絵のセットも、水彩画のセットもあるようだ。

テーブルの端にはブリキの箱、木製の箱に段ボール箱などが天井近くまで積みあげられ、その手前左側には、イーゼルとかカンヴァス、白いボード、大小の額縁《がくぶち》などが置かれたり、壁に立て掛けられている。古着や靴なども無造作に床に置かれ、すっかり埃《ほこり》をかぶっていた。窓に向かって右手には、引き戸四枚で構成された押し入れふうの収納スペースがあって、引き戸を開けると、中には布団類、画材、油絵用らしい薬品類の瓶、カバンや大型トランクなど

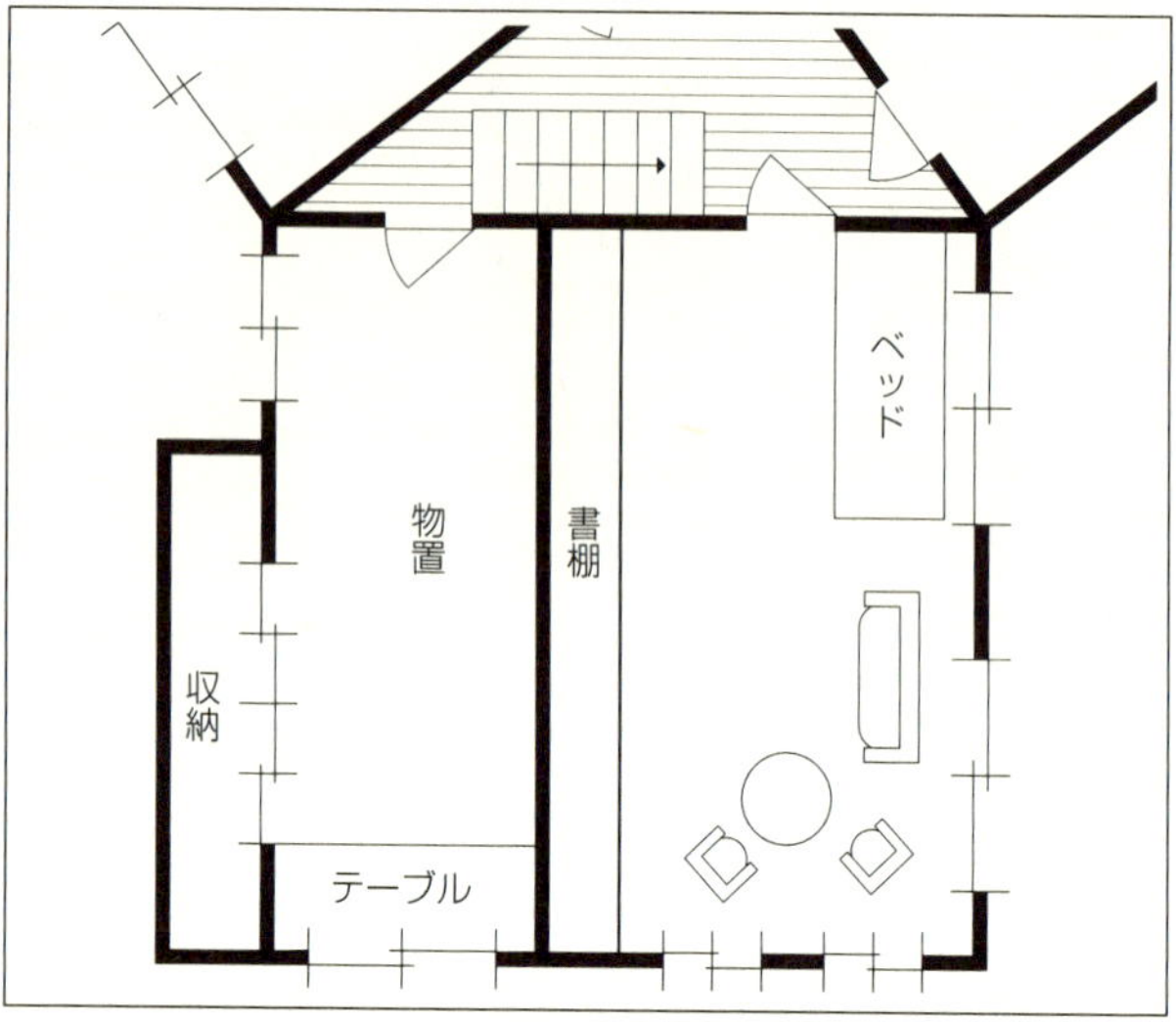

の旅行用品、野球のセット、ゴルフ用品、写真機材、使われなくなったラジオとかテレビなどの機械類、書籍などが置かれている。そして収納の戸と、入口ドアとの間の右の壁には、二枚のガラス戸が交差する小窓がある。部屋全体に埃の堆積《たいせき》が感じられ、犯人がここに入ってきたようには見えない。ざっと見渡すが、スウィッチ周辺にも、壁にも、血の汚れは見えない。

　三角形の板の間空間に戻り、手すりで二方が囲われた階段を迂回《うかい》して、二人は物置の隣室にあたる部屋のドアを手前に開いた。ここも暗いので、ドアの付いた壁の右側にあるスウィッチを、隣室と同様の方法で慎重に押しあげた。明かりがともると、ベッドがまず目に飛び込む。どうやら寝室らしい。ベッドは左手手前、壁ぎわに置かれている。しかしベッドの先、南側の奥にはソファやテーブルが置かれて、ここは洋式の応接間を兼ねてもいるらしい。おそらく親しい友人を招き入れるための部屋でもあるのだろう。最新式のテレビ、ステレオなども置かれている。一階の応接間は和式、二階は洋式ということらしい。またここは、土田のリヴィング・ルームにもなっているようだ。

入口のドアを背にして正面、南側の壁にはガラス戸二枚が交差する形式の窓が二つあり、左手の壁、つまり東側壁にも同じくガラス戸二枚形式の窓が二つ開いている。厚手のカーテンが付いていたが、その隙き間から戸が見えるのだ。

先の物置部屋の小窓も併《あわ》せ六つだが、これらの窓にはすべてにスクリュウ錠が付いており、六つ全部が固く締めあげられていた。そして六つの窓ともに、窓の下に小屋根の張り出しの類いがないから、下の地面まで垂直の、ただの壁面である。

ドアを背にして右手の壁は、壁面いっぱいに造り付けた書棚になっている。全体に美術書や文学書がぎっしりと収まり、下段には無数のLPレコードも収まって、ステレオは棚に組み込まれた格好になっている。書棚以外の壁面三方は、窓をよけるようにして無数の額入りの絵で埋まっていた。大半が油絵であるが、水彩画も何点か混じっている。すべて土田富太郎の筆になる作品のようだ。土田は油絵の画家ということになっているが、それは油絵の方が売れるからであって、実際には彼は、両方をほぼ均等に描いていた。

絵の中に、たちまち目を引いたものがある。階下で死んでいた天城恭子のものと思われる裸身だった。油彩で、裸の彼女は端然とソファにかけており、そのソファは、まさにこの寝室に置かれているものであるらしかった。つまりここで描いた絵だ。ほかには裸体画の類いはなく、風景画と静物ばかりで、人物画としては男の顔がもう一点あるばかりだ。

これは、土田と恭子とがただの関係でないことを物語っている。昭和三十一年という時代、女が自分の裸身を他人に描かせるということには特別の意味があった。しかも彼女は、この時点でまだ人妻である。これもまた、階下の二人が心中と見られた要因であった。まだ心中が時おり起こって、新聞紙面をにぎわせた時代である。

見廻す限り、ここもまた、きわめて清潔な印象の空間だった。よく片づいていて、異様なほどに汚れは感じられなかった。ベッドにも、ソファにも、床にも壁にも窓にも、血の汚れはまったくない。村木は憮然《ぶぜん》とし、橋本は溜め息をついた。誰だか知らないが、犯人にからかわれているような気がしたのだ。

二階には、寝室、物置以外にあと二つほど部屋がある。歩くうち二人の刑事には、どうやら三角形の三辺それぞれに、ひとつずつ三つの部屋が接続しているらしい構造が了解された。これらの部屋のドアは、原則として手前、つまり三角部屋側に開く。しかし物置部屋のドアだけは三角形の隅、最も狭角部分にあたったから、三角部屋側に開くと壁にぶつかってしまい、このため内側に向かって押し開けるように造られている。

二人はまず広い方の部屋に入った。これはすなわち三角形の三辺のうち、中の位置の長さの一辺に接する部屋、という意味である。三角部屋側に引いて開く洋式のドアを開け、中に入ってみると、一瞬ぎょっとした。部屋がぼうと明るかったからだ。何も載せていないイーゼルがひとつぽつんと立ち、油彩用の絵の具が入った木箱が床に置かれ、花のない花瓶が載った、背の高い飾り台がひとつひっそりとあるのが、電灯のスウィッチを入れる前から解った。

瞬間戸惑《とまど》ったが、それはこの部屋の天井に、明かり採りのガラス窓が開いているせいなのだった。そこから月明かりと星明かりが、床に蒼《あお》く落ちているのだった。事情が解り、村木は安心して壁のスウィッチを入れた。すると、まるでがらんとした板の間が浮かびあがった。床板は非常にきれいで、塵《ちり》ひとつ感じられない。たった今、雑巾《ぞうきん》かワックスがけをしたようだ。

ドアを背にして正面、つまり北西側に、やはり二枚のガラス戸を交差させる形式の窓が二つ、左手すなわち南西側の壁面にも、同じ形式の窓が二つ開いている。双方ともに渋い花柄のカーテンがかかり、これがなかば以上閉まっていたが、この表面は、よく見ると様々な色の絵の具が無数に付着し、汚れていた。そういう汚れを目だたせないため、渋い色調の柄の生地をカーテンに選んだということらしい。こういったことと、天井の明かり採り構造などから判断して、ここはどうやら土田の仕事場らしかった。昼間、描く対象物をよく照らすため、陽光を採り入れる窓が天井についているのだ。壁には、やはり土田の筆になるらしい油絵がたくさんかかっていて、裸婦が多いが、ここには天城恭子の体はない。

窓は、珍しいアルミ製のサッシで、やはり二枚のガラス戸が左右に交差する形式だが、錠は半月を回転させて締める方式である。サッシ窓は、スクリュウ錠のものとは違って、すっかり締め切った際、枠の重なった中央部分に隙き間がほとんどなくなるので、ここに糸を通すことはむずかしい。半月には十センチほどの突起が飛び出し、これを持って下方に押し下げてロックをする。そして窓は、四つともにロックがかかっていた。念のため、橋本が手袋を塡めてカーテンを摑《つか》み、少し開いて表を見ると、外はすっかり闇に沈んでいたが、黒々と広がるらしい畑が見えた。窓の下方には小屋根の張り出しはなく、窓に何ごとか細工をしようにも、その足場がない。

二人の刑事は、続いて室内を見て廻ったが、肉眼で見る限りにおいては、下の和室同様、壁紙を貼った壁、サッシの窓、ドア、そしてスウィッチ周辺などに血による遺留指紋の痕跡はない。捜査員を嗤《わら》うように、ここもまた奇妙に清潔なのであった。

二人は続いて、もうひとつ残る狭い方の部屋に入った。この部屋もまた、三角形の部屋側に引いて開くドアを持っている。開けると、ここも薄蒼く部屋全体が光っていた。やはり天窓が付いているのだ。ということは、ここもまた土田の仕事場なのであろう。壁のスウィッチを入れ、ドアを背にすると、正面北東の壁、左手北西の壁、右手南東の壁にそれぞれ窓がある。これらそれぞれに花柄のカーテンが下がり、それがすっかり閉められていた。花柄は、この部屋のものも渋い色調だったが、隣りの部屋のものとは柄が異なる。近寄って見ると、このカーテンにも絵の具による汚れが若干感じられる。

正面の窓に近寄り、カーテンの端をつまんで開くと、ぶならしい木立が何本も見えた。距離は近く、横一列に並んで立っていて、その手前には低い金網の塀が見える。ぶなの木は、川に沿って並木のように生え、枝ぶりに隠されて川面は見えないが、葉の間から川向こうの家の明かりが見えた。右手の壁の窓からは、やはり川らしい細い暗がりと、畑らしい平らな暗がり、そして川向こうの家の明かりが望める。

左側の窓のカーテンを開いた時、刑事たちは少し驚いた。窓の外、ごく近くに鉄塔が立ちふさがったからである。しかし近くに見えても鉄塔までの距離はかなりあって、およそ三メートルくらいだろうか。しかしこの家で、鉄塔に向かって開いている窓はここだけである。一階には、鉄塔に向かって開く窓やガラス戸は一枚もなく、庭には、三メートル近い鉄の柵が鉄塔周囲を巡っていて、しかもこの上にはさらに鉄条網も巡っているから、立ち入りはできない。「危険」と書かれた看板が鉄柵の四方にそれぞれ一枚ずつ下がって、土田富太郎を含めた何人《なんびと》も、塔への立ち入りは禁止である。そして、鉄塔の立つ土地は土田家の所有ではない。

この部屋も、隣室のものと同様、窓はすべてモダンなアルミサッシで、二枚のガラス戸が交差する形式である。当然ロックも隣室と同じく半月を回して施錠する方式で、三つともにロックがされていた。そしてこれらの窓にも、壁紙を貼った周囲の壁に

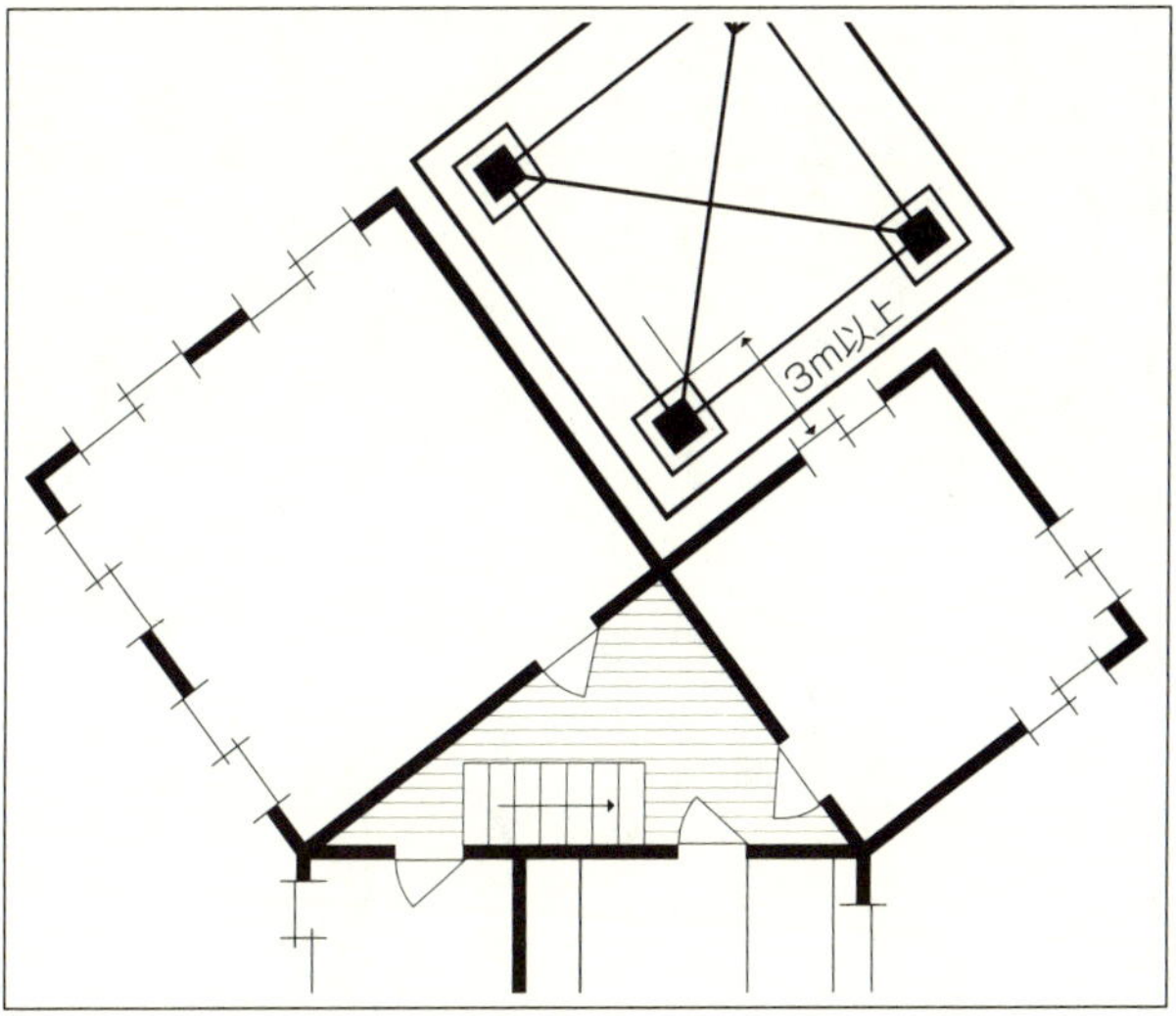

も、視認できるほどの指紋の痕跡や、血による汚れはない。窓外足もとを見ると、ここにも小屋根の張り出しはない。眼下の地面まで、ただ垂直に切り立った壁である。したがってトリックを弄《ろう》する足場はない。

　室内四方の壁には、ここにも無数の額がかかって、土田画伯の作らしい絵画が入っている。この部屋のものはすべて水彩画だ。板張りの床には、ここにもイーゼルがひとつ立ち、花瓶を載せた細い台がひとつだけある。この部屋の花瓶にも、花は入っていない。

　部屋にあるものはこれだけだった。床は異様なほどにきれいで、隣室同様、こちらもまた塵ひとつ感じられない。部屋の壁寄りにはモップが一本転がっていたので、これで床の清掃をしたものと思われた。

　壁には、額入りの絵のほかに吊り棚が取りつけられており、これの引き戸を開けて中を見ると、大量の水彩絵の具、絵筆やパレット、画用紙の類いが入っている。手袋を塡めた手で絵の具を引き出し、調べると、赤い絵の具のチューブだけが平たくなっており、誰かがこのチューブの絵の具を用いて、一階和室にある画用紙を赤く塗ったと思われた。肉眼で見る限りでは、絵の具のチューブに指紋の付着は認められないし、吊り棚の引き戸の取っ手にも、血の付着、血染め指紋の遺留はない。しかし鑑識なら、あるいは何かを探り出すかもしれない。

二階の調査でも、格別変わったものは見あたらなかった。当然のように窓は、すべて内側からロックされている。窓わく、ドアノブ、壁、棚、スウィッチの周辺にも、血の染み、あるいは血で付けられたふうの指紋の痕跡はない。大量流血の現場家屋であるのに、異様なほどに片づいていて、できたての公園のように清潔だった。

刑事二人は顔を見合わせた。二人の知るこれまでの殺人現場とは、まるで様相が違っている。あとは鑑識の見分に期待するほかはないが、はたして彼らも、ここからどれだけのものを見つけてくれるだろうか。

「天窓だろうな、あとは。あれが臭うな」

村木が言った。

「まあ後で鑑識に調べさせりゃいい」

村木は、そこに希望をつないでいるようだった。しかし彼としても、そんなふうに言うのが精いっぱいだったろう。

8

現場の寸法は二度計った。一度目は実況見分調書作成のため、二度目はその一ヵ月後、裁判にそなえてである。それによると明かり採りの天窓のある仕事部屋のうちの広い方が、四千百二十ミリメートル四方の正方形の床を持ち、床面から天井の天窓ガラス面までの高さが、二千三百十ミリメートルあった。

　狭い方の部屋は、三千九十ミリメートル四方の正方形の床、天井天窓までの高さは、同じく二千三百十ミリメートルであった。

　村木が希望をつないでいた明かり採りの天窓であるが、鑑識員が梯子《はしご》をかけて屋根に登り、調べた結果、ここにも何の異常も発見できなかった。これはガラスを嵌め、周囲をガムで塞《ふさ》ぐ造りになっていたのだが、このガムが古くなり、すっかり劣化していて、最近これを剝《は》がしたり、ガラスを持ちあげたりした形跡はいっさいないことが解った。ふた部屋の天窓ともにそうだという。村木の希望は、こうして簡単に砕かれた。

　さらには一階和室応接間の壁、床の畳、引き戸、その取っ手、窓わく、窓ガラス、スクリュウ錠のつまみ部分、壁のスウィッチ、違い棚、あるいは収納吊り棚の引き戸、その取っ手、どこからも血染めの指紋痕は出ない。これは犯人が、犯行後タオルなどで慎重に拭き取ったゆえと思われたが、そのタオル、もしくは雑巾が、家から出ない。これらは犯人が持ち去ったものと思われた。

　指紋の消失は、一階の現場に限らなかった。玄関、玄関前の変形の廊下、厨房、食堂、浴室などの壁、床、天井、ドア、そして二階の各部屋の壁、床、ドア、天井、そしてすべての電灯スウィッチ、その周辺、これらのどこにも血染め指紋痕はもちろん、通常の指紋痕もない。電話機やトイレは指紋が拭かれた形跡はないが、土田富太郎、天城恭子のもの以外は出ない。

　犯人、あるいは犯人たちが血を画用紙に塗るのに使ったと思われる絵皿二枚、そしてコップは、丁寧に洗われたあげく、流し脇のステンレスに、伏せて置かれていた。水気は乾いていたが、ここからも指紋は出なかった。

　厨房のゴミ箱に、茶菓子と果物、それに割れた皿が一枚、湯飲み茶碗が二客捨てられて入っていた。

玄関土間に傘立があり、ここに黒コウモリ傘が一本入っていた。古く、骨部分が錆《さ》びたり傷んだりしていたから、洒落者《しゃれもの》の土田の所有物には見えなかった。しかしこれもまた、使用時に雨で濡れていたせいか、指紋は出ない。また血痕の類いは付着していない。

いったいどのくらいの時間をかけたものかは不明だが、証拠を隠滅《いんめつ》しようとして犯人が、血痕や指紋の拭き取りを丹念に行ったものに相違なかった。つまり犯人は、犯行後もかなりの長時間、土田家に留まっていたことになる。すると、鑑識が出した被害者二人の死亡推定時刻と併せ考える時、奇妙な結果となるのだった。

二人の死亡推定時刻には大きな差はなく、二人ともに五月二十四日午後三時から五時の間ということになった。解剖所見では、土田富太郎は十四個所、天城恭子は十一個所、そのどれもが致命傷といえるほどの深い受傷をしていて、これによって橋本が現場で行った推理を信じるなら、二人は心中ではあり得ないという話になるから、発見日から一日前の午後三時から五時の間に、二人は第三者によってほぼ同時に刺殺されたことになる。

そこまではよい。するとここに大きな問題が生じるのだ。雨である。二人の死亡推定日時、五月二十四日、横浜中区地域には午前十一時半から午後二時半までの三時間の間、かなり強い雨が降っていた。正確には降りやんだ時刻の分数に端数があるらしいが、二時半として大過はない。そして二人の死亡推定時刻は、どうしても三時より前には遡《さかのぼ》らないと鑑識は断言する。すると二人は、どんなに早く見積っても、雨が降りやんで三十分のちに死んだということになる。そしてこれ以降、五月二十七日まで雨は降っていない。

鶯岳派出所の警官二人が現場家屋に駈けつけ、土田家に入った時刻は翌五月二十五日の午後五時四十分頃である。当然ながらこの時点では、屋内には誰もいなかった。一人が先に中に入った間、別の一人は玄関先に居残っていたから、やってきた警官と入れ違いに逃亡したという線はあり得ない。ということは、犯人はそれまでに逃亡しているわけだから、殺人行為を最大限早く見積って仮に午後三時とすると、三時から翌日の五時四十分までの二十六、七時間の間に、二人を殺した犯人、あるいは犯人たちは、土田家から逃亡したという話になる。すると、当然ながら土田家の周囲の土の上に、必ず逃亡時の犯人の足跡が遺っていなくてはならない。土田家は、玄関先にも飛び石、敷石の類いはなく、土がむき出しである。むろん来訪時の足跡も遺っていていいが、これは雨がまだ降っていた時間帯に来たと考えるなら、なくても不自然ではない。

二十五日夕刻に駈けつけた鶯岳派出所警官たちの足跡も、家の周囲に遺っていた。ということは、犯行から死体発見までの時間帯、現場の家屋周辺の地面は、一貫して靴跡が付くほどに柔らかかったということになる。すなわちこの時間帯内に現場家屋から逃亡する限りにおいて、犯人の靴跡は必ず地面に遺っていなくてはならないのである。したがって警察も、鑑識も、土田家周囲の地面に遺る靴の跡に最大限に着目した。

はたして、家の周囲には男物の靴跡が遺っていた。これには二種類があった。ひとつは靴跡の周囲に大きな土の盛りあがりをともなっており、雨があがってまだそれほど時間経過がない時点で付いたものと思われ、もうひとつは靴跡周囲にほとんど土の盛りあがりがなく、駈けつけた警官たちのものと大差がなかったので、警官の到着とあまり時間差がない頃合いに付けられたものと考えられる。周囲に土の盛りあがりのない方の靴跡が、盛りあがりをともなう方の靴跡を踏んでもいる。

警官二人は、長岡峰太郎という横浜市役所職員からの通報で、土田家に駈けつけていた。長岡は、天城恭子が昨夜自宅アパートに帰っていず、翌日市役所にも出勤してこないことから心配し、土田家に電話を入れ、応答がないので直接土田家を訪れている。家の周囲を一周しながら各所の戸を叩き、名を呼んで、やはり応答がないので異常を感じて通報していた。したがって、この人物は嫌疑の圏外に置いてよさそうであった。刻印の浅い方の靴跡は、この長岡のものである。そして長岡は、土田に対しても、天城恭子に対しても、まったく怨念の類いを抱いていない。彼は善意の第三者である。

しかしもうひとつの靴跡に関しては、いかにも怪しいというべきだった。鑑識は、靴跡周囲の土の盛りあがりからして、雨があがって二時間以内に付いたもの、と推測を口にした。これを信じるなら、午後の四時半までに、この靴跡の主は土田家を訪れていることになる。すると二人の殺害時刻を三時過ぎとし、指紋の拭き取りなど証拠隠滅工作に要した時間を一時間とすると、ちょうどその頃合いとなる。時間的にもこの四時半の靴跡の主は、最も怪しむべき線であった。

ところが子細に観察すると、この四時半の靴跡の動きも、実は先の長岡のそれと大差がないのだった。ただ家の周囲を一周しているだけと見えるのだ。先述したように一階のすべての戸、また窓は、スクリュウ錠によって内側から固く施錠されている。この靴跡が二人殺害の犯人のものであり、施錠は何らかのトリックの結果であるとするなら、この靴跡の主は、いずれの戸か窓から土田家に侵入し、一階和室で二人を殺害し、この和室のスクリュウ錠を外側廊下から施錠して密室としたのち、入ったと同じ場所から屋外に出て、この戸ないし窓を、やはり外から施錠した、という展開になってくる。出入りを同一の場所とするのは、そうでないと連続しているべき靴跡が、一部分消えたり、またはダブったりすることになるからだ。

ところがこの考え方こそは、村木、橋本二人の捜査官を大いに悩ませた。この動きでは、途中にいくつもの難関が存在することになってしまうからである。二人の殺害後、血と絵の具による朱塗りの画用紙を現場の床に敷きつめたのは何故か、という大きな難問をいったん横に置くとしても、まず四時半の靴跡の歩行が、途中でいっさい途切れていないのが最大級の問題だった。靴跡はごく自然に連続して歩行し、家を一巡している。一周する途中のどこかの地点から家に入り、仕事を終えて同じ地点に降り立ち、また歩行を続けて一周したとするなら、この場所はおのずから解るものである。出入り地点に靴跡はどうしても多くなり、一部は大いに重なり、よほどうまくやっても、爪先の向きなどから自然な一周歩行とは違う要素が出る。ところが、こういう要素がない。

さらには先述した通り、一階の戸口また窓は、すべてスクリュウ錠によるロック状態である。この点は決定的に思える。たとえ犯行前にどこかが開いていて、ここから室内に出入りができたとしても、すべてが終わり、外からスクリュウ錠を回し、この窓か戸を施錠する方法があるとは思われない。

この点は、和室応接間の引き戸に付いたスクリュウ錠においても、まったく同様である。ということは逆に、これを可能にする何らかの方法がもし存在するのなら、双方ともに施錠はできるという話にもなるわけだが。

もう一点、こういう問題もある。土田も天城も、首筋頸動脈《けいどうみゃく》に深く受傷している。これは、大量の血の噴出が起こる場所である。こういう流血は現場壁などのどこかに必ず降りかかり、遺るのが普通であるし、そういう血は必ず飛沫痕跡をともなう。ところが、現場応接間のどこにもそういう場所がない。現場の和室は、和紙のふすま、土壁、白いカーテンなど、拭き取りができない場所が多いのにもかかわらず、血の一滴もついていないほどにきれいで、これは異様というほかはない。

さらには凶器がない。二人の被害者の傷口の状況から見て、凶器は出刃包丁《でばぼうちょう》の類いと思われたが、土田家の厨房に遺された包丁の内には、傷口の細部とうまく合致するものがなかった。また包丁のどれにも血が付着していない。となると、凶器もまた犯人が持ち去ったと思うほかない。

もう一点、あるいは特筆すべきかと思われる事実がある。画用紙に塗られていた血液は、鑑識が検査の対象とした限りの画用紙においては、すべてAB型として検出された。ところが被害者二人の血液型は、土田富太郎がB型、天城恭子がA型であった。画用紙の血液がAB型として出たのは、この二人の血液が混合されて使用されていたからと思われる。しかしこの結果は、非常にうがつならば、AB型の血液所有の被害者が別所にいるのではという疑惑を、一瞬鑑識課員に抱かせた。

さらにもう一点補足すれば、横浜市長賞の候補作品には一点の欠損もなかった。血や絵の具が表面に塗られてはいたが、絵柄はかろうじて判別ができる。これによって調べた結果は、候補作品は土田富太郎の自宅に運び込まれた百三十六点のままで、一点の欠損も増加も、また入れ替わっているものもなかった。

現場の見分を終えた翌日、五月二十六日の朝、村木、橋本の両刑事は、被害者二人の交流関係者をあたるために横浜の街に聞込みに出た。まず本牧にある、天城恭子が暮らしていたアパートに行った。これは木造モルタルの造りではあったが、一階に洋装店とか洋風レストランが入り、テラスふうにしつらえた二階廊下がそれらの上を貫いた、なかなか瀟洒《しょうしゃ》な印象のアパートだった。

アパートの大家は、一階に入った開化亭《かいかてい》という洋風レストランのオーナーだった。彼は甲本《こうもと》という名の、でっぷりと太った、話好きの四十男で、天城恭子の陥っていた状況を、非常に正確に把握《はあく》していた。聞けば、そうなった理由ももっともである。

恭子は、半年ほど前から甲本のアパートに入居して暮らしていたが、それは夫の天城圭吉とうまく行かなくなり、恭子自身が別居を望んだからである。うまく行かなくなった理由は、性格の不一致など当事者にはそれなりの理由があるのだろうが、はたで見る者には、彼女に土田富太郎という男ができたせいのようにしか思えなかった。甲本はそのように言う。

土田富太郎は、明らかに恭子のパトロンというポジションでもあったから、アパートの家賃は、ほとんどすべて土田が援助していた。それは磯子《いそご》区笹下《ささした》町に夫と二人で購入した自宅を、恭子はすっかり夫に譲る格好で出てきていたからである。そのため彼女には貯えがなくなり、そうさせたのは土田であったから、経済的援助は当然ともいえた。

土田自身は恭子のアパートに来ることはめったにないようだったが、たまに来れば、恭子と二人で開化亭に食事に寄った。二人は非常にうまく行っているようで、はた目にも相思相愛に見えた。天城恭子は大柄でスタイルもよく、胸も大きく肉感的だったから、よく周囲の人目を引いた。しかしどちらかというと彼女は物静かなタイプで、むしろ土田富太郎の方が大声で話し、よく笑い、一緒に食事をしていても、彼の方が恭子への思いを隠さなかった。二人とも外観はよかったし、似合いのカップルに見えて目だった。

困ったことは、恭子の夫天城圭吉が、まったく離婚に応じようとせず、恭子に強く固執し続けたことだ。これには土田も困ったろうが、恭子が特に手を焼いていた。圭吉は、恭子がこのアパートに入ってきてから約ひと月程度のちの一時期、毎晩のように恭子の部屋にやってきた。恭子はアパートを教えなかったようだが、勤務先から尾行するなどして、彼はついにここを突きとめたらしかった。深夜戸口に立ち、恭子が会見を拒絶すると、はじめの頃はおとなしく帰っていたようだが、次第に大声を出すようになり、二階の廊下で立ち廻りめいたことも起こるようになった。恭子の悲鳴とか、二人が床を踏み鳴らすどんどんという音が、たびたび階下に聞こえるようになった。

圭吉は、恭子の部屋の窓の下に長く立っていたり、窓に向かって小石を投げたり、罵倒《ばとう》の大声を出すようになったので、恭子が何度か警察を呼んだ。パトカーが来ると天城は逃亡するのだが、いなくなるとまた戻ってくる。そんなことがたびたび起こるようになったので、いったいどう決着がつくものかと心配していたと甲本は言う。それが、とうとう死亡事件につながったかという感じだと、甲本は村木たち刑事に語った。

天城圭吉とはどういう職業の者かと問うと、中区根岸にある競馬場の飼育係だと聞いた、と甲本は言う。そこで刑事二人は、即刻根岸の競馬場を訪ねた。すると、仲間の話では天城はもう長く欠勤しているという。住所を訊くと、磯子区笹下町にある一戸建ての家に一人で住んでいるという話だった。妻の恭子と二人で購入した家である。

二十七日に笹下町の家を訪ねると、外観は瀟洒な西洋館に見えたが、中はひどい散らかりようで、衣類や紙くず、酒瓶などが玄関先にまであふれ、天城のすさんだ生活が覗いていた。村木と橋本が訪れたのは午後のまだ早い時刻だったが、彼はすでに酒を飲んでいて、赤い顔をしていた。刑事二人の目には、天城はもう拘置所内に暮らしている者と変わらない印象で、格別社会にいたいとは思っていないようだった。自由を持てあまし、彼自身檻《おり》に閉じ込められたがっているように見えた。

場合によっては同行を求めるつもりだったから、二人はパトカーで来ていた。本牧署への任意同行を求めると、彼はうつろな表情で頷き、どっちでもいいという顔をした。この時玄関先にあった彼の靴を何足か持ってきて、鑑識が採った石膏の靴跡と照合すると、あっさり一致した。

動機や状況証拠から彼の容疑は濃くなり、村木たちは靴跡を有力な証拠に、二十八日彼を逮捕勾留した。土田富太郎殺人事件は、この時点ですでに全国的な有名事件となって、世間の注目もあったから、刑事課総出で天城を代用監獄にかけ、二十三日間厳しい取り調べを行った。

天城は妻と、これを寝取った土田に対して強い怨念を持っていた。取り調べでこの点は認めたが、殺害は強く否認した。天城の否認は数日間続き、弁護士の入れ知恵で黙秘に作戦を切り替えたが、村木たちによる連日早朝から深夜までの交代での責めたて、さらには留置場でも眠らせないようにしたので、ついに彼は二十日目で落ち、殺害を認めた。

ここぞと村木らは、天城の家に出向いて持ってきていたそれらしい出刃包丁とか、古雑巾などを見せ、殺害に用いた凶器はこれであろう、指紋を拭き取った雑巾はこれであろう、などと言って責めたてた。睡眠不足で朦朧《もうろう》となっている天城は、それらも全面的に認め、これらを用いて村木が作った犯行態様の憶測《おくそく》にもまったく抵抗せず、村木が先行して作っておいた員面《いんめん》供述調書にも、天城は従順に署名した。こうして土田富太郎殺しの犯人はスピード逮捕となり、新聞はこれをたたえ、本牧署は名をあげた。

しかし天城圭吉は、天城恭子と土田富太郎二人の殺害は認めたが、密室作製の方法、また画用紙に血や絵の具を塗った理由などに関しては、いっさい自供をしなかった。問いつめてもまるで要領を得ない。天城自身が逆に二人に訊いてくるありさまで、一階和室に、血と絵の具で赤く塗った画用紙が敷きつめられていた話をしたら、天城は目を丸くし、へえ、そうなんですかと言った。その様子は、心から驚いているように見え、橋本たちの気迫を削《そ》いだ。当初村木は、なんとふてぶてしい三文役者だと言って怒鳴りちらしたが、次第にその元気もなくなった。これが芝居とするなら、天城には天性の演技力がそなわっているというほかはない。嘘を言っているように見えないのだ。

こんなことはマスコミには到底漏《も》らせるようなことではなかったが、捜査陣としては非常な危機に直面していた。天城の犯行であること自体は二人とも疑っていないが、肝心の犯行ストーリーが作れない。それはすなわち、天城を起訴できず、裁判にかけられないということを意味した。刑事二人は歯がみした。意外なところで壁にあたった。このままでは、最悪天城を放免しなくてはならなくなる。法廷での冒頭陳述が作れず、検事がそう要求してくる可能性があるからだ。そうなると、犯人逮捕が大々的に報道されてしまった今、捜査官としての二人は、末代までの笑い物となる。二人は追い詰められた。

9

村木刑事が、土田家の玄関先で御手洗少年と出遭ったのは、そんなふうに、事態が完全に膠着《こうちゃく》状態に陥った直後だった。正直に言えば彼は、誰かの助言を切実に求めていた。自分たちを末代の恥から救い出してくれるなら、面子《メンツ》は捨て、どんな素人の意見にでもすがりたいところだったが、しかしそれは、いかに何でも子供だけは除いての話である。

「小僧、どうして部屋の寸法が解った？」

村木刑事は、御手洗少年の目の前に戻ってくると、目に威圧的風情をたたえながら言った。

「推理だよ。頭で考えれば解ることなんだ」

ぐっと、村木は言葉に詰まった。本当なのかとしばらく思案はしてみたが、まるきり見当もつかないので、続けてこう言った。

「おい坊主、嘘言ってもな、おじさんたち警察官には解るんだぞ」

「うん」

すると少年は、即座に言った。じゃあこれが本当だって解るでしょ、と言いたげな顔だった。

「どうして解った。おまえ、誰か警察関係者の子供か？　それで図面見たとか、誰か本牧署の刑事からでも聞いたんだろう。嘘言っても解るんだぞ」

「まだ正確な数字、図面に入れてません」

制服巡査が、背後から村木に言った。

「それにミリの単位まではさっき計ったばっかりで、私らもまだ誰にも……」

「ああ解ってる！」

村木はうるさそうに遮った。

「それじゃこの家の、土田さんの知り合いかなんかだろう。そうだろ、おまえ！」

「全然。ここから遥かに離れているもん、ぼくんち」

「じゃ……、大工の子供だ、この家造った」

少年は、うんざりした顔になった。この手の威圧おじさんの思いつくことは、いつもこんな程度なのだ。どうでもいい周辺ばかりをうろうろして、肝心なところはまるで考えようとしない。

「違うよおじさん、ぼくんちは山手柏葉町のセリトス女子大の中だよ、大工さんじゃないよ」

「ああ、じゃああの理事長の家の」

そう言ったのは村木ではなく、今玄関から出てきたもう一人の刑事だった。こちらは若く、大柄で、目の大きな男だった。頑丈そうな体をしている。

「橋本、おまえこの子知ってるのか」

村木が仲間に訊いた。

「聞いたことあります。大学内の、理事長の家の子でしょう。いったいどうしたんですか」

「この子が、現場応接間の寸法を知っていたんだ。五メートル十五センチだってなぁ」

「ほぅ、正確に言い当てたのか君。どうして知っていたんだ」

言いながらそばに寄ってきて、橋本は御手洗の前にしゃがんだ。

「計算したんだよ」

御手洗は言った。

「空でできるわけないだろ！」

村木がわめく。

「簡単だよ、おじさんにもできるよ」

ぐっ、と村木はまた言葉に詰まる。

「おまえな、言っていいことと……」

「ほかにも知っていることあるのか？」

橋本が訊いた。

「たくさん。必要なら全部教えるよ」

「生意気言うな、こら！」

村木が怒った。

「教えてくれよ、実際困っているんだ、おじさんたち」

橋本が言う。

「家の中見せてくれたら教える」

「何言ってんだ、冗談言うな！」

これはむろん村木である。

「だって困ってるんでしょう、おじさんたち」

「いくら困っていてもだ、ガキの手助けなんぞいるか！」

橋本が右手をあげ、頑張る村木を制した。

「家の中、いっぱい血があるぞ、いいのか」

橋本は言う。

「平気だよ」

「ちょっとやそっとの量じゃない、今夜おねしょしてもいいのか」

「血が恐くちゃ、殺人事件の推理はできないよ」

少年は言い、橋本は苦笑した。

「勇ましいな、将来は刑事か君は。この事件の概略《がいりやく》は知ってるのか？」

「だいたい知ってるよ。家の周りに、男の人二人の靴の跡があってさ、二人とも一周している。でも一周しているだけで、家の中には入っていない。一階二階ともに、すべての戸も窓も、家の中から鍵がかかっていて入れないはず。もし後でかけたのなら、外から鍵をかける方法はない」

橋本は頷いた。

「そんなところだ」

言いながら、橋本は考えていた。

「で、君は何が見たい」

「家の中全部」

「現場だけじゃなく、か？」

「家全部が現場だよ、一階だけじゃ無理だ」

「ふむ、それでどうするんだ」

「見れば、犯人がどうやったかが解るもの」

少年は言った。

「警察がみんな困っているんだ、大勢の専門家がだぞ。みんな現場を見た、でも解らない。君には解るっていうのか」

御手洗少年は、自信満々で頷いた。

「解るよ」

橋本は黙りがちになり、思案している。隣りで村木が苛々《いらいら》する。

「おいおい橋本、何悩んでいる。まさかこのガキに現場見せようなんて……」

「いいじゃないですか、実際困っているんだ。猫の手も借りたいところだ」

「馬鹿言うな、おまえ……」

「だが、ただじゃ駄目だ、五メートル十五ってどうして解った」

「言えば見せてくれる？」

「まあな」

「五百十五かけ十だからだよ。暗算でもできる。だからおじさんにもできるって言ったんだ」

橋本の目が真剣になった。村木も目をむいている。

「五百十五かけ十？　五百十五って何だ」

「B3の画用紙のサイズだよ。横浜市長賞は、B3の画用紙で募集されているんだ」

「B3の画用紙で……、それで」

「土田先生は、横浜市長賞の候補作の絵は家に持ってきて、一階応接間の床に敷きつめて、毎年その上を歩き廻りながら審査していたんだ」

御手洗が言い、二人は黙った。意表を突かれたのだ。

「何……」

刑事たちはしばらく絶句する。そんな発想は、これまでの二人にはなかった。

「それ本当か」

「うん」

少年は言う。

「そういえば……、そうか、それでか、それで床に」

橋本が言う。

「もう少し詳しく教えてくれ、Ｂ３のサイズはいくつだって？」

橋本は手帳を出す。少年は空でこう言う。

「三百六十四ミリかけ五百十五ミリだよ。正方形の床に、こういう長方形の紙を百四十枚敷きつめるには、横方向に十枚並べたものを十四列並べることになるんだ。もし十一枚にしたら、正方形だから十五列になって百六十五枚になる。九枚にしたら十二列になって百八枚になる。どれも百四十枚とは違ってくるし、部屋にすごく隙き間ができるんだ。百四十枚なら、五メートル十五の正方形以外にないんだ」

「おまえ、誰かに聞いたのか」

村木がまた、馬鹿のひとつ憶えを言いはじめた。

「ううん。だって誰も知らないもの、土田先生が毎年どうやって審査していたか」

「じゃどうして解った」

「去年の受賞作の絵、調べたんだよ、紙に畳の跡がプレスされてた」

刑事二人はまた黙った。感心を悟られないようにだ。

「それに上歩いたから、絵がしなっていたよ」

なるほどな、と橋本の唇が動いた。

「一階の応接間でしょ、土田先生が死んでいたの。あの部屋は、Ｂ３が百四十枚、ぴったり敷きつめられるようにできているんだよ。先生がそういうふうに造ったんだ、あの家のその部屋」

御手洗は言った。

「ああそうか、別に壁に貼らなくても、床に敷きつめたらおんなじか、そうか……」

橋本が言う。

「それで床の間の鉢や台が押入れで、床の間にも絵敷いてたのか」

「上、歩いていやがったのか！」

村木も思わず言った。

「だからホシのやつは、下に敷いてあった画用紙に血を塗ったと、そういうことか」

橋本は言った。

「何で塗ったか、それは血がかかったから、そういうことだな」

村木も言う。

「だが血がかかっても、どうして塗る必要があります？」

立ちあがり、口を村木に近寄せて橋本が言う。

「指紋じゃないか？　ホシのやつの指紋が絵に付いたと。これを隠すために、血染めだからいっそ、血を塗って隠したと」

「それなら、付いた画用紙だけでいいんじゃないですか。何で全部なんだろう」

橋本が言う。そしてさらに声をひそめ、少年に聞かれないようにこう言う。

「それに、血だけじゃない、絵の具の赤もある。これは……」

「確かにそいつが解らん」

村木が言う。

「だが百四十枚か、その理由は解ったということだな。でも今年は、確か百四十枚は……」

「ないよ、四枚少ないんだ。百三十六枚」

少年が言い、橋本はまたしゃがみ、少し時間をおいて頷いてからこう言った。

「そうだ。四枚少なかった。それは何故なんだ」

「だからそれを調べたいんだよ。これは推理だけじゃ解らない。現場を見ないとね」

　橋本は、一、二度小さく頷きながら無言でいる。

「だから来たんだよ、ぼく」

「よし解った、来いよ」

　言って、橋本は立ちあがった。少年は大喜びで傘をたたみ、綱の下をくぐった。どうやら雨も小降りになった。

「だがな君、約束してくれんか、今から見るもの、当分人には言わないって」

「うんいいよ」

「約束できるか？」

「約束する」

「よし」

　言って橋本はくるると背を向け、玄関まで歩く。御手洗はついていった。

「女の子はどうする」

　土間の手前で言う。

「私ここで待ってる。恐いから」

　えり子は言った。

「それがいい。じゃ君、こっちにあがって」

　土間に入りながら、橋本は言う。土間にはすでに明かりがついている。

「ちょっとだけだぞ、いいか坊主！」

　村木が横にいてまた威圧する。橋本は先に靴を脱いでいる。

「現場入れてもらったからって、図に乗るんじゃないぞ、いいか？」

「うん」

　御手洗も靴を脱ぐ。

「誰にももらさないって、約束できるのか」

「もうしてるじゃないか、大丈夫だよ」

　すると村木の顔に血がのぼった。

「な、何だその言い方は、お巡りさんに向かって、何だそれは！」

「おじさん、今はそんなこと言っている時じゃないよ。早く事件解決しなくちゃね」

「そうですよ村木さん、この子が何言うか、ちょっと聞いてみましょうよ」

「こんな小さな子供に、あんな陰惨な現場を。おまえ、どうかしたんじゃねぇか、教育上もよろしくないだろうが！」

村木はわめき、橋本はその耳にささやいた。

「あの子はただの子じゃない、セリトスの理事長の血縁で、東大きっての数学教授の息子です。山手柏葉の派出所の巡査から、私は何度も評判を聞いてます。ＩＱは二百以上だそうだし、和田山小学校一の生徒でもあるしね。ちょっと様子見ましょう」

村木は黙った。東大とか理事長という言葉に威圧されたのだ。

和室応接間は、一ヵ月後のこの時も、まだほぼ発見当時のままになっていた。たった一人の住人が死んだのだから、別の家人から撤去《てっきょ》の要請が出ることもない。このような前例のない現場をどうしたものか、捜査官たちも持てあまし、結局そのままになっていた。しかしさすがに今夜あたりには片づけようとみな思っていたから、この時の御手洗は幸運であった。

御手洗は、持ってきた傘を傘立に入れた。その時、死体発見当時入っていた黒い、古いコウモリ傘はまだあった。

「この傘は？」

少年は訊いた。

「ずっとそこに入っていた。たぶん土田さんのだろう」

橋本が言い、ふうん、と御手洗は言った。

「濡れてなかった？　見つけた時」

「濡れてたな」

廊下にあがると、御手洗はあたりを見廻していた。部屋の中はそろそろ暗くなりはじめていたので、橋本がここにも電気をつけた。御手洗は、この変形の廊下がいたく気に入ったとみえ、はしゃいでいた。

「これ、面白いねー」

そして食堂とかトイレ、浴室などのドアを次々に開け、嬉々《きき》として覗いた。

「こらこら、あんまりそういうとこ、勝手に覗くんじゃない！」

村木が威張って言った。

「おまえ、見たいとこ現場なんだろうが。そっちは関係ないだろ！　気を散らすな、遊び場じゃないぞ、やっぱしガキはしょうがないなー」

「同じくらい重要なんだよおじさん、こっちもね。思った通りだよ」

御手洗は言った。

「何が思った通りだ！」

村木は怒った。

「きっと言っても解らないと思うから」

少年は気の毒そうに言った。

「何が解らないんだ、いったい何だ、何なんだ。言ってみなさい！　こっちはな、おまえどう思ってんのかしらんけどな、捜査の偉いプロなんだぞ！」

「ピタゴラスって知ってる？　おじさん」

少年は、恐る恐るのように言った。

「ピタ……、何だそれは」

おじさんは低い、きしるような声を出した。やはり通じなかったのだ。少年は、それでもう少し解りやすい話をすることにした。

「四枚足りない理由だよ絵が。この廊下にあるんだ、原因は」

そう言っても、おじさんはやっぱり解らない。

「え、なんだなんだ、どうしてだ。どうして絵が四枚足りない理由がこの廊下にあるんだ」

村木は劣等感を感じ、興奮する。

「この家、一階部分には屋根ないでしょ。二階にあるだけなんだよ、屋根」

「ん？　ああ、それがどうした！」

「だからさ、一階の上にただ載っかっただけなんだよ、二階は。だから、床の形とか面積とかはさ、すっかりおんなじなんだ、一階と二階」

「なははは！」

と村木は笑いだした。おとなの威厳という秩序を回復する道を、彼は見つけたのだ。

「やっぱりガキだなおまえ。今から二階見せてやるけどな、おんなじじゃないんだよなこれが。二階はな、廊下……」

「三角形だって言うんでしょ、廊下が」

少年はうるさそうに言った。村木の笑顔が瞬時に消えた。

「む、解っていればいいんだ！」

村木は言って、黙った。見知らぬこの子供が、次第に得体の知れない存在に思えてきたのだ。

橋本が先に入り、手を伸ばして和室の明かりをつけると、さすがの御手洗少年も、息を呑んだふうだった。死体は運び去られていたが、床を埋めた画用紙に関しては、まだすべて部屋に残されていた。しかし位置は動かされ、一部は部屋の隅に堆《うずたか》く積み重ねられていた。そして死体の真下になってできたらしい血の染みも、黒々としてそのまま畳に遺っている。

「どうだ、どうだ、まいったか小僧！」

村木が勝ち誇って言った。

「驚いたろう、小便ちびるなよな！」

「駄目だよ、あんなことしちゃ」

御手洗が言った。

「な、何がだ！」

「あの画用紙だよ」

少年は画用紙の山を指さす。

「画用紙がどうした」

「あの紙、最初からあんなふうに積んだ？」

「あんなふうにとは」

「道作るために、いったんこの板の間に出したでしょ？」

「え、出したがどうした」

不安を感じ、村木は気分を害する。少年の発言の意図が解らない。

「その時、上歩いてない？」

御手洗は、刑事二人に向き直って訊いた。

「上、何でだ」

「いや、全然歩いてない。完全によけた」

橋本が応えた。

「本当？　ああよかった、それならいい」

「何がよかったんだ！」

村木がわめくのをかまわず、御手洗は部屋の中に入り、重ねてある画用紙の一枚を取って、裏を虫眼鏡で調べはじめた。刑事二人は顔を見合わせた。そして、ぷっと噴き出した。

「探偵ゴッコかよ小僧、漫画の読みすぎじゃねぇのか。虫眼鏡で何が解るかな」

村木は言うが、少年は相手にせず、次々に画用紙を調べていく。やがて手を停め、放心した表情になった。

「ああやっぱりね」

「何がだ、何がだ、何がやっぱりなんだよ、名探偵さんよぉ、ええ？」

村木が嗤《わら》いながら問う。

「あの血の染み、少ないね、畳の」

少年は部屋の中央あたりを指さす。

「そりゃ絵に塗ったからだろう」

村木が言う。

「おまえ、解らないようだから教えてやるが、この画用紙……」

「これは血が塗られてるんだね？」

御手洗は画用紙を指さして言う。

「ああそうだ。虫眼鏡で解ったのか、感心感心」

余裕を取り戻そうとして、村木が負け惜しみを言った。

「全部血だった？　絵の具も混じっていなかった？」

御手洗がいきなり言い、村木の顔からまた嗤いがひいた。

返事がないので、御手洗は体ごと刑事二人の方に向いた。その顔は真剣で、目は輝いている。その真摯《しん し》で鋭い光が、少年の思考が刑事たちのものより遥かな高みにあることを語った。

「どうなの、絵の具はなかった？」

少年は重ねて訊く。

「あった」

橋本が応えた。その声は、一転ひどく真剣だった。

「絵の具は、水彩絵の具だね」

前方の絵を見つめながら、少年は訊く。

「あ、ああ」

「何枚と何枚？」

「何枚って、何が」

ちっちっと少年は舌打ちした。頭のにぶいおとなたちに、彼は苛だっているのだ。

「血の紙と、絵の具の紙との割合だよ」

「ああ、八十八枚と四十八枚」

村木が応えた。

「やっぱり！」

少年は叫ぶように言い、刑事二人は顔を見合わせた。しかし今度は嗤わなかった。

「だから四枚少ないんだ。どっちがどっち？」

少年は訊く。

「え、どっちって、何が」

「どっちが血で、どっちが絵の具なの」

「え、四十八枚が血で、八十八枚が絵の具だけど」

おずおずと、橋本が応えた。

「ここの台所に、ゴム手袋あった？」

御手洗は、突然別のことを訊く。

「ゴム手袋？　何だそれ」

「女の人が洗いものする時に、手の肌が荒れないように塡《は》めるんだよ」

「そんなもの使うのか、最近は」

橋本が訊く。

「洗いものの時に手の肌がだとぉ、そんな馬鹿なこと言う女は、日本人じゃねぇ！」

村木が、とんちんかんな憤慨《ふんがい》をした。

「で、何か解ったのか」

「うん、もうすっかり解ったよ。後残るものは、ほんの少しだけだね」

少年は言う。

「どういうふうに解ったんだ？　この部屋の密室のことも解ったか？」

村木が訊く。

「密室って？」

「なんだ、密室知らんのか、やっぱしガキだなおまえ。密室っていうのはなぁ、この引き戸が内側からだな……」

村木が威張って言いかけるのにかぶせ、

「ああ、そんなことなら最初っから解ってるよ！」

少年は、うるさそうに言って手を振った。

「それがあるから、ぼくには犯人が解ったんだよ」

「何い、天城だってか！」

「天城さんじゃないってことがだよ」

瞬間、刑事二人は揃って目をぱちくりとした。

「天城が違うってのか！」

村木が、ついに怒鳴った。

「もちろん違うよ、家の中に入ってもいない人が、どうやって二人を殺すっていうの」

言われて二人は沈黙する。ややあって、橋本がつぶやく。

「それもそうだな……」

「ここ、密室にしなければよかったんだ。それなら、ぼくにも解らなかったかもしれないのに」

少年は言う。

「殺人で、気分が動転したんだ」

「おまえ、どっちの味方だ？　何でも知っているような顔しやがってよぉ、気に入らんガキだなー」

村木が、頭から湯気を立てる。

「じゃ次、二階見せてよ」

御手洗は涼しい声で言う。

「この！　大威張りだな。おまえ、大工から聞いたんだろが、この部屋のこと。それで密室のことも見当ついたんだろ、解るんだぞこっちにゃ」

村木はまた同じことを言う。

「おまえ白状しろ、子供にこんなこと解ってたまるか。じゃ言ってみろおまえ、二階の寸法解るか？　言ってみろ、これ言えたら信じてやる、おまえが自分で考えたってこと」

「寸法ってどこの？」

少年は訊く。

「だからだ、そうだな……、三角形の部屋の寸法はどうだ」

「三メートル九センチ、四メートル十二センチ、五メートル十五センチってとこでしょ」

村木は目を血走らせ、橋本の方を見た。

「合ってるのか？」

橋本は懐から手帳を取り出す。ページを繰り、それから放心し、次に頷いている。そしてこうつぶやく。

「合ってますね」

村木は舌打ちをする。

10

二階にあがり、御手洗はふたつの正方形の部屋のうち、大きな部屋の方にまず入った。この部屋はわずかに明るい。表にまだ陽が残っているからだ。板の間の床に、ゆるやかに蠢《うごめ》く不思議な模様が見えるので、天井を見あげたら、天窓のガラスの上を、水がゆっくりと流れているのが見えた。雨がまた強くなっているのだ。

御手洗少年は、北西側のガラス窓に寄って、下を見降ろした。右側に立つ鉄塔の脚の下部が少しと、その周囲の高い鉄の柵、その上の鉄条網が見える。

「あの小さな屋根は何？」

少年は訊いた。霧雨の中、濡れた長方形のトタン屋根が見える。鉄柵のすぐ横だ。

「あれは資材置場だ。この家、この部屋もそうなんだが、けっこう新しいだろ？　内装の改装工事したらしいんだよ、土田さんが。その時の材料の余りなんかを、あそこに置いてあるんだ。材木とか化粧合板とか。屋根があるだけで、壁は背中にしかないんだけどな、まあ雨はしのげるだろう」

「ふうん、この部屋の窓からは、畑と林が見えるだけだね。みんなそうだ、窓四つとも。家も少しは見えるけど、ずっと遠いね」

「ああ」

　それで三人は少しの間だけ窓辺にいて、霧雨で一面に白く靄《もや》う、窓外の世界を並んで眺めた。

「壁は壁紙だね、ヴィニール・コーティング。窓のロックは回転式、上にちょっとひさしはあるけど、下にはない。部屋にはイーゼルと、油絵の具の箱、花瓶台、これは発見した時のまま？」

「ああそうだ」


　橋本が言う。

「うん解った、じゃもうひとつの部屋」

　少年は先にたって出ていく。刑事二人はおとなしく後に続く。狭い方の部屋のドアを開け、御手洗は先にたって入った。

「ここだ」

　少年は言った。

「これが水彩画の部屋だ」

「何だと？」

　聞《き》き咎《とが》めて、村木が言った。

「こちらの壁紙も、同じくヴィニール・コーティング、窓はアルミニウム・サッシで、ロックはやっぱり回転式。このモップは？」

「床にあった」

　橋本が言う。

「床のどの辺？」

「この辺、部屋のちょっと壁寄りだな」

　橋本が足もとを指さす。

「どんな格好に？」

橋本が、隅に立てかけていたモップを持ってきて、実際に床に置いた。

「柄の先が窓の方だね、ふうん、よく解った。この部屋の北西の窓からは、鉄塔が近くに見えるんだ」

少年はあきらかに興奮している。それからまた窓に寄り、感心したように濡れた銀色の鉄塔を見た。

「けっこう遠いね、この窓から、鉄塔」

「ああ遠い」

「でもこの窓くらいの高さに、あっちも横方向の鉄骨がある。あとこっちの窓はどうかな」

御手洗少年は板の間を歩いて、次に北東側の窓に寄った。

「ああ川が見えるんだ。それから川沿いの並木。けっこうよく繁《しげ》っているけど、木の枝の間から、川向こうの家の窓が見えるね。あれは台所の窓かな、やあ人がいる。あの家で暮らす人、ここからなかなかよく見えるんだなぁ」

「おい、そんなことはいい、何か解ったのか」

村木が言った。少年は、雨の見える窓から離れた。そして言う。

「うん、これでもうすっかり解った」

御手洗は、晴れ晴れとした顔をしていた。刑事二人は黙っている。少年が何を言うかと身構えて待っているのだ。

「どうもありがとう刑事さん、これですっきりしたよ。じゃあぼくはもう行かなきゃ、えり子ちゃんが玄関で恐がってるだろうからね」

御手洗はすたすたと部屋を出ていく。刑事は無言で続き、やがてあわてた声を出した。

「おい、ちょ、ちょっと待て小僧、このまま帰るっていうのか」

村木が言う。

「うん、だってぼくの家遠いもの」

「おまえね、遠いって、何か話すことないのか」

「別に。だって子供の言うことだよ、聞きたいの」

言いながら少年は、いそいそと階段を降りる。

「ほかの部屋、見なくていいのか？」

咎《とが》めるように村木は言う。

「いいよ、急いでるもの」

「ちょっと待てよ君、何か解ったのだったら教えてくれないか」

橋本も言った。

「約束だろう、君はそんなふうに約束したよな、さっき」

「天城さんはどうなるの？」

少年は別のことを訊く。

「このままじゃ裁判だな」

橋本が応える。

「よくて刑務所だ。もしかしたら、いやたぶん間違いなく死刑だ。二人も人を殺しているんだからな」

「証拠もないのに？」

「自白がある」

橋本はきっぱりと言った。

「自白したの？　やったって。天城さん」

「ああした」

そして三人は玄関に着いた。待っていたえり子が、戻ってきた御手洗少年の姿を見て、嬉しそうな表情をした。

少年は無言で靴を履《は》く。それから土間に立ちつくし、そのまましいっとき無言でいた。

「話してくれないか、今君が摑《つか》んだこと」

橋本が言った。しかし少年は応えず、手を伸ばし、傘立から自分の傘を抜いた。表の雨は、また強くなっている。

「どうしても知りたい？」

「ああ」

橋本が頷く。

「そっちのおじさんは」

村木に訊いた。村木はむっとした顔をして、無言だった。

「じゃあぼくは急ぐから」

少年は背中を向けようとする。

「待て、ちょっと待て。君は天城を助けない気か？」

橋本が言う。

「彼はやっていないんじゃないのか？　このままだと死刑だぞ、あいつ」

少年は立ち停まった。横顔を見せ、しばらく無言でいたが、

「どうしても聞きたいのなら、明日の正午に、この傘を持って和田山小学校の校門のところに来て」

と言って、御手洗は傘立の中の、古くて黒いコウモリ傘を示した。

「この傘？　君の小学校に？　なんで」

「犯人に会わせる。ぼくにはすっかり解ったけど、まだ証拠がないんだ。でもこの傘使えば、犯人が解るんだよ」

刑事はきょとんとした。

「何？　本当か？」

「本当だよ、でも傘がないと駄目だ。必ず持ってきて。なしなら、何も話せないよ、いい？　じゃ、明日来る来ないはおじさんたちにまかせる。今日はありがとう、現場見せてくれて。じゃ行こう、えり子ちゃん」

少年は、連れの少女をともない、雨が叩く暗い表に出ていった。刑事二人は、茫然《ぼうぜん》と玄関先に立ちつくした。

11

翌日は、重そうな雲が空全体に蓋《ふた》をしたような曇天の日だったが、雨は降っていなかった。校舎の踊り場から見ると、校門のプラタナスの陰に、二人の男がコウモリ傘を一本持って、所在なさげに立っているのが見えた。

第一校舎の屋根中央に取りつけられた時計台を見ると、正午までにあと五分だった。御手洗は、水飲

みと手洗いの蛇口とがひとつの石に取りついたセメント台の、下の手洗いのセメントへりに腰かけて、校門脇に立つ遠い二人の影を見ていた。

「御手洗君、どうしたの？」

えり子がやってきて、声をかけた。

「ああ、刑事さんたち見ているんだ」

彼は応えた。風が出ていて少し肌寒く、彼の柔らかい髪が少しそよいでいた。

「行かないの？」

えり子は訊いた。

「うん、できれば行きたくない」

彼は応えた。そしてしばらく無言になった。

「生きるって、時に残酷だね」

彼はぽつりと言う。

「土田先生の事件のこと？」

少年は頷いた。

「誰かを助ければ、別の誰かが罪に落ちるんだ。ぼくには未来しか解らない。その未来に向かって、すべてが風のように、あっという間に過ぎてくれればいいんだけどね」

「あんなひどいことした犯人なら、絶対捕まえるべきでしょう？　それは悪い人でしょう？　違うの？」

「うん」

少年はそう言って、それでもしばらくぐずぐずしていた。彼女のその言葉を、唯一正しいものとして信じようと、彼は努力をしていた、そうえり子は言う。一人の天才少年は、束になったおとなたちを遥かに超える能力を持っていて、事態を鋭く洞察していたが、一個の幸福な人間関係を、根こそぎ壊滅させてしまうことの重圧を引き受けるには、やはりまだ子供にすぎたのだ。少年の動きひとつで、彼の親の年代の人たちが名誉を失い、自由を失い、場合によっては命そのものも失うかもしれない。

さらには、事態の善悪というものが、揺るぎがないほどに安定したものとは、彼には信じられなかったのだろう。彼は、たった今からの自分の決断と行動が、大勢の人たちの幸福実現に事実寄与するものか否か、じっと考えていたのだ。それはたぶん、当時の彼にとっては殺人事件の真相解明以上の難儀《なんぎ》であった。いや、殺人事件の解明などは、彼にとっては子供向けゲームのように簡単だったろう。

けれど彼は立ちあがり、歩きだした。校庭を一直線に横切って、刑事たちの待つ校門へと、まっしぐらに向かった。後からえり子もついていった。

「おう、来たな天才少年！」

橋本刑事が言った。それは、もう充分に親しみの籠もった口調だった。横に村木がいたが、彼は何も言わなかった。

「さあ、どうすればいい。犯人を教えてくれないか」

「こっちだよ、隣りの中学校に行こう」

御手洗少年は校門を出て、隣りに廻っていった。

「二年D組に行くんだ。もうそろそろみんな出てくるから」

和田山中学校の校門を入り、校庭は横切らず、砂場とか鉄棒の近くを通って周囲を迂回《うかい》した。

「あれが二年D組のクラスだよ、まだホームルームやってる。あ、終わった。出てくるかも。じゃあ校舎に入ろう」

正面玄関のそばで彼は言い、四人は玄関を入った。並んだ靴箱の手前、簀《す》の子《こ》のところで靴を脱いで、揃って板張りの廊下にあがった。左に曲がると、すぐ鼻先前方に二年D組とカードの下がった教室が見えた。

「えり子ちゃん、どの人？　土田君。出てきたら教えてよ」

御手洗少年が言った。

「うん」

えり子は言ってじっと見ていたが、

「あっ、あの人！」

と言って一人の生徒を指さした。

小学校の上級生と変わらない、痩せて背の低い少年が、白いカッターシャツの胸のボタンを填めながら、廊下に出てきた。カバンはまだ持っていない。ふらふらと廊下を歩いていくので、トイレにでも行くつもりなのだろう。

「おじさん傘貸して。みんなここでじっとしていて、すぐ戻るから」

言いおいて御手洗少年は、黒いコウモリ傘を抱えて駈けだしていった。

刑事たちは靴箱の陰、えり子は柱の陰で見ていた。土田少年に追いつくと、御手洗は傘を差しだしている。そして何ごとか、二人は会話をかわしているふうだ。やがて傘は、ためらいがちな仕草で中学生の手に渡った。御手洗は、そのままこちらに向かって帰ってくる。中学生は、傘を持ったままトイレに向かうふうだ。

「傘を受け取った」

御手洗は言った。

「受け取らなければいいのにね、これではっきりした。おじさん、もうすべて解ったよ、早く帰ろう、ここから出ようよ」

一刻も早く出たいのだと言うように、御手洗は言った。彼を先頭にして校庭に出ると、四人はまた周囲を迂回して、校門に向かう。

「じゃあ話してくれよ、御手洗君」

橋本が言った。

「あの子が犯人なのか？　あの中学生が」

「違うよ。でも、彼は手伝ったんだ」

「殺人を？」

「いや、後の始末をだよ。彼は呼ばれたんだ」

「誰に？」

「そりゃ犯人にだよ」

「誰だそりゃ」

「ちょっと待って」

言って御手洗少年は、じっと考えている。

「とにかくだ、天城は犯人じゃないんだな？」

橋本は訊く。

「もちろん違うよ、天城さんは早く放した方がいい、遅くなるほど文句が出るよ」

「そりゃおまえ、真犯人を捕まえてからだ」

村木が言う。

「さっきの子は、あれはどこの子だ？」

彼は言う。

「土田康夫。土田先生の子供だよ」

「ああ、あの別居している子か」

村木は言う。

「あの電話もない家だ」

「聞きたいのなら、今夜ぼくの家に七時に来て。それなら夕食も終わっているから。用意しておくものもあるし、必ず車で来てね。それから現場の家にもう一度行くんだ。そこで説明する。伯母さんには断っておくからさ」

御手洗は言った。

「私は？」

えり子は言う。

「君は家にいてよ。結果は明日話すから」

「犯人に逃亡の恐れは」

村木が険《けわ》しい声で訊く。

「ないよ」

「ちょっと待てよ。ここでしてくれよ今」

橋本が言い、

「現場じゃないとできないんだ」

首を左右に振って、少年は応えた。

「じゃあ今から行こう。おじさんたちは忙しいんだ、あまりゆっくりはしていられない、君は宿題でもあるのかもしれんが……」

「そんなことで言っているんじゃないんだ。暗くなってからでないと、確かめられないことがあるんだよ」

御手洗は言う。

「今傘で確かめたじゃないか。あれだけじゃ駄目なのか？　いつまで待たされるんだ」

「あと半日じゃない。事態はすっかり解ったけど、まだ推理ってだけなんだ。傘だけじゃ証拠は不充分なんだよ。ぼくは今から、一人のおとなを殺人犯だって言うんだよ、絶対に間違いのないことを、きちんと確かめてからにしたいじゃない」

刑事たちはしばらく沈黙したが、

「よし解った」

と橋本が言った。もっともだと思ったのだろう。意外だったことは、村木までもがその条件で何も文句を言わなかったことだ。


その夜あったことは、えり子自身は目撃していない。以下はのちに御手洗自身に聞いたこととか、新聞発表、また街や学校での噂《うわさ》などを活用して、えり子が物語を組立てたものである。

その夜七時、セリトス女子大内の御手洗の暮らす家に、パトカーに乗って刑事二人が現れた。理事長の伯母は明らかに迷惑しているふうだったが、刑事たちが懇願するので、遅くても十時までには帰すという約束で、彼女は少年が表に出ることを許した。

パトカーでなら、現場の土田家まではすぐであった。後部座席の御手洗少年は、膝の上に、伯母から借りてきたらしい霧吹きを持っていた。上部の小さなピストンを押し下げると、下に付いたガラス瓶の中の水が、ノズルの先端から霧状になって噴き出す仕掛けのものだ。よく女性が、裁縫《さいほう》とかアイロンがけに使う道具だった。

「それ、何だい」

橋本が訊いた。

「これは、最後の確認に使う道具だよ。事件がぼくの推理通りであることを、これで確かめるんだ」

少年の口調は、やや気負って聞こえた。

「おい、何か知らんが、現場の家に火つけたりするんじゃないぞ」

村木が言った。

現場の家の門前には、まだ綱が張り渡されている。刑事二人はこれをまたぎ、少年はくぐった。パトカーの運転手は、一人車の中に居残った。車のエンジンが切られると、あたりは気が抜けたほどの静寂だった。見あげる空は雲が一部晴れ、三日月が覗いた。

玄関には鍵がかかっていて、鍵は村木が持っていた。彼が鍵を差し込んでひねり、ガラス戸を引き開けると、がらがらとびっくりするほどに大きな音がする。一面の畑の中だから、その音は異様なほどに響く。

土間に入り、村木は電灯のスウィッチを入れる。それからせかせかと革靴を脱いでいる。橋本も続き、御手洗少年も、霧吹きのガラス瓶をあがり框《がまち》の板の間にいったん置き、同じようにした。

和室の現場に入る。血や、絵の具の塗られた画用紙はすべてどこかに持ち去られ、広々とした畳の上に、ただ血の黒い染みだけがぽつんとあった。色がだんだんに沈んでいき、それはこれほどの悲劇も、徐々に過去へと遠のいていく証《あかし》だった。

「ここじゃなくて、まず二階に行きたいんだ」

御手洗は言った。それで三人は、御手洗少年を先頭に、階段をあがっていった。

三角部屋を横切り、御手洗はまず狭い方の部屋に入る。電灯をつけると、壁、戸棚、窓、カーテン、床、ドア、ドアノブ、イーゼル、花瓶台と、片端から霧を吹いて廻った。部屋全体に、くまなく噴霧するつもりのようだった。

「お、おい小僧、何をしている!」

村木があわてて言った。

「ガソリンじゃないよこれ、心配しないで。ぼくの説明聞きたいのだったら、黙ってそこで見ていて」

ぴしゃりと言われ、彼は黙った。自分とは頭の程度が違うと、彼もようやく理解したらしかった。

それがすむと御手洗は、スウィッチを切り、隣りの部屋に移る。ドアを開けると電灯をつけ、こちらの壁、窓、床、イーゼルにもせっせと噴霧する。

「なんだなんだそりゃ、水かけて消毒でもするつもりか、害虫駆除か」

村木が言い、

「天才少年転じて、消毒屋さんになっちゃったな」

橋本も言う。しかし少年は、いっこうに動じる気配がない。終わると部屋の電気を消し、三角形の板の間に出ると、こちらの床にも噴霧する。噴霧しながら後ずさり、階段を降りた。降りながら、階段にも吹きかける。

一階廊下にもかけ、そのまま和室に入り、少年はこの部屋にも同じことをした。土壁、柱、窓、カーテン、畳、次々に噴霧していく。あんまり吹きかけたので、霧吹きの瓶の底の水も、そろそろ残り少なくなってきている。

最後は台所の流し、そして、トイレ手前に付いた洗面台だった。瀬戸物のこれ、特に排水口付近に念入りにかけた。

「ああこれでいい」


ひと息ついて、少年は言った。

「じゃあおじさんたち、今からいいものを見せるからね、二階に戻ろう」

少年は言って、廊下に出た。そして先にたち、また階段をあがっていく。刑事二人もけげんな顔で続く。

二階の板の間に出ると、御手洗は二人の刑事をドアのそばまで呼び、まず狭い方の部屋のドアを、ゆっくりと開けた。

「おお！」

二人の刑事の口から、感嘆の声がもれた。ドアの向こうに、不思議な世界が拓《ひら》けていたからだ。

「これは？」

橋本が訊いた。

部屋中のあちこちに、青紫の薄明かりが散在していた。それはさっき上空に覗いていた三日月の蒼い雫《しずく》が、天窓のガラスを抜け、部屋の壁や床、ところかまわず降りかかったように見えた。

「これは、何なんだ？　燐《りん》が燃えているみたいだな」

　見るとその発光は、壁に窓、そして床に、斑《まだら》を作って光っているのだった。天井から垂れた光る水のように、壁のあちこちに降りかかって流れ、窓の桟に降りかかって留まり、棚の戸を伝いながら光っている。最も奇妙なものは床板だった。水溜まりのようになって光る場所のほかに、幾何学《きかがく》模様のような交差する直線が浮かび、その様子は方眼紙に似ていた。イーゼルや花瓶は暗いままだった。

「これは何なんだ？　御手洗君」

　この荘厳《そうごん》な気配に、橋本は気押《けお》されている。

「これは血の跡なんだよおじさん」

　少年は、こともなげに応えた。

「血の跡だって？　どういうことだ」

「これは化学ルミネセンスという現象で、ある成分同士の化学反応が、発光となって現れるんだ。さっきぼくが吹きかけたのは、ルミノールという薬物の溶液なんだ。これは強いアルカリ性で、血液中の赤血塩とかの酸性に出遭うと、こんな色で発光する性質があるんだ」

　刑事二人は声もない。その不思議な美しさに感動しているのだ。

「どんなに微量の血でも起こるんだよ」

　少年は言い、橋本もこう言う。

「これがルミノール反応というやつか。聞いたことがある」

「なんか、蛍《ほたる》みたいだな」

　村木も言った。

「日本の警察、まだあんまり使わないみたい。でも、もうすぐみんな使うようになるよ」

　少年は言う。

「じゃあつまり、血がもともとはここに、この部屋の壁なんかに、こんなにいっぱいかかっていたと、そういうことか」

　村木が言った。

「うんそう。かかって、その後きれいに拭き取られていたということ。壁紙がヴィニールだからそれができたんだ。でも目には見えなくても、この薬使えばみんな解るんだ」

御手洗は言った。

「なるほどそうか。拭き取られても、こんなふうに解るってことかぁ、この薬品吹きかけると」

橋本が言う。

「そう」

「じゃあれか、ここで、こんなに流血があったということとか」

村木が言う。

「うん」

「壁のこの部分なんか、血がびゅっと飛んでかかったんだな、この形は」

「おそらく頸動脈《けいどうみゃく》でしょう、これは」

橋本が言う。

「でもきれいに拭き取られたか……、それは、それはつまりどういうことだ。何を意味している?」

「ここが現場だっていうこと、殺人の」

少年は淡々と説明する。

「何い、じゃ下の和室は!?」

驚いて村木が叫ぶ。

「違うっていうことだよね」

言って少年は、ドアの外、三角形の板の間に出た。手招きする。二人がしたがうと、御手洗は階段の近くまで行き、電灯のスウィッチを消した。

「ほら」

少年にうながされるまでもなく、刑事二人は再び不思議なものを見た。暗くなると同時に、無数の蛍が一列に並ぶようにして、青紫の点灯の筋が足もとに現れた。蒼《あお》い燐のようなその光の線は幾筋もあり、部屋を出ると階段に向かって続いている。

「この線の上を通って、死体とか画用紙は、階下の和室に運ばれたんだよ。何度も往復して、その時こんなふうに血が垂れたんだ」

刑事二人は溜め息をついた。

「ほらここ、かすかだけどここに裸足の足跡が見える」

「あっ、本当だ！」

確かに、裸足の足跡の形が、ぼうと浮かんで光っている。淡い足跡は、さらにかすかになりながら階段に向かっている。橋本は、自分の靴下の足をそばに置いて較べた。

「小さい！　これは女か？」

「被害者のものかもしれんぞ」

村木は言う。

「君は、こんな薬物をどこから手に入れた？」

橋本は訊いた。

「ぼくの家は大学の中だもの。薬学部の薬棚から少しもらってきたんだ。もちろん断ってね」

「なるほど、そうだったな」

そして橋本は、少年に聞こえないよう、村木の耳もとにささやいた。

「なんだか、科研の講習会のようですな」

御手洗は、もうひとつの部屋のドアも開ける。そこには、燐のような蒼い光はかけらも浮かんではいない。この部屋には、血は一滴も垂れなかったのだ。この部屋に較べれば、隣室の華やかさはまるでネオン街のようだ。

「この広い部屋でなく、こっちの狭い部屋の方で二人は殺され、その死体は、このようなルートで、ずうっとこの板の間を通って階段を降り、和室に運ばれたと、そういうことか」

橋本は言い、少年は頷く。

三人は、揃って階下に降りる。要領を心得た村木が、急いで階下の電気も消した。和室を覗くと、畳はかなり光っていた。しかしそれも、二階の狭い方の部屋の華やかさに較べれば、田舎の食堂街といったところだ。そして壁も、ドアも、カーテンもふすまも、まったく光ってはいない。中央の血溜まりが光っていないのは、解りきったそこには、少年が薬品をかけなかったからだ。

「あまり光っていない。ということは、ここには流血の量がごく少なかったと、そういうことだな」

　橋本が言い、

「運んできたものから垂れた血だけだね、ここは」

　と少年は言った。

「そうか、だから畳の上だけか。そして、だからここは、こんなにきれいだったのか」

「ちょっと待て、まだよく解らんぞ」

　村木が言いだした。

「ホシのやつは、上の部屋からホトケを二つ、この和室に運んできたと。そして画用紙の上に置いた、そうだな？　それでホトケの下に敷くことになった画用紙に、流れ出た血をせっせと塗ったと、そういうことだろ？」

「でしょうな」

　橋本も同意する。

「そうだろ、君」

　橋本が御手洗に訊く。

「いや、そうじゃないんだよ」

　首を横に振って、少年は言った。

「もう一度二階に行こうよ」

　そして御手洗は先に立つ。

　二階にあがり、少年は、よく光っている方の小部屋のドアを開いた。

「ほら、この床を見て。このチェス盤みたいな線、これは何だか解る？」

「解らん」

　橋本が言う。村木は無言だったが、彼にも解っているはずはない。

「あれは、画用紙の間から床にこぼれた血の跡なんだよ」

「あ、そうか、なるほど！」

　橋本は言う。

「何、じゃ画用紙は、もともとはここに敷かれていたってのか!?」

村木が訊く。

「うん」

少年が応える。

「細い線は、画用紙の間、水溜まりみたいになっている場所は、敷いていた紙が乱れて、床板が大きく覗いて、そこに血がいっぱい落ちたんだと思う。だからここで犯人と被害者は大暴れしたんだ」

「なるほどな、だが、土田は毎年、下の応接間で賞の選考やってたんだろ？　違うのか？」

「去年まではそうだったたんだけど、今年から変わったんだよ」

少年が言う。

「どう変わった！」

村木が猛烈に気分を害する。自分に断りなく変えるなと言わんばかりだ。

「ここと、隣りの部屋の二つで、それぞれやることにしたんだ」

「それぞれ？　それぞれとは」

「小学生の部と、中学生の部のそれぞれだよ」

「小学生の部と、中学生？」

「うん、この部屋は中学生の部」

「どうしてそんなことが解る！」

鼻息も荒く、村木は言う。

「そんなの簡単だよ。昨日下に積んであった絵の裏調べたら、この板の隙き間の線が、紙にかすかにプレスされていたもの」

村木はぎゃふんとなって声もなかった。そんなことは考えもしなかったからだ。橋本もそれは同様だったから、ふうと溜め息をついた。

「なるほど、これはまいったよ。それで、当日ホシのやったことというのは、これはどういうことなんだ」

橋本が言う。

「今何時？」

少年は訊く。橋本は、部屋の明かりをつけた。

「八時五十分だ」

腕時計を見ながら言う。

「大変だ、もう時間がない、だから簡単に言うよ」

「俺たちが謝るよ、もし遅れたら」

「そんな簡単な相手じゃないよ。土田先生は、この部屋のものみんな外の三角形の部屋にいったん運び出して、この部屋の床に中学生の部の候補作敷きつめて、その上を歩いて審査したんだ。隣りの部屋には小学生の部の作品を敷きつめて、やっぱり上を歩いて審査したんだよ」

「小学生の部の方が数が多いのか」

「うんそう。で先生は、ここで殺されたんだ。この部屋の、敷きつめた絵の上で」

「絵の上でか」

「そう。だから床の絵の上にたくさんの血がかかったし、壁にも、こんなにたくさん血が飛び散った。その時、殺した人の血による指紋とか、血で付いた足跡、履物の汚れなんかが床の絵に付いてしまったから、絵の表面に血を塗って隠すことにしたんだよ、きっと」

「きっとって、確かじゃないのか」

「何故そんなことをしたかまでは、ぼくには解らないよ。ただ犯人がやったことを説明するだけ」

「うん、そうだな、で？」

「出血が大量だったから、床にあった絵が全部塗れたんだよ。だけど、ここに死体を置いておきたくない理由があったんだ、犯人たちには」

「たち？　複数か？」

「うん、そう思う。だって土田康夫君は犯人じゃない。ぼくには解る。でも、土田君じゃないとこういう処理はできない。だから複数だよ」

「何故土田君じゃないと？」

「それは後で言うよ。とにかく土田君たちは、お父さんたちの死体をこの部屋に置いておきたくなかったんだ、だから下の和室に運ぶことにしたの」

「どうして置いておきたくなかった？」

「それは、あれだよ」

少年は言って、北東側の窓に寄った。

「あの明かりのせい」

刑事たちも窓のそばに寄っていって、少年が指すものを見た。

「あの家？　あれは？」

「土田くんの家。彼と、お母さんの家だよ」

「ああ、土田富太郎の昔の家か」

「うん。土田君のお母さんは、ここに立って、この窓開けて、あの窓に見える土田君を呼んだんだ」

「何？　大声出してか」

村木が言った。

「うん、だって近所の家は離れてるもの」

「電話使えばいいだろうが」

村木は言う。

「電話ないんですよ、あの家」

橋本が言った。

「あ、そうか」

「貧乏なんだよ、あの家。それで土田君はね、この鉄塔伝って、この窓の近くまで来たんだ」

御手洗は、言って今度は北西側の窓まで移動する。

「三メートルはある、とても飛び移れんぞ」

「あそこの資材置場まで行ったんだよ。それで、三メートル以上ある板か角材を、苦労して持ってあがった。そしてあの鉄塔の足場からこの窓までそれを渡して、それを伝ってこの部屋に入ってきたんだ」

「足跡遺さないためか」

「たぶんね。鉄塔の下はコンクリートだから、あそこには足跡は遺らないよね」

「つまり、犯人は土田春子か？」

「うん。奥さんなら、土田先生のこと、よく知っているでしょう？　左利きのこととか、天城さんて女の人のことも、先生が去年まで一階の応接間で賞の審査をしていたことも、この家の中についてもよく知ってる」

御手洗は言う。

「ふん、動機は？」

「動機って？」

「春子が、土田富太郎を殺した理由だよ」

「そんなのは、ぼくには解らない。家の様子からはそこまでは解らないもの。おじさんたちで調べてよ」

「ああ。ともかく、親子は死体を階下に移そうと思った」

「ここに置いておくのはまずいと思ったんだよ。だってこの部屋には、自分の家が真っ直ぐ見通せる唯一の窓があるし、鉄塔のそばに開いた唯一の窓もある。もしここに死体があったら、ちょっと窓の外を見廻したら、事態の真相がすぐ解る危険があったから」

「ああ、ま、そりゃそうだわなぁ、われわれプロにかかるとな、すぐに解るわな」

　村木が言った。

「それで死体を、下に敷いてあった画用紙ごと全部、階下の和室応接間に移したと、そういうことか」

「うん」

「だが、そんなことできるか？　だってだな、もうひとつ大きい方の部屋があって、そっちは小学生の部の候補作が全部敷いてあったんだろう、ぎっしり」

「うん」

「両方を併せて、一緒にして下の和室に敷いたんだろう？　大丈夫なのか？　だってもし絵が部屋に入りきらなくて余ったりしたら、やっかいじゃないか。あるいは、もし大幅に足りなかったら、下の部屋の畳とか見えてしまって、移したことがばれるかもしれない。危険じゃないか」

　橋本が言う。しかし少年は首を横に振った。

「ううん、絶対そうはならないんだ。それがピタゴラスの定理だよ」

　少年は言った。

「ピタゴラス？」

刑事二人は、声を併せて言った。

「なんだそれ」

「たぶん中学校の数学で出てくるんだ。直角三角形の、直角をはさむ二辺に接する二つの正方形の面積の和《わ》は、残る一辺に接する正方形の面積に等しいんだよ」

「何？　どういうことだ」

村木が言うので、橋本が懐から手帳を抜き出し、ボールペンで図を描いた。直角三角形と、その三辺に接するように三つの正方形を描く。

「こう？」

「うんそう」

覗き込んで少年は応じる。

「このふたつの正方形の面積の和と、この一番大きい正方形の面積とが等しいの」

少年は指でさして説明する。

「この三角形が、どんな形でもそうなるのか？」

「直角三角形ならね、すべてそうだよ」

「本当か、ほう、そうなのか。こりゃ面白いものだなぁ」

橋本は感心する。

「大昔から知られているんだこれ、古代ギリシャの時代から。ピタゴラスっていう数学者が発見したからそういうの。三平方の定理ともいうんだよ」

御手洗は言う。

「こりゃ、勉強になるなぁ」

「おい、ちょっと、ちょっと」

村木が、橋本の袖を引いて隅に呼んだ。そして仲間の耳もとにこうささやく。

「和って何だ」

「ああ、足した答えですよ。たとえば一足す一なら、二が和です」

「ああそうか、ふうん、和か」

村木は、解ったような解らないような顔をした。

「それで何だっけ」

橋本は、少年に向き直る。

「だからね、この家はピタゴラスの定理に沿って建てられているんだよ。だから、二階の二つの正方形の部屋の床面積の和は、一階の正方形の和室の床面積に等しいんだ」

御手洗が言った。

「ああ！　なるほどそうか！」

橋本が言い、

「あ、そうかそうか、うん、そういうことか」

正確に理解できたのか否かは不明であったが、村木もまた一応そのように言った。

「だから、上のふた部屋の床をそれぞれ埋めていた絵なら、計算上は、併せたら下の和室の床にぴったりおさまるはずなんだ」

「うん、なるほどそうなるな」

「土田君はそれを知っていたから、安心して絵をみんな下の部屋に運んだんだ。でも、画用紙は縦横のサイズがあるからね、実際には四枚足りなくなっちゃった」

「ふうん、もともとは下の和室で審査選考していたものを、土田さんが二階のふた部屋に割り振ったんだからな」

「そう」

「それはどうしてだろう」

「それは小学生の部、中学生の部、それぞれ別個に審査したかったからだよ。同じ床に並んでいると、たまには小学生の絵と中学生の絵が同時に目に飛び込んで、比較しちゃったりするじゃない、これは無意味だから」

「どうして」

「だって小学生の部の賞は、小学生の絵だけで比較したいじゃない。中学生の絵が目に入ると気が散っちゃうし、エネルギーの無駄だよ」

「ああそうだな」

「それから、畳の部屋よりは板の間の方が具合がよかったんだ、絵の上歩くのに。畳の上だと絵が傷ん

土田富太郎家

1階

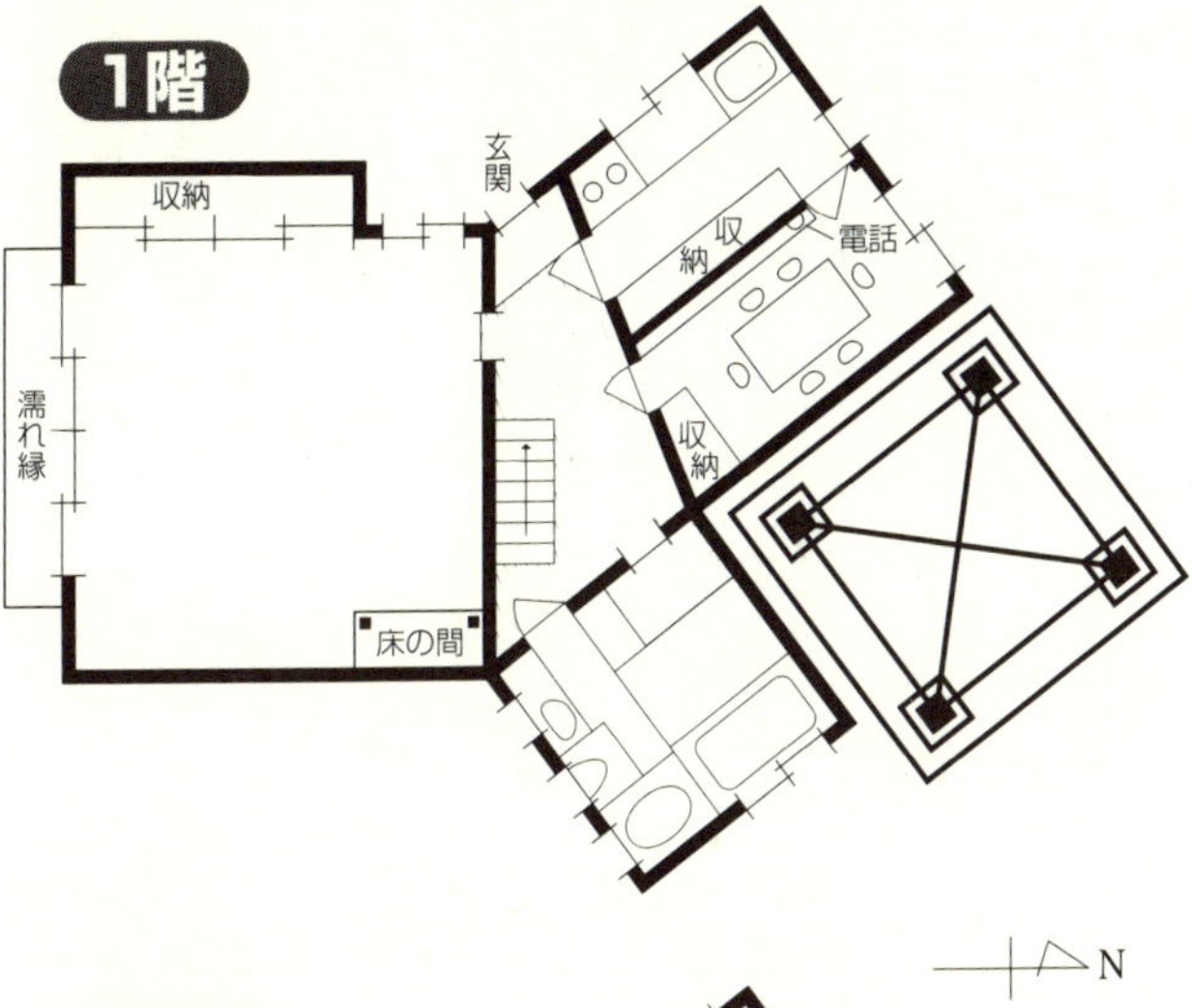

2階

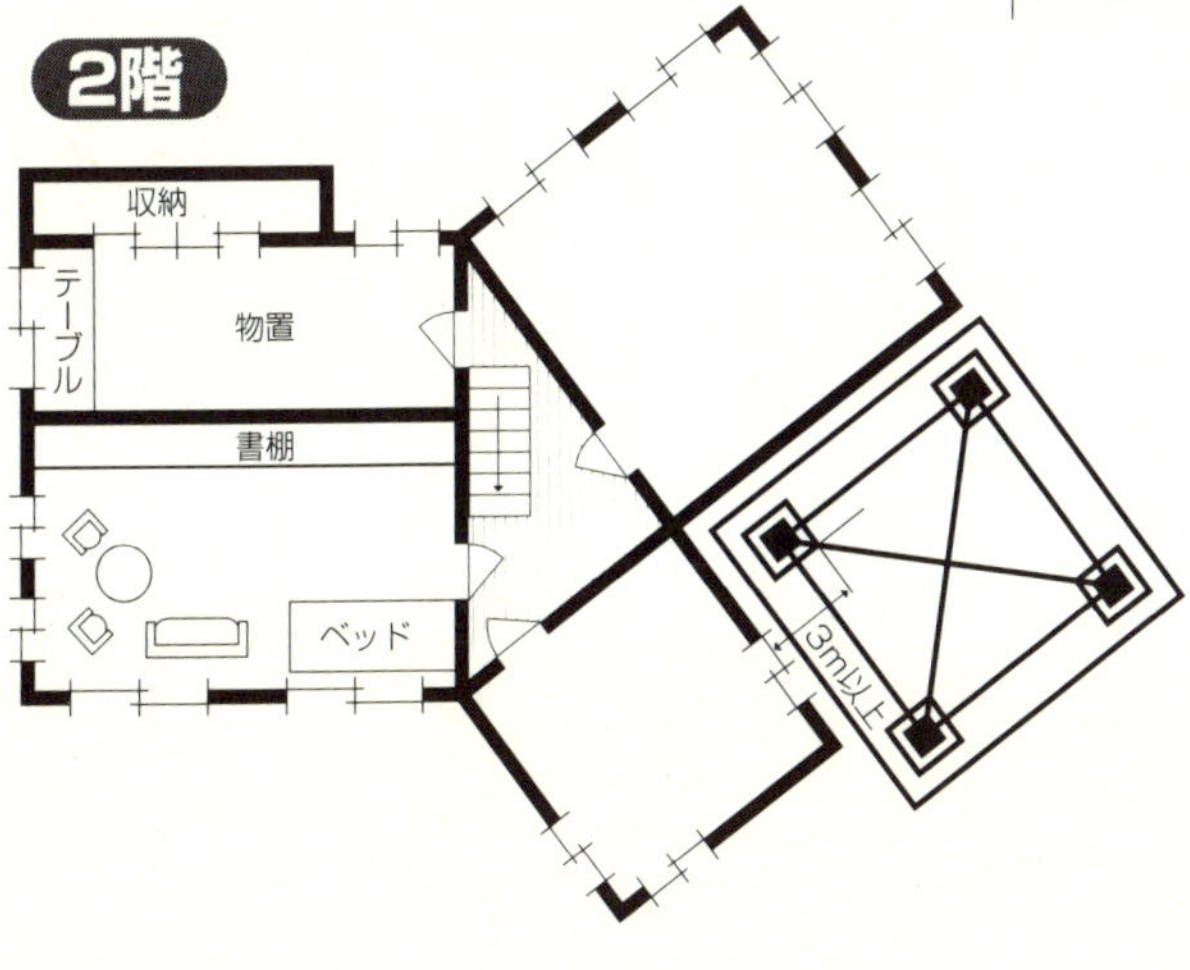

じゃうからさ」

「ふうんそうか」

「それでさ、土田先生が二階の二つの部屋の寸法計って、置ける画用紙の数計算したら、それぞれ八十八枚と四十八枚ってなっちゃって、だから小学校の部八十八枚、中学校の部四十八枚なんて、半端な数字になっちゃったんだ」

「ああそういうことか、で、合計が百三十六枚」

「そう。前の年までの候補数より四枚減ったんだ。だからぼくは、一階が現場じゃないってすぐに解った」

「へえ……、君は、本当にすごいなぁ……」

橋本は、心から感心したように言った。

「昨日ここに来た時、画用紙に血が塗られているって聞いて、百三十六枚全部は塗れないだろうってまず思った。だけど、殺人の部屋に敷いてあった画用紙は、水で薄めたりしながら全部塗っちゃう可能性が高い。だっていっぱい血がついていただろうから。でもそれ以上はもう血がないと思う。そういう時犯人はどうするだろうと考えると、四十八枚には血を塗って、残る八十八枚はそのままでこの部屋に並べるなんてことは、絶対できないだろうと考えたんだ。だってそれじゃあんまり露骨だから、数を問題にされたら、移動したことがばれちゃうじゃない。

ではどうするだろうと考えると、きっと残りは血と同じ赤い色にするって思ったんだ。それなら目だたなくなるから、数も数えられない。血と同じ色にするならどうするだろう、きっと絵の具を思いついて、絵の具の赤を塗っているんじゃないかって考えたんだ。だってここ、絵描きの先生の家だもの、絵の具は家にいっぱいあるからさ。

それで、血を塗られた画用紙と、赤い絵の具を塗られた画用紙とがそれぞれ四十八枚と八十八枚であることを確かめた。次の問題は、血が塗られていたのは、四十八枚の中学生の部の絵と、八十八枚の小学生の部の絵のどちらだろうかということ。すると四十八枚の方だっていうから、二人が殺された現場は、狭い方の部屋だって解ったんだ」

二人は無言だった。橋本は感心しての無言だったが、村木の方は、よく理解できないがゆえの無言であった。

「そしてこの狭い方の部屋には、犯人が特定できる何かがきっとあるはずだって思った。だってそうじゃないと、ここまで苦労して部屋を移す理由がないもの。それで行ってみたら、窓から土田君の家が見えたんだ」

「なるほどなぁ」

「鉄塔も窓のそばにあったしね。それで足跡がなかった理由も解った。広い方の部屋、これは土田先生が油絵描くのに使う部屋だったと思うけど、イーゼルとか水彩絵の具のセットは、みんな三角形の部屋に出されていたんだよ。だから土田君は、水彩絵の具の赤をそこで見つけて、使って、小学生の部の絵をみんな赤く塗ったんだ」

「なるほどな」

「それから土田君は、お母さんと一緒に家中を念入りに掃除して、血の跡なんかみんな拭き取ったんだよ。一滴の血の跡も、ひとつの指紋も遺さないように気をつけて。この時、二人は台所のゴムの手袋を塡めていたんだ。指紋を遺さないように」

「それはどこで洗ったんだろう、雑巾なんかは」

「ああ、それは簡単に解るよ」

少年は言って、また階段を降りる。まずトイレのドアを開け、洗面台を覗いた。そこは暗かった。

「ここは違う」

そして、厨房に入った。そこにあるステンレスの流しには、明るい光が充ち充ちていた。

「ここだよ、この流しで二人は雑巾の血を洗った」

「ああ、ここね」

「でも雑巾も、包丁も、みんな持って二人は家に帰ったんだ。だってここにないんだもの」

「家の施錠は、どうしたんだろうな」

橋本は質問する。

「たぶんお掃除する時、錠がかかっていない戸は全部内側から鍵かけて、カーテンも引いたんだと思う。だって外から中の様子見られないようにさ。それに、一生懸命血拭いたり、証拠消したりしてる時、誰かに入ってこられたりしないように」

「ふうん、そんなところだろうな。絵皿とか筆も、この時洗ったんだろうな、母親が」

「おいちょっと待てよ、どうしてそれが母親の仕事だって特定ができる」

村木が文句を言いだした。

「いや、そりゃもういいでしょう。二階のあの狭い方の部屋の窓と、土田春子の家との位置関係とか、鉄塔との位置関係とか、それからこの家の中の様子をよく心得ているらしいことと、土田富太郎が左利きだって知っていたこととかね、これらで充分でしょう、引っぱる根拠としては。少なくとも、天城圭吉の時よりはよほどいい。あとは令状取って、家にガサ入れて、包丁とか……」

「傘なんだよ、おじさん」

御手洗が言った。

「傘？」

「うん傘。あの傘は、土田君とお母さんの家に、一本しかない傘なんだ。事件の日、まだ雨が降っているうちに、土田君のお母さんは、あの傘をさしてこの家に来たんだ。それで事件になってしまって、土田君呼んで、一緒に指紋拭いたり、後の始末とか大掃除をして、証拠全部消して、この窓から板の上を這《は》って鉄塔に逃げる時、もう雨がやんでいたものだからね、うっかり傘を玄関に忘れてしまったんだ。それが二人の、たったひとつの失敗だったんだよ」

「なるほどな！」

橋本が、感嘆を声に出した。

「それで君は息子に傘を……」

「土田君ちには別の傘がなかったんだ。それで雨が降った日には、土田君は大きな紙でカブトを折って、それかぶって家に帰ったりしたんだよ」

「はあ、貧しいんだなぁ」

「傘が買えないんだ。だって母子家庭なんだもの。だからぼくがあの傘、君のじゃない？　って訊いたら、土田君はどこにあったたって。鷲岳の道に落ちていたって言ったら、ちょっと迷ったけど、受け取った。それでぼくは、自分の推理がすっかり正しいことが解った。彼は受け取るべきじゃなかったんだ。でもぼくが小学生だったことと、どうしても傘が欲しかったたからね」

「ふうん……」

橋本は、しみじみとした気分になってしまったようだった。

「それでぼくは、彼は犯人じゃないってことも知った。土田君は、ただ手伝っただけなんだって。だって人殺しの犯人だったら、死んだって傘は受け取らないもの」

「そうか、貧しさか……、そうだな……」

橋本が言った。

「この事件の理由も、きっとそれだとぼくは思うよ、調べてみてよ」

「おい、取りに戻りゃいいじゃないか。この窓まで板渡したのか？　鉄塔から。そんならそれ伝って、どうしてもう一回戻らない」

村木が、横で騒々しく言いたてた。

「密室っていうの？　それ作っていたからなんだよ。この窓のロック、外から閉めたんだ。もう閉めちゃっていたからね、中には入れなかったんだよ」

「え、どうやって閉めた」

「このモップだよ、これ使ったんだ」

御手洗は言って、モップを床から持ちあげた。

「こうやったんだ。半月を、ロックぎりぎりのこのあたりまで下ろしておいて、モップをこんなふうに立てて持って、手を離してから、素早く窓閉めたんだ。そうしたらモップが倒れてきて、半月に付いたこの突起を下向きに叩いて、完全にロックするんだよ」

「おい、そんなにうまくできるか？」

「だって、成功するまで何度だってやればいいんだ。成功したから土田君は鉄塔に戻って、板はあの資材置場に戻して、後は鉄塔を伝って、鉄柵を乗り越えて、あの川を渡って家に帰ったんだよ。だからもうこの家の中には二度と戻れないんだ」

「そうか。でも指紋は？」

「この時も、ゴム手袋塡めていたんだよ。下にあった絵に、よく見たらいくつもゴムの指の跡が遺っていたもの」

「おい、そいじゃあの和室の密室は。あれはどうやった」

村木は訊く。

「あんなの一番簡単だよ。じゃ、下に行こう」

部屋を出て、御手洗はせかせか階段を降りる。和室に入った。床の間を指さす。

「床の間のあの竹だよ、あれをよじ登って、壁のあの隙き間から廊下側に這い出したんだ」

「あの欄間から？　できるか、おい」

村木が言う。

「簡単だよ、だって土田君は小柄で瘦せてるから。あの隙き間の真ん中に通った竹は、細いから押したらしなるよ。だから持ちあげて、子供の体ならきっと通る。ぼくには解るよ。廊下側にお母さんが待っていて、手助けしたんだ、きっと」

「そうか、男の子はこんな冒険、毎日やっているんだろうからな、そんな見当もつくか」

「そうだよ、さあもうこれでいいでしょ？　早く家に送っていってよ、間に合わなくなるもの」

御手洗少年は言う。

12

土田春子は生活費に困っていた。夫が家にまったくお金を入れてくれないからだ。そのくせ天城恭子という、新しくできた若い女に対しては、アパート代から生活費まで、すべての面倒をみているのだ。夫は、そう。そんな噂がどんどん入ってくるのだ。夫は、そんな面白半分の人の口について、どんなふうに考えているのだろうか。

天城恭子という女がどれほど夫の役にたっているものか知らないが、こちらには土田の息子がいるのだ。息子を育てているのに、その養育費を入れないというのはどういう考えからなのだろうか。そのことが、いつも春子には解らない。

だから春子は、働きに出ている。いっとき商店街の売り子をしていたが、これは全然お金にならないので、日雇の肉体労働をするようになった。農家出身で、体力には自信があったが、最近は歳をとってきて、終日動くのがしんどくなった。すべてとはいわない、自分が働くことは続けてもいいから、せめて一部、生活の援助をして欲しい。愛人に使う金があったら、せめて息子の学費だけでも面倒を見て欲しい。親子二人の食費くらいは自分一人が稼《かせ》げるけれど、康夫の学校の費用、クラブ活動の費用がままならない。中学に入ると、以前よりお金がかかるようになった。高校に入れば、きっともっとかかる。奨学金の額には限りがある。

せめて電話くらいは家に引きたい。そうすれば、自分の仕事に関しても楽になる。仕事の有無を聞くため、早朝、遠くの公衆電話まで行く必要がなくなる。お隣りにいちいち電話を取り次いでもらう必要がなくなる。でも、今はそのお金がない。

康夫は、夏休みになると新聞配達のアルバイトをしている。康夫はよくできた子で、そんな境遇《きょうぐう》に文句ひとつ言わないが、生活費を稼ぐ時間があれば、勉強をさせてやりたい。康夫は成績がよいのだ。きちんと勉強をさせたら、きっとよい大学に進学もできる。これまでおりに触れ、経済面について土田富太郎に相談してきた。しかし夫の返事は煮え切らない。金がないというのなら解る。しかし最近彼は名前が出てきて絵も売れ、ずいぶん稼いでいるというのだ。

　五月二十四日午後二時、そぼ降る雨の中、春子は傘をさして、目の前の夫の家に直談判《じかだんぱん》に行った。傘立に傘を差し込みながらごめんくださいと言うと、一度だけで夫がすぐに階段を降りてきた。しかし春子の顔を見ると、途端にうんざりした顔になった。

「またおまえか、また金くれってんだろうが、ええ？　いい加減にしろ！」

　富太郎は険悪《けんあく》な顔を作って言った。

「あんた、それはこっちの言うことじゃない」

　春子は必死で言った。

「私が毎日どれほど苦労しているか、あんたも知ってるでしょうが。目の前でそれを見ていながらあんた、どうして何もしてくれないの」

　そして金がなくて、今自分がどんなに大変かについて、考えてきていたことをあれこれと述べた。しかし富太郎は、全部は聞かず、

「おまえがそんなに頭悪くて無教養だから、いい金になる仕事がないんだろうが！」

　と決めつけた。

「いいか、よく聞けよ。俺が家もなくおまえらを路頭に放り出したってんだったら、そりゃおまえの言い分にも分があるだろうが、家は与えたんだぞ。みんな家賃稼ぐのに汲々《きゅうきゅう》としているってのにな、おまえたちにはその苦労がないんだぞ。俺ばかり極悪人のように言うのはやめろ。家賃がないだけありがたいと思え！」

　そう怒鳴った。

「あんた、私だけじゃない、康夫も、学校休みになったら新聞配達しているんだよ、ちょっとは考えてやってよ」

「馬鹿野郎、俺も子供の時はずっとそうしてやってきた。少々逆境にあった方が、男の子ってのは強くなるんだ！」

「成績がいい子なのよ。そんな時間あったら、勉強させてやりたいじゃない！」

「勉強はできるもんだ、そうしていてもな、できる子ならできるもんだ。俺なんかずっとそうやってやってきた」

「あんた、あんたが金がないっていうのなら解るよ、でも若い女にたんとつぎ込んでいるっていうじゃないの」

「つぎ込んでいる？　つぎ込んでいるって何だ。不必要な金までつぎ込んでいるっていう意味か。誰がそんなことを言うんだ！」

「康夫は実の子供なんだよ、あんたの」

「それがどうした。最近は不況で、絵も売れなくなってきているんだ、つべこべ言うな。いやならちゃんと離婚するぞ。甘えてばっかりいるんじゃねぇ！」

「私は、贅沢《ぜいたく》させて欲しいって言ってるんじゃない、せめて康夫の養育費だけでも出して欲しいって……」

「それが甘えだって言うんだ、馬鹿野郎！」

「大した額じゃないでしょうが。塾くらい行かせたいじゃない、どこの子も、みんな行ってるよ」

「そんな必要はない！　俺なんか、塾なんぞ一回も行ったことがない」

「あんたの頃とは時代が違うよ、それにあの子は、とっても可能性持っているんだよ」

「成績いいのは俺に似たからだ、ありがたく思え。おまえに似たら頭馬鹿だったぞ。俺の子供の頃は、もっともっと、そりゃあ苦労をしたもんだ」

「多額とは言わない、せめて月三千円でも……」

「馬鹿野郎、三千円稼ぐのがどんなに大変だと思ってるんだ」

「それはこっちの言うことだよ。私は毎日稼いでんだよ。毎日毎日工事現場で、男にまじって働いて、道を行くきれいに化粧した女の人に同情されて、笑われて、大汗かいて、腰痛いのに、歯食いしばって頑張っているんだよ、それがどんな気持ちか、あんた解る？」

「上等じゃないか。労働は神聖なものだ、笑いたいやつには笑わせておけ！」

「それがもう限界なんだよ、時々腰が痛くて痛くて、立っていられないくらいなんだよ」

「体ってのはな、歳食やがたがくる。当り前だろうが」

「だから、働かないって言ってるんじゃない、私は……」

その時、厨房のドアが開いた。天城恭子が、茶と茶菓子を載せた盆を持って、玄関前の板の間に姿を現した。

「おまえ、こんなやつに茶なんぞ出さなくてもいい！」

富太郎は、恭子の方を振り向いて怒鳴った。

「長くなりそうだったから……、今はこんなものしかございませんが……」

「あんた、この女か！　もうこんな女房気取りか！」

言うが早いか春子は逆上し、裸足《はだし》で板の間に飛びあがった。そして、恭子の胸のあたりをどんと衝《つ》いたので、恭子は悲鳴をあげ、茶碗や皿が床に落ちて割れた。

春子は恭子を突き飛ばすと厨房に駈け込み、すぐにまた姿を現した。見るとその手には包丁が握られている。

恭子は悲鳴をあげ、板の間を奥の方に逃げた。

「やめろ春子！　馬鹿野郎！　なんてことするんだ、危ない！」

恭子は、階段を駈けあがって二階に逃げた。動物のような悲鳴をあげ、春子は追った。

「馬鹿！　春子！　警察沙汰になるぞ、やめろ！」

悲鳴をあげて恭子は逃げ、ドアを閉めてアトリエにたて籠もろうとした。部屋に入り、恭子がドアを閉めるよりも一瞬早く、包丁を持った春子が部屋に飛び込んできた。恭子は激しい悲鳴をあげる。春子もまた、ごく近くで悲鳴のような大声をたてた。

そこは、たった今まで富太郎が横浜市長賞の選考をしていた部屋だった。床には、中学生の絵がぎっしりと敷きつめられている。二人の女は、その絵の上で睨み合った。その瞬間、開き加減だったドアがさらに大きく開いて、土田富太郎が飛び込んできた。

「馬鹿野郎！」

彼はもう一度叫んだ。そして背後から春子の上体を羽交《はが》い締《じ》めにし、包丁を持った右手に手を伸ばしてこれを取りあげようとした。その一瞬だった、狂気にかられた春子が、富太郎の手を逃れようと身をよじって暴れ、振り向きざま包丁を一閃《いっせん》させた。

富太郎が目を大きく見開いていた。そして首筋を右手で押さえていた。その指の隙き間から、噴水のように血がほとばしった。頸動脈を切ったのだ。そして富太郎は、激しい苦痛の声をあげ、身を折った。

同時に春子は、なんとか逃れようとして前方で蠢《うごめ》く、恭子の頸動脈にも切りつけた。無我夢中《むがむちゅう》の学習で、そこが一撃必殺の急所であることを知ったのだ。こっちは非力な女だ。一撃で相手を倒さなくてはならない。相手に報復を許したら、たちまちやられるのだ。しかし春子にはもうしっかりとした意識はない。恐怖でなかば以上気を失っているから、頭でそう考えたわけではなく、本能の判断だった。

恐怖と憎悪で包丁を突き出し続け、振り廻し続けた。視界が真っ赤になり、続いて暗くなる。目がよく見えない。ぼんやりした視界の下方で、これも喉の横から血を噴き出させながら恭子が倒れていった。

瞬間、春子の脳裏にやってきたものは、さらに底知れない恐怖だった。富太郎にやられる！　自分もまた殺される！　男の力には到底かなわない！　そういうリアルな実感だった。早く、早くとどめを刺さなくては。でないと今度は自分が報復される。なぶり殺しにされる。一刻も早く！

　恐怖で泣きわめきながら春子は、床の画用紙を乱し、倒れ込んでもがいている富太郎の、胸部といわず、わき腹といわず、足、肩、腕、手当たりしだいに刺した。刺して、刺して、刺して、刺して、刺し続けた。血しぶきが春子の顔を、腕を直撃し、温水を浴び続けるようだった。発狂し、自分が何をしているのかまるで解らない。声をたてているのか、それとも無言でいるのかも解らない。ただ底知れない恐怖だけがあり、これに打ちのめされ続けた。

　新たな恐怖！　それは恭子にやられるという思いだ。それで今度は、倒れこんだ恭子の体に向かって、これも腹、胸、腕、足、尻、ところかまわず刺した。突然、自分の口から悲鳴がほとばしっているのが感じられ、はっと正気に返った。あっと思った。手に包丁がない。包丁がないのに、手だけが上下に動いていた。

　ふと見ると、包丁は恭子の脇腹に突き立っていた。おびただしい血でぬるぬると滑るから、手から包丁が抜けていたのだ。しかし、全然気がつかなかった。手のひらを広げ、見ると真っ赤だ。見たこともないほどに真っ赤だった。

　腰が抜け、乱れた画用紙の上にぺたんと尻もちをついていた。いったいどのくらい時間が経ったのだろう。そして自分はいったいどれほどの間、二人の体を包丁で刺し続けていたのか。

　気づくと、すぐそばに、動かない二人の体があった。微動もせず、真っ赤に血にまみれ、もう着衣の色も解らない。春子は悲鳴をあげた。何がいったい起こったのか。自分は何をしたのか。まったく見当もつかない。これは誰なのか。自分は誰なのか。そして自分は今、いったいどこにいるのか。意識が戻ってくると、ぶるぶると体が震えはじめる。時おり痙攣《けいれん》し、そんな動きが停まらない。

　また悲鳴をあげる。見廻すと、あたりが血の海だったからだ。体が痙攣し、春子は少し気を失った。はっと気づく。夢を見ていたんだ、と春子は思った。誰かが主人たちを殺した、そんな夢——。しかし、春子はまだ血の海のただ中にいた。強烈な血の臭い、だからこれは現実だ。人間とおぼしき物体が二つ倒れ、春子は茫然と血の海の中心にいる。自分以外に、こんなことをできた人間はいない。

春子は泣きはじめた。このおびただしい出血は、本当に自分のせいなのか。だが非力な自分などに、こんなことができるはずもない。自分は行儀よく、礼儀正しく、控えめに、これまでの人生を生きてきたのだ。

そしてまた、茫然としてしばらく時を過ごした。時間が経つと、ささやかな気力が甦《よみがえ》ってくる。何とかしなくてはという思いだ。何とか頑張らなくては。自分には育てなくてはならない息子がいる。この信じがたい難局も、何とか切り抜けなくてはならない。

ふらふらと立ち、震え続ける足で窓に寄り、本能的に春子は、自分の巣である自宅の方角を見た。すると、川べりに立ち並ぶぶなの大木の間から、雨に黒く濡れて貧しげな、自分の家が見えた。勝手口に近い窓が見える。

ああ、あそこにいた頃、自分は何と幸せだったのだろうと思う。貧しいが、まだ誰も殺してはいず、自分はなんと可能性に充ちていたことだろう。欲を出さなければよかったのだ。貧しくても、日雇労働が苦しくとも、死刑になるよりはどんなにかよかった。わずかに三十メートルほどの距離、しかし自分のささやかな巣は、もう世界の果てまでも去ってしまった。

ぼうと立ちつくし、春子は待った。何を待っているのか自分でもよく解らなかったが、ずいぶんしてから息子の顔が窓に見えた時、待っていたものが解った。息子だ。息子の康夫が学校から帰ってくるのを、春子は待っていたのだ。地獄に落ちた今、全面的に信頼し、頼れる者は、春子にとってはもう息子だけだった。

「康夫！」

窓を開け、彼女は泣き叫んだ。近所に聞かれると面倒なことになると知りながら、彼女は激しい恐怖と闘うことができない。助けて欲しい、何とか自分を助けて欲しい。頭のいい息子なら、きっと自分を何とかしてくれる。何故なら、自分は母なのだから。

周囲は畑で、隣家が離れていることが幸いした。三度めの叫び声で、息子は母親の声に気づいた。窓のところで、どこからか聞こえてくる母の声に耳を澄まし、続いてきょろきょろとした。

春子は、なおも息子の名を呼び続け、身を乗りだし、夢中で手を振った。息子がこちらに気づく前から、必死で手招きを繰り返し、泣いて叫んだ。狂気が再び春子に訪れた。息子がもし自分に気づかずに表に出かけたら、自分はもう破滅だ。警察に捕まり、新聞に名前と顔写真がでかでかと掲載され、あげく死刑になる以外にない。

ふと、息子と目が合った。気づいたのだ。不思議そうな顔をしている。何故母親がそんなところにいるのかと思っているのだ。ここに来て欲しい、そして助けて欲しいと、春子は必死で手を振り、息子を手招きした。息子の顔が消えた。こちらに向かうのだ。春子は激しい安堵《あんど》を感じた。

しばらくすると康夫は、春子のいる土田家の二階の窓と、ほぼ同じ高さにある鉄塔の鉄骨の上に現れ、これを歩いて春子のいる窓のすぐそばまでやってきた。春子と息子は、三メートルほどの空間を介して相対した。

「康夫、助けておくれ！」

泣きながら春子は、鉄塔の上に立つ息子に訴え、血にまみれた手のひらを見せた。しかし、そんなものを見せるまでもなかった。康夫の顔は、さっきからぎょっとした表情に固まっている。春子自身は気づかなかったが、母の顔は阿修羅のようで、血まみれだった。息子は、じっとそれに目を据えていたのだ。

「母ちゃん、触っちゃ駄目だ！」

息子は叫んだ。血で汚れたその手で、母親が窓辺のカーテンに触れようとしたのを見たからだ。

「康夫、どうしたらいい？　母ちゃん、人を殺しちゃったんだよ。恐いよ、死刑になりたくないよ」

春子は、おいおい泣きながら訴えた。息子はじっと立ちつくしている。中学二年生の息子は、これほどに弱い母親の姿をはじめて目の前にし、しかもそれが殺人のゆえであると知って、心の底から驚いているはずだが、表面上は心の動揺を見せない。

息子は、玄関からでなく、川面を飛び越え、鉄柵を越え、鉄塔の鉄骨を伝って窓の近くまでやってきていた。このあたり一帯は、康夫の日々の冒険の舞台だった。体の小さい康夫は、とても運動神経がよかった。川べりに立つぶなの木の枝にロープを結びつけ、その端を石垣のひとつに結びつけていた。時々これを使って川面を飛び、対岸に立つと鉄柵を越え、鉄塔によじ登って父親の家を覗きにきていた。

それは、会うことを許されない自分の父の姿や生活を、わずかでもかいま見たいという思いからだった。この時も康夫は、玄関から行くと父に咎《とが》められるかもしれないと本能的に考えて、格別母の指示もないのに、いつものこの秘密のルートを使って父の家に近づいていた。これは春子にとって、幸運なことだった。

鉄塔にしがみついたまま、息子はじっと思案した。どうやら大変なことになっているらしい。これは自分がしっかりしなくてはいけない、息子はそう考えていた。とにかく自分も家の中に入らなくてはならないだろう。しかし、玄関から廻ってはまずそうだ。何故なら足跡が遺る。康夫は、いつも読んでいるビリーパックとか、少年探偵団などの探偵漫画を思い出して考える。ではどうする？　自分の立つ位置から、母親の立つ窓までの距離は、三メートルほどもある。ごく近いが、しかし飛び移れる距離ではない。どうやって中に入ろう。

「殺したって誰を？」

十四歳の息子は、母親に尋ねた。

「父ちゃんと、父ちゃんの女だよ。本当に憎い女だったから」

春子は、泣きながら言った。

「本当にひどい女だったんだよ、母ちゃんを責めないでね。でも恐いよ康夫、母ちゃん死刑になるよ。お巡りさんに捕まるよ。捕まったら死刑だよ。助けておくれよ！」

彼女は母として、またおとなとしての威厳をかなぐり捨て、息子に訴える。

「母ちゃん、よく考えるんだよ」

息子は冷静に言った。

「そこにじっとして、何にも触らないで、指紋が遺る。それでゆっくり考えるんだ」

「うん、解ったよ」

泣きながら母は、従順に言った。どんなことにでも、息子の言いつけに従おうという思いからだった。行儀よくしていればきっと何とかなる。自分は馬鹿だから、大したことは何も考えられない。

「今そっちに行くからね、じっとして、そこにいて」

そして息子は鉄塔を伝って下に降り、また鉄柵を越え、土田家の資材置場に行った。苦労して長い板を二枚取って、鉄柵の間から中に入れ、自分はまた鉄柵を乗り越える。土の地面には一度も降りなかった。

板を持ったまま苦労して鉄塔をあがり、いったん板を上に置き、また下に降りてもう一枚取ってきて上に置く。それから自分もよじ登り、一枚ずつ板を持って窓の近くまで戻ってきた。そして慎重を心がけながら、一枚ずつ鉄塔と窓との間に渡した。二枚ともがすむと、一応橋ができた。それから康夫はゆっくりと板の上を歩き、家の中に入ってきた。

「こりゃあひどいな……」

床の画用紙が乱れ、その上や床板がおびただしく血にまみれた現場を見ると、息子は息を呑んで言った。それから震えはじめた。

赤く血にまみれて絶命している父親の姿を見ると、彼は泣きだしてしまった。もの心ついて以来、康夫は父親に、父親らしい言葉をかけてもらったことがない。こんなに近くに住んでいたのに。そしてとうとう言葉をかけてもらわないままに、父は逝《い》ってしまった。

「康夫、ごめんね、こんな馬鹿な母ちゃんで。父ちゃんいない上に、こんな迷惑かけちまって。臆病者で頭悪くて、でも母ちゃん、お巡りさんに捕まるの恐いよ。殺されるの恐いよ。助けておくれよ」

強い衝撃を受け、息子は無言だ。しかし、自分がこれをなんとかしなくてはと彼は思ってくれている。やはり血を分けた息子だと春子は思う。他人なら、こんな事態を見たら、関わり合いになりたくなくてさっさと逃げだす。自分でもそうする。

「ごめんよ康夫、父ちゃん殺してしまって。でも恐いよ、母ちゃん恐いよ」

春子は言いつのる。

「よく考えよう」

母を遮《さえぎ》って息子は言う。

この時の康夫は、母が可哀想でならなかったのだ。頭もあまりよくなく、さして器量もよくないから、父にあっさり捨てられてしまった母が、何とも不憫《ふびん》でならなかった。しかしそんな母は、自分を育てようと日々理屈抜きで奮闘している。そのことには感謝している。取り返しがたい失策をしでかし、子猫のように怯《おび》えている母を、ここはなんとか助けてやりたいと思った。

「母ちゃん、とにかくまず、その顔と手に付いた血を、きれいに洗おう」

息子は言った。

「ああそうだね」

母親は、言われてようやくそのことに気づいた。

「でも気をつけて。廊下に血の足跡はつけないでね。母ちゃんだっていう証拠は、絶対に遺しちゃいけない。ぼくの靴はここで脱いで、窓枠のところに置いておくから、母ちゃんの履物も持ってきてそうして。その前に、ちょっと足の裏見せて」

息子は自分の運動靴を脱いで窓枠の上に置き、靴下も脱いで靴の中に押し込んだ。そうしてから母親の足裏を点検した。案の定血まみれで、見ると床の画用紙の上あちこちに、血でくっきりと印された母親の裸足の足跡が見えた。足指の指紋までがはっきりと解る。

「ああ、これじゃあ駄目だ。その紙の上から動かないで。ぼくがまず下に行って、台所から雑巾を取ってくる。足の裏拭《ふ》くまで、ここを絶対に動かないで」


そして息子は、自分の足の裏には血をつけないよう、血溜まりをよけながら歩いて部屋を出ると、三角形の板の間を横切って階下に降りた。板の間にはイーゼルがふたつと、背の高い花瓶台もふたつ、このそれぞれには、花の入っていない花瓶が載っていた。

台所から雑巾をとって戻ってくると、康夫はこれで母親の足の裏を拭き、丁寧に血を拭った。空気を入れ替えるために窓をすべて開けておいてから、母親を連れ、一緒に階下に降りた。家の中の勝手は、母親の方がよく知っている。

台所の流しに片足ずつを入れ、母親がまず足、続いて手と顔を洗うのを息子は見ていた。この時流しのそばにゴム手袋が二組あることを発見して、息子は母親にこれを塡《は》めさせ、自分も塡めた。なんといっても母親は殺人犯なのだから、この家に絶対に指紋を遺させないようにしなくてはならない。

それから二人で真っ先に玄関に行き、手袋を塡めた手で、ガラス戸のスクリュウ錠を固く締めあげた。そこを皮切りに、戸外に向かって開いた一階のあらゆる戸、そして窓のスクリュウ錠を、ひとつ残らず締めて廻り、カーテンを引いて廻った。これから家の中を徹底して拭き掃除する。そんなことをしている時、誰かに覗かれたり、家に入ってこられたりしたら大変だ。

一階がすんだら二階だった。万一のことを考え、二階の窓もすべて閉め、カーテンは引いておく方がよい。そういういっさいがすむと、ちょっと一段落だった。これで少なくとも中を覗かれる心配はなくなった。母親のサンダルを玄関から持ってきて、現場の窓辺に自分の運動靴と並べて置くと、息子はじっくりと考える。そして母親に、こう言いきかせた。

「母ちゃん、今外を歩くと地面に足跡が遺る。雨がやんだばっかりで地面が柔らかいからね。母ちゃんは女物のサンダルだから目だつ、この下の地面にもし足跡遺したら、女だってことがすぐ解る。ぼくらは父ちゃんの血縁だから、警察がぼくらの家に来て、母ちゃんのサンダル持っていって調べたら、足跡がおんなじだってことがすぐ解るよ。だから、絶対に地面に降りちゃ駄目だ。歩いたら捕まるからね、解った？」

「うん」

母は言う。

「それから、この部屋が父ちゃんや女の人殺した現場だとみんなに解らせたら、ここから母ちゃんがぼくを呼んだことがお巡りさんに知れる。この窓からぼくの家がよく見えるものね。どうしたらいいかな……」

「康夫、歩いたらいけないのかい？　じゃあ母ちゃん、家に帰れないのかい？」

「今それ、考えているんだ。きっと何とかなる、ちょっと待って。でも母ちゃん、どうしてこの部屋の床に、絵が敷いてあるんだろ」

「これは父ちゃん、横浜市長賞の選考やっていたんだよ。父ちゃんは、賞の候補の絵、みんな床に並べて選んでいたんだ。上を踏んだら、才能っていうのは電気みたいに足を駈けあがってくるからすぐ解るって、いつも言っていた。でもいつもは、下の畳の応接間でやっていたんだよ。母ちゃんは、父ちゃんの口からそう聞いた。この部屋でやったの、今年がはじめてだと思うよ。これまで聞いたことがないから」

「じゃあ父ちゃん、今年から場所替えたのかぁ、ここに」

「そうだよ」

「そうか、そういえば今年から候補の枚数が変わったと聞いたしなぁ。じゃあ今年から部屋替わったのは間違いないね……」

「ああ、間違いないよ」

「あれ、何だい！　ここにぼくの絵もある。血で汚れてて解らなかった。学校がぼくのも選んでくれて、出したんだ。ふうん、こんなふうに床に並べて選んでたのか。でも、こんなの見たくない。『家族』なんて課題で募集するなんてね、父ちゃん無神経だよね。息子のぼくのことなんて、全然考えてない。だからぼくは、鉄塔から見える、窓の中の父ちゃんの顔を思い出してこれ描いたんだ。ぼくには家族揃ってないのに。だからこれ、つまらない絵だよ、死んでるんだよ、こんなの！」

　息子は立ちあがり、戸棚を開けて大型の絵筆を一本取り出した。これを血にひたし、動かない父親のそばにあった自分の絵を、血で塗りつぶしはじめた。自分のがすんだら隣りの絵にかかった。

「何してるんだい康夫」

「これがいいよ、全部これやろう。母ちゃんも手伝って。そのゴム手袋したままでね、絶対指紋つけないで。筆はその棚に入ってる。この絵、血の跡がついてるものは全部血で塗りつぶしちゃおう、血はいっぱいあるもの。画用紙の上に、母ちゃんの裸足の血の足跡とか、ぼくの靴の跡とかがいっぱい付いちゃった。母ちゃんの指紋も付いてる。それをこんなふうに上から何度もこすって、指紋溶かして消してしまうんだよ」

それで母子は二人して、流れ出た二つの死体からの血を用いて、床の画用紙の表面を赤く塗っていった。血はたっぷりあると思っていたが、壁を薄く流れているものなどは意外に固まるのが速く、足りなくなりそうだった。またどろりとした濃いものはそのままでは塗りにくい。だから階下から水をコップに汲んできて、これで薄めたりほぐしたりしながら塗っていった。床に流れ落ちた血も、むろん筆ですくい取りながら使った。特に母親の血染めの足跡痕や、血染め指紋が付いた部分は、上に筆を何度も走らせて丁寧にほぐし、指紋の文様が絶対に読み取れないようにした。

「うん、これなら全部できそうだ。壁の血も全部使って。しわになった紙は、折り目反対に折って平らにしてね。急がないと暗くなるよ、電気つけたくないから早くしよう」

血は足りず、二人の死体の傷口からも、また着衣の血も筆ですくい取り、画用紙に塗っていった。小一時間もかかったが、どうやら全部の画用紙が塗れた。

「これからどうするの康夫」

「二人を、下の応接間に運ぼう」

息子は言った。

「下へ？　どうしてだい」

「だっていつもは、下の応接間で賞の審査していたんでしょう？　だったら下に移したって怪しまれないはずだよ、去年まで一階でやっていたんだったら」

「そうだけど、じゃあこの画用紙も一緒にかい？」

「うんそう」

「全部？」

「そう」

「どうしてここじゃいけないんだい？」

「だってこの部屋だと、ぼくらの家がまる見えじゃない、この窓から母ちゃんが合図して、ぼくを呼んだってことが解ってしまうもの」

「ああ、そうだねえ……」

それで二人して血塗《ちまみ》れの人間を一人ずつ階下の和室に運び、横たえた。体の下になった画用紙は、血で衣服にくっついていたから運ぶのにさほどの苦労はなかった。二つの死体を和室に横たえてから、下に敷いた紙の位置を調整した。そうして、隙き間を作らないようにしたのだ。

それから、血で塗りつぶした画用紙を二枚ずつ母親に持たせ、一階に運ばせた。重ねるとくっつくおそれがあったから、少しずつにしたのだ。指紋をつけないため、ゴム手袋は絶対にはずさせないようにした。そうして絵を、死体の周りに、上の部屋にあったのと同じ状態に並べさせて和室に再現した。血が薄く付いた筆で、紙の間の畳を少し撫でるようにして、紙の間からこぼれ落ちた血を、雑巾などで拭い取ったように見える細工もした。

康夫は、自分だけは冷静でいたつもりだったが、やはり動転していたのだろう。この作業を母にまかせ、二階の現場の隣りの部屋を覗いた時、この床にも膨大な量の絵が床に敷き詰められていることを発見して仰天した。そうか、小学生の部の候補作もあったのだ、と彼は思った。まったく忘れていた。

途端に、激しい不安にかられた。こっちの絵はどうするか、これもまた下に運んで和室に並べてよいものか否か、とっさには判断がつかない。康夫は、例年の候補作の総数を知らない。すぐに階下に降り、母に訊いてもみたが、母もまた知らない。

二階の板の間で考え込んでいたら、ここが直角三角形であることにふと気づいた。そして二階のふた部屋が、どうやらこの直角三角形の短い二辺に接した正方形であることにも気づいた。部屋に入り、歩幅でざっと計ってみると、部屋の四辺ともが同じ長さのようだ。続いて反対側の寝室にも入ってみる。ここは正方形ではない、しかし隣りの物置と併せて考えれば、こちらもやはり正方形のようだ。

ひょっとして、と康夫は思った。一階の廊下の形に幻惑されていたのだ。一階にも直角三角形があったのだが、玄関と土間を造るために、厨房と食堂の一部分を削って廊下としたのだ。つまり下の和室は、上下という立体的なずれはあるものの、あれもまた、直角三角形と接した一番大きな正方形ではないのか。ということはピタゴラスの定理で、二階の正方形二つの床面積の和は、階下の和室の床面積そのものに等しいのだ。となると、このふた部屋の床を埋めていた画用紙は、下の和室の床にもぴったりおさまることにならないか。

そこで康夫は考えた。もうひとつの部屋にある小学生の部の候補作も、下に持って降りて並べよう。そうしたら例年通り今年も、小学生の部も中学生の部も一階で一緒に審査していたように見えるはずだ。しかしその時、小学生の部の絵には血を塗らないで一緒に並べては目だちすぎる。そんなことをしたら、これらがもともとは二つの部屋に分散されて並べられていたものであることが露見してしまう。けれど塗る血はもうない。しかも小学生の部の絵の方は、さっき血を塗った中学生のものより数が多い。さてどうするか。

二階廊下を見ていたら、箱に入った水彩画のセットが、そこに置かれていた。そして狭い方の部屋の壁の戸棚には、絵皿が何枚も入っていた。狭い方の部屋は、どうやら水彩画を描くためのアトリエらしい。たぶん広い方が油彩なのだ。康夫は仕方なく、小学生の部の絵の方には、水彩絵の具の赤を塗ってごまかすことにした。で、戸棚から二枚ばかり絵皿を取ってきて、この中に水彩絵の具の赤のチューブをありったけ絞り出した。そしてコップをゆすいで新たに水を汲んでくると、この水で絵の具をほぐした。

広い方の部屋に敷かれた画用紙は、上で乱闘があったわけではないから、まだ整然と置かれたままだ。康夫は母にも声をかけ、呼んできて、広い方のアトリエの床にある小学生の部の候補作品の絵の表を、片端から赤く塗りはじめた。母もまた筆を持ち、何も言わずに必死で手伝っている。

「母ちゃん、小学生の部の方が絵が多いんだね」

康夫が言うと、

「うん、父ちゃん、子供の絵の方が勉強になるってよく言っていたからね、ピカソみたいで、インスピレーションというものをもらうんだって」

母は応えた。

「ふうん」

数は多かったが、こちらは案外時間がかからなかった。もともと汚れていないのだから、隠すものは何もない。ただ赤く塗ればよいのだ。二つの絵皿の絵の具はたちまちなくなる。チューブの中身ももうない。それで康夫は二階の物置をさぐり、水彩絵の具の赤のチューブを見つけてきて、これから新たに絞り出した。空になったチューブは、もとあった位置に戻しておいた。

赤い絵の具を塗った画用紙も母親に運ばせ、ガラス戸と、ちがい棚の方向から敷きつめていった。画用紙を横向きに並べ、十枚ほどで部屋の一辺にぴったりおさまった。絵の具の紙が死体周辺の血の紙に届いたら、死体とその周辺の血の紙を移動させて、うまく連続するように調整した。血を塗った画用紙と、その周囲に配置するようにした絵の具の画用紙は、予想通りほぼぴたりと和室におさまった。横向きに十枚にした列が、十四列だった。「ピタゴラスの定理」は正しかったのだ。

一階和室の床は、血と水彩絵の具によって、赤一色に染まった。こうして並べてみると、画用紙が二死体のそばに人を近寄らせない効能も持つように思われ、康夫は満足した。ただ、正確には四枚ほど紙が足りなかった。あと四枚画用紙があれば、下の畳がすっかり覆える。畳が見えている部分は、入口を入ってすぐの位置になった。紙は奥から順に敷いていったからだ。

これをどうしようかと思案していた時だった。玄関のガラス戸がどんどんと叩かれ、戸の中のガラスががちゃがちゃと躍った。長く、まったくの静寂の中にいて作業していたから、それは世界が破壊されるほどの音に聞こえた。

「恭子！　おい恭子！」

という男の大声が続いて聞こえた。それは極限的に威圧的で、人を縮みあがらせずにはおかない凶暴な声だった。

「ひっ！」

と声をたて、春子が怯えた。真っ青になり、康夫に抱きついた。

「どうしよう！　どうしよう康夫！　誰か来た、きっと警察だよ、母ちゃん捕まる、どうしよう」

「しっ」

康夫は言って、母親の口を右手でふさいだ。

「恭子！　恭子！　こらっ、そこにいるのは解ってるんだぞ、出てこい！　出てこい！　出てこないと、この戸ぶち破るぞ！　いいのかこらっ！」

声と、拳で叩くらしい場所は、玄関から食堂のガラス戸の方に移動した。建物に沿って廻っていくようだ。

「こらーっ！　こらーっ！」

声が遠くなった。鉄塔の方に行ったらしい。そして浴室あたりのガラス戸を、どんどんと叩いている。

あっ、と思い、康夫は恐怖で髪が逆立った。板だ。鉄塔から二階の窓に渡した板があのままだ！　上を見あげられたら終わりだ。板を、室内側に引き込んでおくべきだった。失敗だ！

男の声が途絶えた。鉄塔周囲の鉄柵と、家の壁との隙き間を、どうやら今抜けている。ここは非常に狭い。ここを抜けている間は、窮屈《きゅうくつ》だから上を見る気にはならないだろう。板の下がこういう場所であることは幸いだったが、はたして――。家の中に入ってくるよ、どうしよう康夫、どうしよう。どうしよう」

春子はおろおろする。

「じっとして」

康夫は言うが、大丈夫だと言いきる自信はない。この剣幕なら、確かにそんなこともしそうに思える。いったいこれは誰なんだ？　何しに来たのか。

ガチャンと、いきなり応接間鼻先のガラス戸が鳴った。閉めたカーテンの向こうに、黒い影がぬっと立った。

「こらーっ、そこにいるんだろ！　解ってるんだぞ、こっちはーっ！」

春子はひいと声をあげ、泣きだした。康夫もまた激しい恐怖を感じたが、しっかりと母親の口をふさいだ。

影はじっと立っている。その時間は、永遠とも思えるほどの長い時間だった。今にも何かが飛び込んでくる。本人か、石か、それは解らないが、きっと何かによってガラス戸が破られる。母親だけではなく、康夫もまたそう確信した。

しかし、ふいと姿が消えた。見ると、玄関の方に廻っていくらしい影が望めた。また玄関が叩かれるだろう、康夫はそう確信し、覚悟もしたのだが、音はしない。ずいぶん長い間無音だ。しかし気は抜かず、じっと身構えていた。それこそは長い長い時間だった。二階の窓に渡っていた板に気づいたら、この男はまだ何かしかけてくるかもしれない。

けれど十分経っても、二十分経っても、何も物音はしなかった。声も二度と聞こえず、どうやら行ったようだった。康夫はほっと胸を撫でおろした。母親も安堵《あんど》している。涙を拭いて、

「あれたぶん、恭子の亭主だよ」

と言った。女房捜しにきたんだよと言う。

気持ちが落ちつくのを待ち、康夫は最後の仕上げ

にかかることにした。土田の手に筆を握らせると言ったら、左手にしておき、父ちゃん左利きだから、と春子は助言した。それで康夫はそうした。筆を握らせたのち、絵を四枚一番奥の壁ぎわから取ってきて、入口の空白部分を埋めておいた。入口の鴨居《かもい》のところで、発見者を立ち往生させたかったのだ。

それから康夫は、この部屋を密室にしたいのだと母に言った。この引き戸の錠を中からかけておいて、あそこの壁の上に造ってある隙き間から廊下に這い出すので、外に立って待っていて、脱出を手伝って欲しいと母に言った。密室というのは、その頃読んだ探偵小説にそんなものがあって、強く印象に残っていたからだ。それに、この部屋の死体のそばに、簡単には人が近づけないようにしたかった。二人を心中に見せたいとか、どちらかを自殺に見せたいといったような考えは、康夫には全然なかった。この和室入口の戸にはたまたまスクリュウ錠が付いていたので、それならこれを締めておいてやろうと思ったにすぎない。

母を廊下に出しておき、ゴム手袋のままで康夫は、入口引き戸のスクリュウ錠を締め、よく乾いた絵の具の上だけを歩くように気をつけながら、床の間の竹に取りつき、よじ登った。体育の時間にも竹登りはよくやらされる。康夫はこれが大の得意だった。天井まで行ったら、足はまだ竹をはさんでおいて欄間の隙き間に手をかけ、隙き間に渡った細い竹の棒を押しあげて、その間に体を入れた。もがき、苦労して外に出ると、真っ逆さまになって母の肩と手に両手をつき、これを支点に板の間に飛び降りた。このくらいのアクロバットは、康夫にとっては朝飯前だった。

後は主として母親の仕事だった。母親が使った筆はよく洗って狭い方のアトリエの戸棚に戻し、血を溶いたり、絵の具を溶いたりしたコップや小皿はよく洗い、むろん指紋もしっかりと拭いて、これは流しの脇の、ステンレス台の上に伏せて置いた。これらは、ここにあってもいっこうにかまわないはずだ。指紋さえないなら、何も問題はないであろう。

玄関前の板の間に、湯吞み茶碗が二つと皿が一枚割れ、お茶菓子が落ちていた。これらは拾って、厨房のゴミ箱に捨てた。そうしても別に問題はないはずだ。食堂には電話機があったが、これにはまったく触れていないと春子が言うので、指紋は拭かなかった。

廊下に落ちた血や、手で触れたかもしれない場所を、母親は女の小心さで丁寧《ていねい》に拭いて歩いた。康夫はそれを監督し、ゴム手袋は絶対に脱がさせなかった。絵がなくなって広々とした二階の二つのアトリエの、床も壁も、窓の桟もガラスも、半月もそのつまみも、ドアもドアノブも、戸棚もその戸も、一滴の血も指紋も遺さないよう丁寧に拭かせ、気になったら康夫が自分で仕上げをした。すでに固まっている血のかけらは、爪《つめ》も用いて削り取った。一度も入っていないというトイレなどには、危険なのでいっさい近寄らなかった。近寄りさえしなければ、何の痕跡も遺るはずはない。

それがすんだら三角形の板の間に出ていたイーゼルや絵の具箱、花瓶台と花瓶などをそれぞれ部屋の中に入れた。普段これらは室内にあったはず、と春子が言ったからだ。絵を床に敷くため、これらは便宜的に表に出されているのだ。むろんこの時も、康夫は決して手袋ははずさずに作業した。すべてが終わると、血をたっぷり吸った雑巾は固く絞り、これもよく洗った凶器の包丁と一緒に、春子が洋服のポケットに入れた。その頃、表に陽が落ちた。死体を移動させたり、証拠を消したりする作業に、三時間以上もの時間がかかった。

家のどこにも明かりはつけず、二階の窓のところに置いていた自分のサンダルもポケットに入れ、春子は息子の命じるままに、鉄塔と二階の窓との間に渡した二枚の板に跨《また》がった。揺すらないようにしてそのままそろそろと前進し、時間をかけて鉄塔まで渡った。念のため、まだ手袋はしている。裸足のままで春子は鉄塔上に立ち、これを資材置場の方角に伝い歩き、そろそろと下まで降りると、鉄柵の手前に立って息子を待った。

窓を全部しっかり閉めると、康夫もまだゴム手袋を嵌めたまま、板をずらして残るひとつの窓も閉まるようにし、板の上に出た。そしてモップを、重い方を上にして立てておいて手を離し、窓を素早く閉めた。何度か失敗し、そのたび康夫は、室内に戻ってモップを拾い、また板の上に出なくてはならなかったが、倒れるモップが、半月から飛び出した突起部分を叩いてようやく窓がロックされると、康夫は鉄塔に渡り、そろそろと板を引いて、二枚ともを鉄塔側に引き戻した。

続いて板を一枚ずつ持って鉄塔上を移動し、足もとのセメント上で待ち受ける母に手渡した。それから自分も下に降り、自分だけ鉄柵を越えて資材置場の前に立つと、土の上に降りないように注意しながら、鉄柵の隙き間から板を抜き出して、資材置場のもとあった位置に戻した。

最大の難関は、鉄柵の上を巡る鉄条網を、春子に越えさせることだった。何とかこれがすむと、陽がすっかり落ちるのを待ち、対岸の道に人通りがないことを慎重に確かめてから、康夫がまずロープを使って向こう岸に飛び移り、春子はサンダルごと川に入ってざぶざぶと横切った。そして待ち受ける息子に手を引かれて石垣をさっとあがり、大急ぎで家に入った。そして返り血にまみれた衣類を、真っ先に脱いで着替えた。

康夫はまた向こう岸に戻り、ぶなの木によじ登ると、枝のロープをほどいて下に落とした。それから自分も裸足になって川に入り、靴とロープを手に、歩いて水を渡って家に戻った。もうロープを用いての川渡りの冒険、また鉄塔によじ登っての父の家の見物などは、永遠におしまいにしなくてはならなかった。冒険に明け暮れた子供時代は、これでもうすっかり終わったのだ。

康夫が家に入った時だった。親子はごく小さな失敗に気づいた。春子が土田富太郎の家を訪ねた時は、まだ雨が降っていた。だから春子は傘を持っていった。その傘を、土田の家の玄関の傘立に忘れてきてしまったのだ。

もう取りに戻ることはできない。しかし、これがそれほどに致命的な失敗とは、康夫には思えなかった。傘は当然父富太郎の家にもある。そしてあの傘は黒い男もので、父富太郎のものとしても充分に通る。問題は、貧しい彼らの家に、傘はあれ一本しかないということだ。家に、新しい傘を買う余裕はない。

翌日、春子は熱を出して寝込んでしまった。息子は、母親のため、真実が露見しないことを祈った。古い粗末な家の台所から康夫が観察していると、警察が土田家にやってきているようだ。しかし、覚悟はしていたのに、彼らが康夫の家に来ることはなかった。

数日後の新聞によれば、警察は天城恭子の夫、天城圭吉を逮捕したようだった。家の周囲の地面に遺っていた靴跡のうち、発見者の市役所職員のものを除く唯一の不審な靴跡が、天城恭子の夫、天城圭吉のものだったのだ。天城には悪いが、これで母は助かったと康夫は思い、深く安堵した。

間もなく母親の熱もひき、体は回復した。これからはすべてがうまく行く。貧しいながら、親子二人でいつまでも平和にやって行ける。自分はこれから地道に努力し、苦学して大学にも入ろう。そしていつかは母を楽にしてやろう、康夫はそう思う。

それから約ひと月ののち、隣りの小学校の生徒が、近くの道に落ちていたと言って、なくした傘を届けてくれた。名前を書いていなかったので、どうして解ったものか不思議だったが、きっと自分がこれをさしているところでも見たのだろう。ちょっと不安だったが、雨が続く中、警察関係の誰かが土田家の傘立からちょっと傘を拝借し、その後面倒になって道に捨てたのかもしれないと思って、康夫は受け取った。それとも、錯乱していた母の、単なる勘違いかもしれない。いずれにしても、自分たちには大事な傘だ。神様が、自分たち親子を可哀想に思って、これを戻してくれたのだ。

その夜の深夜十時半、宿題を終えた康夫は、そろそろ床に入ろうとしていた。母親の春子は、台所でアイロンかけをしていた。表の川沿いの道を、二人の男が歩いて、土田春子と康夫の家に迫っていた。彼方の橋の上にはパトカーが停まり、エンジンがかかっている。御手洗少年を、山手柏葉町の家に送ってからこちらに廻ってきた、村木と橋本の両刑事だった。令状を取らずに来たのは、収拾《しゅうしゅう》を急いでいたこともあるが、さっきの少年の意見を入れ、自首という形をとらせてやりたかったからだ。母子の家の粗末な戸口に立つと、中から笑い声が聞こえ、戸を叩こうとした村木の手が停まった。

春子が、たった今アイロンかけが終ったワイシャツを康夫にさし出し、着てみなさいと言ったのだ。ところが袖を通してみると、それはすっかり縮んで小さくなっており、康夫のお腹が大半覗いた。それで春子は笑ったのだ。

「明日母ちゃん、その同じ型のシャツ買ってきてやるよ、もっと大きいの」

「うん、でも無理しなくてもいいよ」

息子は言った。

「無理なもんか、母ちゃん今張りきってるんだ」

春子は言った。神様は、自分のあんな大事を見逃してくださった。息子の頭の良さのおかげもあるが、これは、息子のためにこれからうんと頑張れということだ、そう春子は思っている。

「母ちゃん、これからうんと頑張る、だから康夫もうんと勉強しておくれ」

「うん」

康夫は言った。春子はけらけらともう一度笑い、言った。

「早くそのシャツ脱ぎなさいよ、可笑《おか》しいから」

康夫も笑ってうんと言い、その時だった。表の戸にノックの音が聞こえた。まだ声に笑いをにじませたまま、春子ははいと言った。そしてついと立ちあがり、小走りになって玄関に向かった。

〈初出一覧〉
鈴蘭事件　小説現代一九九九年五月増刊号メフィスト
Ｐの密室　小説現代一九九九年九月増刊号メフィスト

この作品は一九九九年十月、小社から刊行されました。

N.D.C.913　260p　18cm

P《ピー》の密室《みっしつ》

二〇〇一年十一月五日　第一刷発行

定価はカバーに表示してあります

KODANSHA NOVELS

著者—島田荘司《しまだそうじ》

発行者—野間佐和子

発行所—株式会社講談社

東京都文京区音羽二-一二-二一

郵便番号一一二-八〇〇一

編集部〇三-五三九五-三五〇六

販売部〇三-五三九五-五八一七

業務部〇三-五三九五-三六一五

印刷所—大日本印刷株式会社　製本所—有限会社中澤製本所

落丁本・乱丁本は小社書籍業務部あてにお送りください。送料小社負担にてお取替え致します。

なお、この本についてのお問い合わせは文芸図書第三出版部あてにお願い致します。

ISBN4-06-182220-9（文三）

KODANSHA NOVELS 講談社ノベルス

*'01年12月現在のリストの一部です

ユーモアミステリー 東西南北殺人事件 赤川次郎

ユーモアミステリー 起承転結殺人事件 赤川次郎

ユーモアミステリー 冠婚葬祭殺人事件 赤川次郎

ユーモアミステリー 人畜無害殺人事件 赤川次郎

ユーモアミステリー 純情可憐殺人事件 赤川次郎

ユーモアミステリー 結婚記念殺人事件 赤川次郎

ユーモアミステリー 豪華絢爛殺人事件 赤川次郎

ユーモアミステリー 妖怪変化殺人事件 赤川次郎

ユーモアミステリー 流行作家殺人事件 赤川次郎

ユーモアミステリー ABCD殺人事件 赤川次郎

長編ユーモアミステリー 三姉妹探偵団1 失踪篇 赤川次郎

長編ユーモアミステリー 三姉妹探偵団2 キャンパス篇 赤川次郎

長編ユーモアミステリー 三姉妹探偵団3 珠美・初恋篇 赤川次郎

長編ユーモアミステリー 三姉妹探偵団4 怪奇篇 赤川次郎

長編ユーモアミステリー 三姉妹探偵団5 復讐篇 赤川次郎

長編ユーモアミステリー 三姉妹探偵団6 危機一髪篇 赤川次郎

長編ユーモアミステリー 三姉妹探偵団7 駈け落ち篇 赤川次郎

長編ユーモアミステリー 三姉妹探偵団8 人質篇 赤川次郎

長編ユーモアミステリー 三姉妹探偵団9 青ひげ篇 赤川次郎

長編ユーモアミステリー 三姉妹探偵団10 父恋し篇 赤川次郎

長編ユーモアミステリー 三姉妹探偵団11 死が小径をやってくる 赤川次郎

長編ユーモアミステリー 三姉妹探偵団12 死神のお気に入り 赤川次郎

長編ユーモアミステリー 三姉妹探偵団13 次女と野獣 赤川次郎

長編ユーモアミステリー 三姉妹探偵団14 心地よい悪夢 赤川次郎

長編ユーモアミステリー 三姉妹探偵団15 ふるえて眠れ、三姉妹 赤川次郎

長編ユーモアミステリー 三姉妹探偵団16 三姉妹、呪いの道行 赤川次郎

長編ユーモアミステリー 三姉妹探偵団17 三姉妹、初めてのおつかい 赤川次郎

長編青春怪奇ミステリー 沈める鐘の殺人 赤川次郎

長編青春ミステリー 棚から落ちて来た天使 赤川次郎

長編青春ミステリー ぼくが恋した吸血鬼 赤川次郎

KODANSHA NOVELS 講談社ノベルス

長編ユーモアミステリー
秘書室に空席なし 赤川次郎

長編ユーモアミステリー
静かな町の夕暮に 赤川次郎

長編ミステリー
死が二人を分つまで 赤川次郎

長編ミステリー
微熱 赤川次郎

異色短編集
手首の問題 赤川次郎

長篇サスペンス
我が愛しのファウスト 赤川次郎

超才・明石散人の絢爛たる処女小説！
視《み》えずの魚《うお》 明石散人

サイエンス・ヒストリー・フィクション
鳥玄坊先生と根源の謎 明石散人

サイエンス・ヒストリー・フィクション
鳥玄坊 時間の裏側 明石散人

サイエンス・ヒストリー・フィクション
鳥玄坊 ゼロから零へ 明石散人

追跡のブルース
カニスの血を嗣《つ》ぐ 浅暮三文

奇想天外なる本格ミステリー
地底獣国（ロスト・ワールド）の殺人 芦辺 拓

本格ミステリのびっくり箱
探偵宣言 森江春策の事件簿 芦辺 拓

殺人博覧会へようこそ
怪人対名探偵 芦辺 拓

長編警察小説
刑事長 姉小路《あねこうじ》祐《ゆう》

書下ろし長編警察小説
刑事長——四の告発 姉小路祐

書下ろし本格警察小説
刑事長——越権捜査 姉小路祐

書下ろし本格警察小説
刑事長 殉職 姉小路祐

書下ろし検察小説
東京地検特捜部 姉小路祐

書下ろし検察小説
仮面官僚 東京地検特捜部 姉小路祐

書下ろし長編警察小説
汚職捜査 警視庁サンズイ別動班 姉小路祐

痛快！ 爽快！ 刑事小説
合併裏頭取 警視庁サンズイ別動班 姉小路祐

官僚組織に裏切られた男達の挽歌
首相官邸占拠399分 姉小路祐

新本格推理強力新人痛快デビュー
8の殺人 我孫子《あびこ》武丸《たけまる》

書下ろし新本格推理第二弾！
0の殺人 我孫子武丸

書下ろし新本格推理の怪作
メビウスの殺人 我孫子武丸

書下ろしソフィストケイティッド・ミステリー
探偵映画 我孫子武丸

異色のサイコ・ホラー
殺戮にいたる病 我孫子武丸

新バイオホラー
ディプロトドンティア・マクロプス 我孫子武丸

あの〝人形探偵〟が帰ってきた！
人形はライブハウスで推理する 我孫子武丸

KODANSHA NOVELS 講談社ノベルス

書下ろし本格推理・大型新人鮮烈デビュー
十角館の殺人 綾辻行人《あやつじゆきと》

書下ろし衝撃の本格推理第二弾！
水車館の殺人 綾辻行人

書下ろし驚愕の本格推理第三弾！
迷路館の殺人 綾辻行人

書下ろし戦慄の本格推理第四弾！
人形館の殺人 綾辻行人

究極の新本格推理
時計館の殺人 綾辻行人

驚天動地の新本格推理
黒猫館の殺人 綾辻行人

欺かるるなかれ！
どんどん橋、落ちた 綾辻行人

書下ろし空前のアリバイ崩し
マジックミラー 有栖川有栖《ありすがわありす》

書下ろし新本格推理
46番目の密室 有栖川有栖

〈国名シリーズ〉第一作品集
ロシア紅茶の謎 有栖川有栖

〈国名シリーズ〉第二弾登場！
スウェーデン館の謎 有栖川有栖

〈国名シリーズ〉第三弾！
ブラジル蝶の謎 有栖川有栖

〈国名シリーズ〉第四弾！
英国庭園の謎 有栖川有栖

火村&有栖の最新〈国名シリーズ〉！
ペルシャ猫の謎 有栖川有栖

まぎれもなく、有栖川ミステリ裏ベスト1！
幻想運河 有栖川有栖

幻想ミステリー傑作選
虚空のランチ 赤江 瀑

第20回メフィスト賞受賞作！
月長石の魔犬 秋月涼介

メフィスト賞受賞作！
日曜日の沈黙 石崎幸二

本格のびっくり箱
あなたがいない島 石崎幸二

純粋本格ミステリィ
長く短い呪文 石崎幸二

書下ろしハードボイルド巨編
野良犬 稲葉 稔

メフィスト賞受賞作
Jの神話 乾くるみ

本格の魔道
匣（はこ）の中 乾くるみ

ここにミステリ宿る
塔の断章 乾くるみ

超絶マジカルミステリ
竹馬男の犯罪 井上雅彦

死を呼ぶ禁句、それが「メドゥサ」！
メドゥサ、鏡をごらん 井上夢人

「アイデンティティー」を問う問題作
プラスティック 井上夢人

驚愕の終幕！
ヴァルハラ城の悪魔 宇神幸男

大胆不敵なトリック 大型新人鮮烈デビュー
長い家の殺人 歌野晶午

書下ろし新本格推理第二弾！
白い家の殺人 歌野晶午

KODANSHA NOVELS 講談社ノベルス

書下ろし新本格推理第三弾！
動く家の殺人　歌野晶午

ミステリ・フロンティア
ROMMYそして歌声が残った　歌野晶午

ミステリ傑作集
正月十一日、鏡殺し　歌野晶午

読者に突きつけられた七つの挑戦状！
放浪探偵と七つの殺人　歌野晶午

書下ろし本格巨編
安達ヶ原の鬼密室　歌野晶午

書下ろし探険隊の黒い野望
シーラカンス殺人事件　内田康夫

名機「ゼニガタ」の脳細胞
パソコン探偵の名推理　内田康夫

書下ろし長編本格推理
江田島殺人事件　内田康夫

長編本格推理
漂泊の楽人　内田康夫

長編本格推理
琵琶湖周航殺人歌　内田康夫

書下ろし長編本格推理
風葬の城　内田康夫

長編本格推理
平城山を越えた女　内田康夫

長編本格推理
鐘(かね)　内田康夫

長編本格推理
透明な遺書　内田康夫

巨匠鮮烈なるデビュー作
死者の木霊　内田康夫

長編本格推理
「横山大観」殺人事件　内田康夫

長編本格推理
記憶の中の殺人　内田康夫

長編本格推理
箱庭　内田康夫

長編本格推理
蜃気楼　内田康夫

長編本格推理
藍色回廊殺人事件　内田康夫

メフィスト賞受賞作
記憶の果て　THE END OF MEMORY　浦賀和宏

日常を崩壊させる新エンターテインメント
時の鳥籠　THE ENDLESS RETURNING　浦賀和宏

驚天動地の「切断の理由」！
頭蓋骨の中の楽園　LOCKED PARADISE　浦賀和宏

真に畏怖すべき才能の最新作
とらわれびと　ASYLUM　浦賀和宏

凄絶！　浦賀小説
記号を喰う魔女　FOOD CHAIN　浦賀和宏

著者畢生の悪仕掛け！
眠りの牢獄　浦賀和宏

特選ショートショート
仕掛け花火　江坂　遊

これぞ大沢在昌の原点！
野獣駆けろ　大沢在昌

長編ハードボイルド
氷の森　大沢在昌

ハードボイルド中編集
死ぬより簡単　大沢在昌

ノンストップ・エンターテインメント
走らなあかん、夜明けまで　大沢在昌

大沢ハードボイルドの到達点
雪蛍　大沢在昌

ノンストップ・エンターテインメント
涙はふくな、凍るまで　大沢在昌

書下ろし長編推理
刑事失格　太田忠司

新社会派ハードボイルド
Jの少女たち　太田忠司

書下ろしアドヴェンチャラスホラー
新宿少年探偵団　太田忠司

新宿少年探偵団シリーズ第2弾
怪人大鴉博士　太田忠司

新宿少年探偵団シリーズ第3弾
摩天楼の悪夢　太田忠司

新宿少年探偵団シリーズ第4弾
紅天蛾（べにすずめ）　太田忠司

新宿少年探偵団シリーズ第5弾
鴇色の仮面　太田忠司

新宿少年探偵団シリーズ第6弾
まぼろし曲馬団　太田忠司

書下ろし山岳渓流推理
南アルプス殺人峡谷　太田蘭三

書下ろし山岳渓流推理
木曽駒に幽霊茸を見た　太田蘭三

書下ろし山岳渓流推理
殺意の朝日連峰　太田蘭三

書下ろし山岳渓流推理
寝姿山の告発　太田蘭三

書下ろし山岳渓流推理
謀殺水脈　太田蘭三

書下ろし山岳渓流推理
密殺源流　太田蘭三

書下ろし山岳渓流推理
殺人雪稜　太田蘭三

書下ろし山岳渓流推理
失跡渓谷　太田蘭三

書下ろし山岳渓流推理
仮面の殺意　太田蘭三

書下ろし山岳渓流推理
被害者の刻印　太田蘭三

書下ろし山岳渓流推理
遭難渓流　太田蘭三

書下ろし山岳渓流推理
遍路殺《ころ》がし　太田蘭三

あの「サイコ」×「講談社ノベルス」！
多重人格探偵サイコ　雨宮一彦の帰還　大塚英志

書下ろし新本格推理
霧の町の殺人　奥田哲也

書下ろし新本格推理
三重殺　奥田哲也

書下ろし新本格推理
絵の中の殺人　奥田哲也

戦慄と衝撃のミステリ
冥王の花嫁　奥田哲也

異色長編推理
灰色の仮面　折原　一

本格中国警察小説
上海《シャンハイ》デスライン　柏木《かしわぎ》智光《ちこう》

渾身のハードバイオレンス
15年目の処刑 勝目 梓

長編凄絶バイオレンス
処刑 勝目 梓

男の復讐譚
鬼畜 勝目 梓

不死身の竜は、誰に、なぜ、いかにして刺殺された!?
殺竜事件 a case of dragonslayer 上遠野浩平《かどのこうへい》

上遠野浩平×金子一馬 待望の新作!
紫骸城事件 inside the apocalypse castle 上遠野浩平

書下ろしハードバイオレンス&エロス
無垢の狂気を喚び起こせ 神崎京介

書下ろし新感覚ハードバイオレンス
0《ゼロ》と1の叫び 神崎京介

書下ろしスーパー伝奇バイオレンス
妖戦地帯1 淫鬼篇 菊地秀行

スーパー伝奇バイオレンス
妖戦地帯2 淫囚篇 菊地秀行

長編超伝奇バイオレンス
妖戦地帯3 淫闘篇 菊地秀行

本格ホラー作品集
怪奇城 菊地秀行

ハイパー伝奇バイオレンス
キラーネーム 菊地秀行

スーパー伝奇エロス
淫蕩師1 鬼華情炎篇 菊地秀行

スーパー伝奇エロス
淫蕩師2 呪歓淫形篇 菊地秀行

書下ろしハイパー伝奇アクション
インフェルノ・ロード 菊地秀行

ハイパー伝奇バイオレンス
ブルー・マン 神を食った男 菊地秀行

ハイパー伝奇バイオレンス
ブルー・マン2 邪神聖宴 菊地秀行

ハイパー伝奇バイオレンス
ブルー・マン3 闇の旅人〔上〕 菊地秀行

ハイパー伝奇バイオレンス
ブルー・マン4 闇の旅人〔下〕 菊地秀行

ハイパー伝奇バイオレンス
ブルー・マン5 鬼花人 菊地秀行

珠玉のホラー短編集
ラブ・クライム 菊地秀行

書下ろし伝奇アクション
魔界医師メフィスト 黄泉姫 菊地秀行

書下ろし伝奇アクション
魔界医師メフィスト 影斬士 菊地秀行

書下ろし伝奇アクション
魔界医師メフィスト 海妖美姫 菊地秀行

書下ろし伝奇アクション
魔界医師メフィスト 夢盗人 菊地秀行

書下ろし伝奇アクション
魔界医師メフィスト 怪屋敷 菊地秀行

異色短篇集
懐かしいあなたへ 菊地秀行

極上の北村魔術
盤上の敵 北村 薫

ミステリ・ルネッサンス
姑獲鳥の夏(うぶめのなつ) 京極夏彦

超絶のミステリ
魍魎の匣(もうりょうのはこ) 京極夏彦

KODANSHA NOVELS 講談社ノベルス

本格小説 **狂骨の夢** 京極夏彦

小説 **鉄鼠の檻** 京極夏彦

小説 **絡新婦の理** 京極夏彦

小説 **塗仏の宴** 宴の支度 京極夏彦

小説 **塗仏の宴** 宴の始末 京極夏彦

妖怪小説 **百鬼夜行——陰** 京極夏彦

探偵小説 **百器徒然袋——雨** 京極夏彦

冒険小説 **今昔続百鬼——雲** 京極夏彦

第12回メフィスト賞受賞作!! **ドッペルゲンガー宮《きゅう》** 《あかずの扉》研究会 流氷館へ 霧舎《きりしゃ》 巧《たくみ》

霧舎巧版〝獄門島〟出現! **カレイドスコープ島** 《あかずの扉》研究会 竹取島へ 霧舎 巧

乱れ飛ぶダイイング・メッセージ! **ラグナロク洞** 《あかずの扉》研究会 影郎沼へ 霧舎 巧

Whodunitに正面から挑んだ傑作! **マリオネット園《ランド》** 《あかずの扉》研究会 首吊塔へ 霧舎 巧

明治を探険する長編推理小説 **十二階の柩** 楠木誠一郎

書下ろし歴史ミステリー **帝国の霊柩** 楠木誠一郎

ミステリ+ホラー+幻想 **迷宮** Labyrinth 倉阪鬼一郎

妙なる狂気の調べ **四重奏** Quartet 倉阪鬼一郎

本格の快作! **星降り山荘の殺人** 倉知 淳

長編デジタルミステリー **仮面舞踏会** 伊集院大介の帰還 栗本 薫

長編ミステリー **魔女のソナタ** 伊集院大介の洞察 栗本 薫

長編推理 **怒りをこめてふりかえれ** 栗本 薫

伊集院大介シリーズ **新・天狼星ヴァンパイア上** 恐怖の章 栗本 薫

伊集院大介シリーズ **新・天狼星ヴァンパイア下** 異形の章 栗本 薫

書下ろし本格推理巨編 **柩の花嫁** 聖なる血の城 黒崎 緑

第16回メフィスト賞受賞作 **ウェディング・ドレス** 黒田研二

トリックの魔術師 デビュー第2弾 **ペルソナ探偵** 黒田研二

トリック至上主義宣言! **硝子細工のマトリョーシカ** 黒田研二

第17回メフィスト賞受賞作 **火蛾** 古泉《こいずみ》迦十《かじゅう》

第14回メフィスト賞受賞作 **UNKNOWN《アンノン》** 古処誠二《こどころせいじ》

心ふるえる本格推理 **少年たちの密室** 古処誠二

こんな本格推理を待っていた! **未完成** 古処誠二

本格推理
ネヌウェンラーの密室 小森健太朗

書下ろし歴史本格推理
神の子の密室 小森健太朗

コリン・ウィルソンの思想の集大成
スパイダー・ワールド 賢者の塔 著 コリン・ウィルソン 訳 小森健太朗

書下ろし〈超能力者〉シリーズ
裏切りの追跡者 今野 敏

書下ろし〈超能力者〉シリーズ
怒りの超人戦線 今野 敏

エンターテインメント巨編
蓬萊 今野 敏

ノベルスの面白さの原点がここにある！
ST 警視庁科学特捜班 今野 敏

面白い！ これぞノベルス!!
ST 警視庁科学特捜班 毒物殺人 今野 敏

ミステリー界最強の捜査集団
ST 警視庁科学特捜班 黒いモスクワ 今野 敏

"G"世代直撃！
宇宙海兵隊ギガース 今野 敏

長編本格推理
横浜ランドマークタワーの殺人 斎藤 栄

ドライバー探偵夜明日出夫の事件簿
一方通行 笹沢左保

メフィスト賞！ 戦慄の二十歳、デビュー！
フリッカー式 鏡公彦にうってつけの殺人 佐藤友哉

純粋ミステリの結晶体
蝶たちの迷宮 篠田秀幸

建築探偵桜井京介の事件簿
未明の家 篠田真由美

建築探偵桜井京介の事件簿
玄い女神（くろいめがみ） 篠田真由美

建築探偵桜井京介の事件簿
翡翠《ひすい》の城 篠田真由美

建築探偵桜井京介の事件簿
灰色の砦 篠田真由美

建築探偵桜井京介の事件簿
原罪の庭 篠田真由美

建築探偵桜井京介の事件簿
美貌の帳 篠田真由美

建築探偵桜井京介の事件簿
桜 闇 篠田真由美

建築探偵桜井京介の事件簿
仮面の島 篠田真由美

蒼の四つの冒険
センティメンタル・ブルー 篠田真由美

建築探偵桜井京介の事件簿
月蝕の窓 篠田真由美

書下ろし怪奇ミステリー
斜め屋敷の犯罪 島田荘司

書下ろし時刻表ミステリー
死体が飲んだ水 島田荘司

長編本格推理
占星術殺人事件 島田荘司

都会派スリラー
殺人ダイヤルを捜せ 島田荘司

長編本格推理
火刑都市 島田荘司

長編本格ミステリー
網走発遙かなり 島田荘司

KODANSHA NOVELS 講談社ノベルス

ミステリー・フロンティア
緑陰の雨　灼けた月　薬屋探偵妖綺談　高里椎奈

ミステリー・フロンティア
白兎が歌った蜃気楼　薬屋探偵妖綺談　高里椎奈

ミステリー・フロンティア
本当は知らない　薬屋探偵妖綺談　高里椎奈

書下ろしスペースロマン
女王様の紅い翼　高瀬彼方《かなた》

書下ろし宇宙戦記
戦場の女神たち　高瀬彼方

書下ろし宇宙戦記
魔女たちの邂逅　高瀬彼方

平成新軍談
天魔の羅刹兵　一の巻　高瀬彼方

平成新軍談
天魔の羅刹兵　二の巻　高瀬彼方

第9回メフィスト賞受賞作！
QED　百人一首の呪　高田崇史《たかふみ》

書下ろし本格推理
QED　六歌仙の暗号　高田崇史

書下ろし本格推理
QED　ベイカー街の問題　高田崇史

書下ろし本格推理
QED　東照宮の怨　高田崇史

論理パズルシリーズ開幕！
試験に出るパズル　千葉千波の事件日記　高田崇史

乱歩賞SPECIAL　明治新政府の大トリック
倫敦暗殺塔　高橋克彦

怪奇ミステリー館
悪魔のトリル　高橋克彦

長編本格推理
歌麿殺贋事件　高橋克彦

書下ろし歴史ホラー推理
蒼夜叉　高橋克彦

空前のスケール超伝奇SFの金字塔
総門谷　高橋克彦

超伝奇SF
総門谷R　阿黒編　高橋克彦

超伝奇SF・新シリーズ第二部
総門谷R　鵺篇　高橋克彦

超伝奇SF・新シリーズ第三部
総門谷R　小町変妖篇　高橋克彦

長編伝奇SF
星封陣　高橋克彦

書下ろし超古代ファンタジー
神宝聖堂の王国　竹河　聖

書下ろし超古代ファンタジー
神宝聖堂の危機　竹河　聖

超古代神ファンタジー
海竜神の使者　竹河　聖

長編本格推理
匣の中の失楽　竹本健治

奇々怪々の超ミステリ
ウロボロスの偽書　竹本健治

『偽書』に続く迷宮譚
ウロボロスの基礎論　竹本健治

京極夏彦「妖怪シリーズ」のサブテキスト
百鬼解読——妖怪の正体とは？　多田克己

異形本格推理
鬼の探偵小説　田中啓文